愛奇藝原創劇集《逆局》原著小說

犯罪懸疑名家 千羽之城 著

逆局 下

DANGER ZONE

目錄

【上冊】

【下冊】

14 父母之愛子

既已答應了梁炎東，對於他想去看現場的要求，楊盛韜並無二話。

「就是這裡，」任非打開廁所隔間的門，抬手在窗框上比劃了一下，「布片夾在這裡，要不是打算關窗戶，我也沒辦法發現。」說完他站在廁所最裡面，半轉過身子，看著站在門口、始終不言不語也不行動的梁炎東。

片刻後，梁炎東伸手指了指任非手裡的手機。任非立刻毫不猶豫拿出手機，找出之前已給梁炎東看過的案件照片，遞了過去。

男人蒼白的指尖滑過一張張照片，在驗屍報告上停下。

時間彷彿就此靜止，站在洗手間裡的幾個人誰都沒說話。直到梁炎東的手指在任非的手機螢幕上輕輕敲了敲，做完這個動作，就面無表情地回身往外走。莫名其妙的任非從廁所追出來，看著男人圍著洗手間繞了一圈。

楊盛韜沒讓押送梁炎東過來的管教人員隨行，此刻待在這裡的只有他、任非、梁炎東和另一名刑警。直到梁炎東在那扇有問題的窗戶底下站定，老先生皺眉看著牆後那條窄窄的水泥路，中間被一道鐵絲網的小門攔著，轉頭問梁炎東：「這條路是通向哪裡的？」

梁炎東用任非的手機在備忘錄上打了一行字：

粗染廠房。離這裡不遠是存放胚布的倉庫。

楊盛韜看著他打字，眉毛就是一跳，這才反應過來……梁炎東又不說話了。這時外面人多，楊盛韜雖然不知道梁炎東非要在監獄裝啞巴的目的，但也不會在這種時候逼著他表態。看完一行字，就見他又打了一行：

倉庫有獄警看守。在粗染工廠做工的寬管犯自己推車，往來工廠和倉庫間運送胚布，路上全程有監視器，沒有獄管隨行。

他打完這些話，沒刪除，將手機還給了任非。任非快速掃了一眼，尚未說出什麼，梁炎東已經旁若無人地往回走了。他面無表情，身上的鐐銬隨著動作帶出零碎聲響，這東西讓他行走得十分緩慢。

即便如此，任非還是很興奮。看著偶像就在自己身邊依循蛛絲馬跡抽絲剝繭，大概就跟粉絲在大街上偶遇明星拍攝實境秀節目的感覺差不多。雖不知梁教授此時此刻心裡究竟在盤算什麼，但是能跟著跑前忙後，也是很珍貴的體驗。

任非在猜測梁炎東的想法，梁炎東卻在心裡回想在任非手機上看到的資訊。死者右側頸動脈先天性狹窄，右側頸動脈處上皮組織有瘀傷；背部有摩擦傷，應是在石階、質地較硬且稜角鋒利的木板，或者鋁合金之類的堅硬東西上拖拉磨礪所造成；囚服背部有破損。

之前，警方已與獄方確認，隨後死者從副監區長辦公室出來後，曾到辦公區北角的洗手間——也就是他們此刻所處的地方——然後在監獄大斷電時失蹤。

梁炎東又站在洗手間門口，轉頭看往樓上穆副辦公室的方向。此刻走廊空空蕩蕩，送他過來的王管倚在監區長辦公室外的欄杆，往下俯視著，眼神跟他對視在一起。

梁炎東的目光在王管身上一晃而過，他閉了閉眼睛，再睜開時，結合已知的各種情況和線索，迅速在大腦裡勾勒當天案發前的情景：穆彥從穆副的辦公室出來時，應該還是那副不羈、不以為意的模樣——穆彥受完訓誡教育出來通常都是如此。有一名獄警會押著穆彥，沿著剛才他們下樓的那個樓梯往下走，到了一樓，穆彥提出要去廁所，獄警跟著他一起過來。

梁炎東垂眼看了看自己的影子。陽光下，大腦中虛構的穆彥與獄警就站在他面前，踩著他的影子，除了他，這裡其他的人都看不見。

在監獄裡，這種情況下去上個廁所，獄警不會隨同入內，所以穆彥會自己進去，負責押送他去禁閉室的獄警則守在門外。

梁炎東的目光隨著腦海裡勾勒出的「穆彥」一路進入洗手間——那個時候裡面沒有別人，之前他們發現碎布的隔間門鎖上無刮擦痕跡，假設穆彥是自己走進隔間，做為一個戰鬥力不弱、意識清醒的成年男人，不會在遭人攻擊後毫無反抗，所以穆彥不是過來排便，只是去小解。

當他正在小解，這時候有另一個人進入廁所——應該是熟人，所以穆彥沒有戒心。這個人十分熟悉穆彥的身體情況，清楚他右側頸動脈先天性狹窄的弱點。這個人對穆彥下了手，同時捂住他的嘴，下狠手壓死了右側的頸動脈，導致穆彥供血不足而昏迷，之後把人帶到了任非發現碎布的隔間。

梁炎東隨著「正在作案的凶手」，瞇著眼睛走進廁所，又拉開那個隔間的門。

凶手打開通風窗，把穆彥從那裡弄出去，自己再往外跳，運走摔在後院的被害人……不對，時間不夠。打量穆彥的人不可能在這麼短的時間內騙過看押穆彥的獄警，再來到後院把人運走而不被發現。所以凶手不是一個人，這是兩人共同作案。一人打暈穆彥，把人弄到窗口，另一人在窗外接應，然後把人拖出去運走了。

所以穆彥的背部有摩擦傷，囚服在這個過程中被窗框刮壞了一點。

打量穆彥的那個人在此之後，從獄警眼前大搖大擺出了廁所，而另一個人，在後院把穆彥一路運到了工廠。但他是怎麼把人運走的？

梁炎東閉著眼睛，又在腦海裡回憶了一遍剛才在廁所外繞一圈看到的環境：那條水泥路直通粗染廠房，從鐵門開始，往前一路都有監視器，而能逃脫監視器的方式是……運送胚布的手推車！另一個人把昏迷的穆彥裝進手推車，在上面疊好胚布，大大方方一路推了過去！

能到這個辦公區洗手間打量穆彥的，一定是監獄方面的人，而有機會推車穿行於這兩地之間的，只能是當天負責運送胚布的犯人。

梁炎東回想了一下，穆彥墜入染池那天，一大隊的十個班裡，一共有五個人被派去做這個工作。他記得這五個人是一班的劉岩、他們班的孫敬業、五班的周濤、七班的趙志舫和九班的田永強。

這五個人裡，劉岩和趙志舫是經濟詐騙入獄，孫敬業是參與販毒，周濤是過失殺人，田永強是故意殺人。

穆彥是五班的，而那個田永強……

梁炎東睜開眼睛，難得淺淺地嘆了口氣。

他朝任非伸手，任非意會地又把手機遞給他，任非想說「梁教授，你就先拿著手機，等不用了再還我」，最後還是忍住，沒吐半個字。

梁炎東在手機上打字：

當天事發前進出這間廁所的人？

任非跟著看完，直接就說：「不知道。問過當天執勤的獄警，說不記得了。」

梁炎東抬頭，看了任非一眼。

任非知道他的意思，聳了聳肩，「審問過了，我們老大還親自審的。那名獄警承認，他在外頭等時玩了一陣手機。他只知道中間有人進去又出來，衣服的顏色跟獄管是一樣的，隱約記得個子不高，但沒注意臉。停電警報響起時，他跑進去查看，犯人已經不見了。」靜默片刻，梁炎東在備忘錄上輸入：

殺穆彥的凶手有兩名。一個是當天負責運送胚布的犯人，一個是監獄工作人員。

當天運送胚布的一共五個人：一班的劉岩、三班的孫敬業、五班的周濤、七班的趙志舫、九班的田永強。

獄方人員：男，年齡四十到四十五歲，身高一七一到一七三公分，體重七十到七十五公斤，穿四十三號鞋，掌握心理學相關知識，有影片剪輯能力。

梁炎東指尖頓了頓，考慮片刻，又在後面加了六個字：

已婚，近期喪偶。

在這之前，警方並未將代樂山的死亡與監獄裡前兩起死亡案件做併案處理。因為代樂山的死亡並不具備跟之前案件的相似條件。

但是梁炎東卻非常肯定地把代樂山死亡案件中得到的線索「四十三號鞋」，寫進了對殺害穆彥凶手的側寫中。在他看來，殺死代樂山的凶器是他的簽字筆，連結上次遇襲一事，這次凶手的目標很明顯依舊是他，只是因為代樂山謀劃越獄之事，碰巧做了自己的替死鬼。

如果凶手的目標是他，那麼這件事就非常容易解釋——他跟穆彥以及錢祿，都有一個共同點，強姦殺人。

但是無論是他，抑或其他兩名死者，三人皆已在監獄裡服刑了幾年，一直相安無事，凶手選擇這個時候動手，一定是受到了什麼刺激。如果是女兒遭受侵害，做為父親的絕不會壓抑、忍耐這麼久，所以受害者應該是妻子。他的妻子遭受過這方面的侵害，事發後受辱的她迫於輿論壓力不敢聲張，一直勸慰著他，但最後妻子的離去，讓他積壓著的怨恨一下子全都爆發出來……

梁炎東在手機上輸入了最簡明扼要的結論，雖然看起來有點匪夷所思，可是任非卻毫無保留地選擇相信。

對任非而言，他相信的理由有二：其一是上次梁炎東坐在監獄裡，光憑那幾個關鍵字就幫他們破了分屍案；其二，因為他自己本身的死亡第六感就是個很玄奧的東西，所以任非覺得有些人的某種能力就是天賦，毫無道理可言，就是很準確。

但讓任非意外的是，他們楊局竟然也沒反對梁炎東的這些推斷。回到局裡後，楊盛韜叫來了譚輝，要他依照梁炎東的分析去重點調查。

調查的範圍一下子縮小了許多。工作安排重新分派，有了目標，所有人終於不再像先前那般無頭蒼蠅般到處亂撞。

但老喬對梁炎東依舊充滿了敵意，「就他說的這些東西，沒憑沒據的，只要掌握案情，換個人也未必寫不出來。」

「是啊，」站起身準備走出會議室的任非聞言回頭看了一眼，朝頑固的老大叔揚揚下巴，「紙上談兵誰都能寫，我也會。可是像他這樣一句一個句號，吐口口水就敢拍板釘釘子的，還有誰？」

任非不想跟老喬爭執，對方畢竟是隊裡的老人，大家多少都會給他面子，自己偶爾這麼嗆兩句也就是極限了，真要針鋒相對讓人認輸，誰都不好看。而且，老喬這個人就是有點剛愎自用，但骨子裡是個好人，任非也不想跟他鬧僵。

所以任非只回了這麼一句，立刻就轉身逃出了會議室。沒想到他剛離開不久，另一組在錢喜那邊調查的同事們便有消息回傳，還是一個很令人毛骨悚然的消息。

任非怎麼也沒想到，就這麼大半天的時間，胡雪莉竟然說服了譚輝，真的讓人帶著她去了錢喜家田地裡錢祿的墳墓，徵得錢喜同意，挖出了錢祿的骨灰盒……不僅如此，遺骨還是胡雪莉親自檢查的。

任非光是想像那個畫面，就覺得有點不寒而慄。好在這一趟沒白跑，墳也沒白刨，錢祿在天有靈，知道警方這麼盡心盡力地為了給他一個公道，也會原諒的。

當初胡雪莉的推斷沒錯，錢祿果真就是一個癮君子。

另外，同事們在不驚動趙慧慧的前提下去了她的學校，錢喜靠著家裡那點田地過日子，先前還奉養著養父母，手裡能運用的錢十分有限。而趙慧慧如今在鎮裡上學，小學和國中都是在同一所學校，她從小學三年級開始住校，至今已經國一，不僅是學費，就連住宿伙食費都從未少過一分。這對錢喜的家庭情況而言，不太尋常。

同事們深入調查，果然查出了問題。這四年來，趙慧慧每學期學費和住宿伙食等所有支出，皆匯自同一個固定帳戶。每學期都匯款一次，每次都繳齊一學期的費用。

問了錢喜，錢喜說她知情，錢祿之前告訴過她，慧慧上學，錢的事情不用她管，他已經備妥帳戶，每學期繳費時都會從戶頭直接撥款。

然而當警方追著帳戶往下調查時才發現，開戶人根本不是錢祿，而是一個叫林啟辰的人。

警方再詢問時，錢喜和趙慧慧一起傻住了，母女倆根本不認識這個人。

馬岩還在那裡沒回來，夕陽下，他頂著一張快被太陽烤熟的紅臉打電話跟譚輝說：「譚隊，這條線看起來跟案子沒什麼關聯，還有沒有必要繼續追？」

誰會在錢祿心知肚明的情況下，瞞著錢喜母女暗中資助趙慧慧上學？這個人可能就是錢祿的至交好友之類，似乎並不奇怪，畢竟人在江湖打混，誰沒有那麼一、兩個義氣之交。

但譚輝瞇著眼睛琢磨著，總是覺得不太對勁。他們之前調查過錢祿的探視紀錄，入獄這幾年，沒有任何人來看過他。如果監獄外有個能暗中幫他小外甥女繳學費的好友，為什麼四年來從未探望過兄弟？

考慮片刻後，譚輝說：「還是去查查這個林啟辰是做什麼的，跟錢祿有什麼過往。」

這個插曲過後，東林分局上上下下又把精力投入到梁炎東描述的犯罪嫌疑人身上。一方面找出符合條件的監獄公職人員進行匯總和分析，另一方面由李曉野和老喬一組，到監獄逐一提審梁炎東提及的五名受刑人，另有員警遍查這五人的檔案。

如此一查也查了三天，結果卻不盡如人意。

監獄那邊，譚輝親自帶著任非和石昊文把人都整理了一遍，符合身體特徵的有八名，但皆未喪偶。符合喪偶條件的也有一名，但那是監獄傳達室即將退休的老伯，前不久老伴剛過世，這個人高瘦又駝背，跟梁炎東描述的體型對不上，而且訊問之後，也沒發現作案動機。

受刑人那邊則是翻完五個人的檔案，人也逐一審過，九班的田永強作案動機非常大，可是當天有明確的不在場證明。

真是見鬼了。任非在會議桌上戳著筆，在心裡罵了一句。上次也是，逮錯了人，繞了一圈才把凶手抓回來。

「我就說梁炎東給的線索有問題。」喬巍的臉色很難看，折騰這幾天，跟幾個面對審訊都練就了一身本領的囚犯纏鬥，他那把強健的老骨頭也要撐不住了，蠟黃了一張臉，下巴快抵到桌面上，「楊局也是，還真的就相信了他，千方百計想辦法往上面遞資料，讓那龜孫子協助我們辦案……嘖，本來他自己都還是嫌疑人呢，葫蘆裡賣的是解藥還是毒藥，誰知道？」

任非沒搭話就在心裡吐槽梁炎東：梁教授你寫的話是不是按字計價，所以惜字如金，現在沒有一個前因後果，我都沒辦法幫你辯駁。

「田永強那個不在場證明，」譚輝抬手敲敲桌子，「是誰幫他作證的？」

老喬在旁邊把資料推過去給他，「那天在倉庫值班的是五班的管教人員，叫曹萬年。他們一大隊一共十個班，五個管教人員，一個人帶兩個班。輪到他們大隊去粗染房那邊工作的時候，一般是三個管教在工廠，兩個管教在倉庫。穆彥出事的那天，在倉庫值班的就是管五班、六班的曹萬年和管九班、十班的劉學亮。那天二班的代樂山被穆彥打了，劉學亮帶著代樂山去了醫務室，倉庫那邊只剩下曹萬年一個人。」

聽著喬巍說完，任非往他們老大那邊看了一眼。

任非對這個曹萬年印象太深刻了。當時帶著錢祿屍體出來驗屍的就是他，任非那時為了拿到驗屍結果，還故意跟他稱兄道弟混了個臉熟。

他們幾個人這幾天蒐集體貌資訊調查過濾，最後找出八個符合梁炎東描述的人，當中也有曹萬年。只不過唯一對不上的是，這個人的妻子還好好地活著，雖說她不怎麼出門。喬巍暗中查訪時問過他們家的街坊鄰居，都說他妻子前天還好端端地下樓買菜呢。

但是……一個可能有嫌疑的人，替另一個他們重點懷疑的對象做不在場證明，怎麼看都有些不尋常。

譚輝聽喬巍說完，顯然也有想法，伸手將面前的一份資料推給了老喬，「看看這個。」那上面就是符合梁炎東描述身體特徵的八名獄管，以及那個近期喪偶的傳達室老伯的個人資訊。

老喬一眼就在上面看見了曹萬年的名字，臉上肌肉抽了抽，忍不住罵了一句。

✦

這件事，其實梁炎東心裡是有盤算的。他知道當天倉庫值班的是曹萬年和劉學亮，那天看著劉學亮帶受傷的代樂山去醫務室，也知道田永強入獄的原因。田永強犯罪之前，他們田家有一個案子，是梁炎東免費承接、親手辦理的，因此他知道田永強的底細。雖無法確切掌握曹萬年的背景，但寫在任非手機備忘錄裡的內容，都是他有辦法證明的結論。那些帶有未知性、可能為警方查案招來麻煩的猜測推論，他是不會寫上去的。

梁炎東是一個不太容易信任別人的人，所以有些事情，他還是想親自去做。

就在昌榕分局刑偵隊兵分兩路，分別前往曹萬年家和監獄調查的同時，嚴管了一週的十五監區終於在受刑人怨聲載道的抗議中，迎來了連日來的第一次放封。

盛夏天，即使傍晚也還是悶熱，在頭頂上崗亭獄警端槍嚴陣以待的監視下，多數人都窩在操場有陰涼處的地方，年輕力壯的在球架那邊揮汗如雨，只剩下老弱病殘待在太陽地裡，三五成群地胡扯亂聊。

田永強身為「老弱病」三樣都有的九班大叔，在籃球架不遠的木質長條椅上坐著，臉上的皺紋堆疊出深刻的溝壑，一雙泛黃的渾濁眼珠放空地看著天邊將落的太陽。他發現以往不合群的梁大律師正不聲不響地坐在了自己身邊，田永強嘴角不自覺地動了一下。

梁炎東手臂撐在腿上十指交握，彎著腰垂著頭，讓人看不清五官。跟田永強一樣，他好像完全沉浸在自己的世界裡，一動也不動。

田永強等了一會，見梁炎東沒有要走的意思，他也不想繼續跟人這麼靠近地坐著，於是伸伸腿準備站起來要離開。突然，一個低沉、生澀卻異常平穩的聲音從旁邊傳來，「田叔，」梁炎東始終維持著如雕像般的姿勢，「坐下。我們聊聊。」

田永強驚愕地瞪大眼睛猛然轉頭，梁炎東這時才抬起頭來，貌似不經意地掃了他一眼。他臉上表情非常平靜，剛才的聲音彷彿是田永強腦中的詭異幻覺。

田永強的嘴唇哆嗦了一下，「你……」他尚在猶疑，並不能確定這個「啞巴」是不是真的開了口。

「不想現在就引起獄警注意的話，田叔還是淡定一點。」梁炎東在田永強惶惶的眼神中，又把頭低了下去——這個姿勢，就連坐在旁邊離他最近的田永強，也看不清他嘴唇的翕動。然而這一次，田永強卻實實在在地確定了，這個偽裝蟄伏了三年的男人，又「活」了過來。

一個在整座監獄所有人面前裝了三年啞巴的人，如今突然讓自己知道了他的祕密，這意味著什麼，田永強無須多想也能明白。所以他深吸口氣，眼神從梁炎東身上挪開，又望向方才一直盯著的夕陽，「梁律師，原來你會說話。」

梁炎東沒接這個話題，轉而直接就問：「小旭還好嗎？」喧鬧的小廣場上，除了他們，沒人能聽見兩尊雕像的談話。

田永強放在膝蓋的手握成拳，好一陣子後才回答：「死了。」

如此答案，梁炎東並不意外。如果那個孩子還在的話，當年本分規矩的莊稼老漢，也不至於做出這些不計後果的事。

「什麼時候的事？」

「半年前，跳井。」

梁炎東沉默著，半晌沒說出話來。

他跟田永強的淵源始於六年前的一樁案件。

當時，田永強從村子裡受人尊敬的老大哥，變成被人人喊打的強姦犯。再婚的老婆帶著他寫的不甚清楚的「狀書」，四處求人打聽，找到了梁炎東的律師事務所，撲通一下直接跪倒在地的情景，梁炎東至今回想仍歷歷在目。

周旭是田永強的繼女，上小學時跟著她媽媽一起到了田永強家，田永強年輕時喪偶又沒孩子，自周旭到了他家後，就一直視她為親生女兒疼愛。

田永強是一個務實的農村漢子，又有點頭腦，田裡收穫的季節會採收附近幾家連帶自己家田地的菜，開著換了好幾手又拆了後座的小廂型車，日復一日運送蔬菜到城裡賺取差價。

田永強一家在村裡算是日子過得不錯的，繼女也認他為親生父親，稱得上家庭幸福。靠著自己耕種賣菜賺差價，田永強就這麼供著周旭上了大學。

事情就出在周旭大二那年暑假。周旭剛過完十九歲生日，為了替家裡減輕點負擔，從小學業成績就好的她，從上大一便開始幫人補習。暑假回來時，她透過高中同學的介紹，接了一份幫高二學生補課的工作。

剛開始，周旭回來總是跟田永強和媽媽說，補習的這家人看上去滿富有的，才剛談妥就預付了一個月的費用，見第一面時她覺得那個孩子傲慢驕氣、不好相處，沒想到真正開始上課之後，表現得還算聽話。

可是漸漸地，周旭越來越少說這個孩子的事。她總是欲言又止，像是有心事，媽媽問了她也不說，只在第二個月中旬時告訴爸媽，她想要退回費用，下半個月不去替那個男生補習了。

田永強認為她是跟雇主家處不來，當時也不覺得有什麼事，可是怎麼也沒想到，周旭這一去，竟然就失聯了。

等田永強找到女兒的時候，周旭已躺在醫院裡，像一個沒了魂魄的木頭人，怎麼叫也沒反應。她補習的那家家長都在病房裡，只表示周旭進了他們家門就暈倒了，他們把人送來醫院，說是中暑。

田永強夫婦像傻子般點頭道謝、送他們離開，誰知對方一走，周旭突然號啕大哭起來！詢問過後，才知道她被補習的男生在奶茶裡摻了迷幻藥，拖上床侵犯了……

周旭是那種長得文靜、耐看的類型，才十九歲，而那個男生是一個不服管教的浪蕩子弟，也才十七歲，原本也沒把她當老師看，時間長了，卻看上了老師。

周旭就是在察覺他對自己有意思後才打算不教，本想有始有終教完這個暑假，可是到了後來，男生窮追猛打，她承受不住，才想退錢辭職。

那天男生家裡沒人，她說完辭職的話，男生沒收退回的錢，周旭喝下男生摻了迷幻藥的奶茶，後續的事情，全都失控了。

田永強帶著滿腔憤怒和怨氣，衝到男生家裡討公道。沒想到的是，男生家裡在當地頗有權勢，田永強沒討到公道，甚至沒看見罪魁禍首，就被男生的父親塞了錢準備打發。田永強當場把厚厚一疊錢甩在男人身上，幾句言語衝突後，男人撂下狠話：「要報警就去！敬酒不吃吃罰酒，後果自負！」

他被男人從大宅裡趕出來，腦子嗡嗡地響，一心一意要去報警，卻被周旭媽媽打電話叫了回去，說是周旭情緒不穩，鬧著要回家。

他跟老婆一起把孩子接回家，接著才在當地派出所報了警。當時獲報的員警表示震驚，可是田永強也不知道為什麼，警方調查了幾天之後，竟然破門而入，把他帶走，說他們有明確的物證，化驗出了田永強的精液，指他一把年紀迷姦自己的繼女，連畜生都不如。

田永強就這麼被帶進看守所關押，等待警方繼續取證調查。事情發展到這一步，別說還擊了，他連半點替自己辯解的餘地都沒有。

田永強妻子拿來的所謂證據瑣碎凌亂，在基本上沒什麼用處的「物證」中，卻有一個至關重要的證據——事發時，喝了奶茶察覺不對的周旭，在自己還保有一絲理智之際，開了手機錄音，將那些屈辱的過程，全都留在錄音裡。

後來，這個案子從證據蒐集到法庭辯護，梁炎東就像以前打過的任何一場沒有硝煙的仗一樣，贏得漂漂亮亮。可是讓人無能為力的是，迷姦周旭的男生在犯罪時才十七歲，正好卡在滿了十六歲要負刑事責任，但必須從輕或減輕量刑的階段。

在證據確鑿之下，男生頗有勢力的父母再也使不上力，因為法定事由，男生只被判了一年零七個月。

後來這件案子算是塵埃落定，但是不到兩個月，休學在家的周旭發現自己懷了孕，又帶給這飽受折磨的家庭一記重擊。

打擊幾乎是致命的。周旭從那時便開始精神失常，越發害怕跟陌生人接近，不讓人觸碰，原本帶她去做流產的計畫也半途而廢。

田永強和老婆無計可施，商量之後只好咬著牙，讓女兒生下這個孩子。為了不讓村民在背後說三道四，田永強帶著老婆孩子在城郊買了一個小套房，一家三口就這麼蝸居在那裡。

從那以後，田永強開始出去打工，每天早出晚歸勉力支撐這個家，而妻子則在家日復一日地哄著不知何時就會發作的懷孕女兒。

再來，孩子出生，大半年後，那個男生也出獄了。不知道他是怎麼找到田永強他們這個小家，更不知為何罪魁禍首反倒滿腹委屈，總之田永強打工下班回家，剛進走廊就聽見周旭恐懼的尖叫、孩子的啼哭和老婆的歇斯底里大喊，跑回家推開虛掩著的門，就看見那個畜生正滿腔怨恨地指著周旭的鼻子冷嘲熱諷。

當時他什麼都沒想，腦子裡一片空白，轉身進了烏漆抹黑的小廚房，從裡面提了以前砍豬骨的斧頭，揮手便劈開了男生後腦……滿眼的血色，耳朵裡只能聽見周旭更大的叫聲和孩子更淒厲的哭聲。等他反應過來，男生已經倒在了血泊裡……

後來田永強去自首，被判刑十五年，進了東林監獄服刑。

梁炎東沒犯事之前，得知了這件事，還特意去監獄探了他的監。

那時田永強說，雖然殺了人，但他不後悔。善惡到頭終有報，他替女兒報了仇，現在坐牢來還那條命。

他覺得命這個東西很公平，曾經從別人那裡拿走什麼，最終都要從自己身上取下來還。算來算去，得到也好失去也罷，都對等了。

那是他跟田永強的最後一次交流。一年後，他就以田永強當初最厭惡、不齒的罪名也入了獄，並且從此不說一句話，與田永強形同陌路。

梁炎東對田永強的認識還停留在四年前探監的時候。雖然代樂山死亡的那天晚上他梳理前前後後的事件經過，腦中出現過田永強的臉，但梁炎東並未將他當成最大的嫌疑對象。

直到在任非的帶領下，他跟著楊盛韜去了那個辦公區的獨立廁所，看見廁所後面的通道。而當天的五個人裡，除了田永強，沒人有犯罪動機。

原本早就打算在監獄裡認命服刑的田永強，突然改變性情，一定是有什麼事情刺激到了他。而能讓他失去理智、以一種「替天行道」的心態想把人殺之而後快的，只會是因為他那個曾遭禍害至深的繼女周旭。

周旭死了。本該如花似玉的女子，半年前終於承受不住精神折磨，趁著媽媽不注意，獨自跑出家門，跑回他們以前在村裡的老房子，跳進了院後的那口井裡。

梁炎東原本做好了再進逼田永強的準備，可是沒等他再問，蒼老的男人已經自行道出事情原委。

一聲不響地聽完後，梁炎東意識到其實田永強一直在等這一天。等有人翻出罪行，然後他就此停手，再去為那些被他殺死的人償命。

梁炎東嘆了口氣，「田叔，你特別憎恨強姦犯吧？」

田永強笑了一聲，那個動靜跟梁炎東印象裡憨厚的莊稼老漢十分不一樣，是那種操縱了人命、見多了殺伐之後的冷酷。他沒回答，反而說起梁炎東，「梁律師，我真沒想到，你也會做出這種禽獸不如的事。」

梁炎東不置可否，「所以，你也想殺我？」

「都要殺。像你們這樣的垃圾，刑期一滿，回到社會，就又有女人要遭殃。」

梁炎東抬起交叉的雙手碰了碰兩根食指，聲音很穩定，語調始終沒什麼情緒，「死的人，也只有穆彥是十五年刑期，除此之外，錢祿包括逃過一劫的我，都是無期徒刑。」

「別以為我不知道。穆彥家裡有個有錢的老子，早晚能把他救出去。你是一個有腦子的人，也不可能真的老死在這裡。」

梁炎東貌似不經意，隨口就問：「這是誰告訴你的？曹萬年？」就好像那是人盡皆知的事實，而他只是順便多提了一句。

始終健談的田永強卻頓了一下。等明白過來的時候，他驚詫地瞄了梁炎東一眼，「曹管？莫名其妙的，你怎麼會提起他？」

「莫名其妙？我倒是沒想到，你會替他扛罪。」梁炎東直起身伸了個懶腰，仰面靠在椅背上，眼睛瞪著慢慢暗下去的天空，聲音還是很低，甚至嘴角的動作都微乎其微，但已足夠田永強聽得清楚，「把強姦犯一個接一個地殺掉，然後偽裝成自殺……田叔，我們打過交道，我自認對你多少有些了解。剛才說的那些，都不是你會有的點子。是他替你出的主意吧？代樂山死於我的簽字筆，沒猜錯的話，那天晚上他應該是準備趁夜裡把筆交給你，叫你對我動手。」

梁炎東從頭到尾毫無詢問對方的意思，口中道出的每一個字，都是擲地有聲的篤定，宛如敲山鼓一般，震得田永強心慌不已。

老頭有點坐不住了，屁股在板凳上蹭了幾下。梁炎東看不見他的表情，但從他的語氣中能猜得出，此刻的田永強應該是強作鎮定，「梁律師。我不知道你為什麼沒啞卻非要裝啞，也沒興趣知道。但你在監獄蹲了三年，不會真的把腦子也蹲傻了吧？代樂山的死可跟我沒關係。」

「代樂山為什麼要死，到時候問問曹管就知道了。」梁炎東說：「但是那天在我背後拿繩子勒人的應該不是你，是曹萬年吧？如果不是我一腳踹響門引人過來，現在我大概也已經是個死人了。正因為他是管教人員，從我踹門到昏迷再到獄警趕來的這短短數秒之間，他就搖身變回趕來查看情況的管教，順理成章脫了身。」

田永強的手指有點抖，沒再接話。

梁炎東接著說：「設計凶殺手法，篡改監視器錄影，留下心理暗示，事發前說服你、拉你下水，案發後又叫你自願替他扛罪——曹管在這裡當管教人員，真是委屈了，可惜以前沒人察覺。」

田永強幾乎控制不住自己，一下子轉過頭，眼神裡透著病態的凶狠和執拗，目光直勾勾地落在梁炎東那微微揚起的下頷上，「梁律師，你是不是對自己太有自信了？你要是真的這麼算無遺策，那就算犯了罪，也不該待在這裡才對。」

梁炎東對著天空閉上了眼，「我做的是無罪辯護。至於有罪的，該按照你的說法，遵循善惡到頭終有報的天理循環。讓犯罪者逍遙法外，豈不是太罪過了。」

「你……」梁炎東的話讓田永強有些不明所以。老頭瞇起了眼，非常仔細地打量他，試圖從他巋然不動的狀態中窺見這個人的心思。半天之後，他終於又想說什麼，可是集合哨聲響起，伴隨著呼嘯的警笛聲。

田永強沒動。

梁炎東站了起來，微微垂著頭，帶著歉意說：「田叔，我非常抱歉。如果當年我能找到更有利的證據，讓那個男孩多判幾年的話，這些悲劇就都不會發生了。」

田永強徹底愣住。他從來沒想過，眼前這個男人竟然會在此時此刻舊事重提，並且向他致歉。

做為當事人，田永強再清楚不過，當年他蒙冤進看守所走投無路時，頂著壓力接了他這個案子的梁炎東付出了多大的努力，最後在法庭上，梁炎東出示的那些證據，甚至是他和老婆都不知道的。

他從來沒在這件事上怪過梁炎東。但沒想到，梁炎東竟然一直將這件事放在心裡，並且因為今天的局面反過來向他道歉。

如果那個男孩多判刑幾年，那天就不會來他家找麻煩、刺激周旭；周旭的精神狀態會慢慢恢復，他們一家會慢慢接受周旭生下的那個無辜孩子；再過幾年，他們也許會搬家，也許……他就不會讓怒火沖昏頭腦，一斧頭砍死了那個男生。他就不會入獄，周旭也不會自殺。

可是人生沒有如果。走到了這一步，誰都別想再回頭。

田永強出神地笑著，對朝他淺淺鞠了一躬的梁炎東搖了搖手。

他知道這是梁炎東所表達的歉意，但他不需要。他以前無比感激這個律師，後來也無比憎惡這個強姦犯。不過他未曾覺得，當初那男孩只判了一年七個月是梁炎東的錯。

管教人員已在吹哨警告逗留廣場的兩人。田永強在椅子上坐著沒動，梁炎東頭也不回地往隊伍的方向走。

監區盡頭，李曉野帶著人馬，加上檢方和獄警，一大堆人呼啦進到監區，帶走了田永強。

最後，李曉野來找梁炎東，臉色不太好看，但語氣十分客氣，「梁教授，你也跟我們走一趟吧。」

15 另一個嫌疑人

李曉野帶人去東林監獄逮捕田永強時，譚輝也帶著隊裡其他人，來了東林監獄管教人員曹萬年家的大門前。

他們還沒拿到搜索票，搜捕行動和審批流程是同時進行的。有譚輝坐鎮，刑警們敲門無果後，毫不猶豫地找人撬鎖。

然而撬開大門後，堵在門前率先看見曹萬年家裡情況的那兩、三個人都呆在現場。

任非感覺後腦杓有涼風掃過，愣在門口，沒說出話來。幾秒鐘之後，才被旁邊刑警的一聲國罵震醒。

豔陽高照的大晴天，曹萬年家遮光的窗簾拉得緊密，除了被撬開的大門口透進去的光線外，屋內唯一的光源，只有客廳裡朝西擺著的香案上兩個燭臺燈。而兩個燭臺燈之間，擺著一座靈位。

靈位之前的香案上，水果、飯菜、香爐、碗筷，一應俱全。一個鋁盆塞在香案底下，旁邊放著成捆的金紙，盆裡還有燒盡了沒倒掉的黑色紙灰。

這一切的一切，使這間老式裝修的房子每個角落都顯得陰氣沉沉。

開門之後，屋裡屋外空氣對流，嗆人的煙味撲鼻而來。等走到裡面，便能看清楚那座靈位做工粗糙，像是手工刨製，上面寫著「愛妻范曉麗」。

譚輝看了一眼一起進來的老喬，老喬神色變了幾變，最終抬手抓亂了頂上稀疏的頭髮，罵了句「見鬼」。

不久前，老喬還信誓旦旦地保證，曹萬年家的鄰居前天還看見他妻子下樓買菜。前天還能下樓買菜的人，為什麼今天在這間屋子裡只剩下一個牌位？而且看這副情形，香灰已快漫出香爐，下面的金紙、紙灰，加上滿屋煙熏火燎的氣息，在在說明曹萬年在家裡為妻子的擺設已非一天兩天的事。

曹萬年的妻子范曉麗早就過世了，但他卻一直隱瞞著，所以無人知曉。那麼，鄰居們看到的那個「范曉麗」是誰？

刑警們快速在房裡搜索一圈，各處搜查完畢的物品皆按照原位重新擺放回去，最後回來向譚輝彙報：「隊長，房間裡搜到不少心理學相關書籍，專業性十足。另外，在主臥的床頭櫃裡發現了這些。」遞到譚輝面前的是一疊醫院診療單據。

任非打開室內燈。病歷上的字龍飛鳳舞，譚輝勉強辨認出，范曉麗生前一直在進行心理治療。

醫院就是東林二院的精神科，看診時間從三年前持續到兩個月前，最開始看診頻率是每週一次，到了最後這一年，降低成一個月一次。

依頻率降低判斷，應該是治療有效，范曉麗的心理問題有所好轉才對。可是為什麼她死了？

在場刑警們幾乎都能判斷出曹萬年的作案動機，關鍵是范曉麗的死因。譚輝舔舔嘴唇，跟任非說：「去二院調取范曉麗的病歷。她一連看了三年的精神科，那邊的醫生一定對她十分熟悉，去查清楚范曉麗有什麼心理問題、因何造成。」

任非點點頭，一刻也不耽誤地往外走，腳步很快，緊繃的背影像在逃離。

他對這樣的情景有種說不清楚的恐懼，待在裡面，聞著祭奠焚燒氣味，使他幾乎無法呼吸。這正是十二年前，母親死後，盤桓在家裡的氣息，是從此分離和永世不見的氣味。

任非走到玄關，室內頹靡的氣息被走道裡帶著塵土味的空氣取代，他深吸口氣，抬腳跨過門檻，一隻腳剛邁出去，眼角便瞥見一個人影迅速逃離。

任非一個箭步追出去的同時，暴喝一聲：「什麼人？站住！」逃跑的人當然不可能停下來，但好在任非有兩條非常占優勢的大長腿。

在曹萬年家中搜查的同事們聽見動靜，一部分人立即追出，屋內壓陣的譚輝在刑警往外追的第一時間，一把拉開陽臺緊閉的遮光窗簾，曹家的陽臺正對著樓下的公寓大門。他打開窗戶探出頭，只見從走道裡跑出來的女人，被隨後追上的任非一下子抓住衣領、往回一拉，女人失去平衡向後倒，緊接著被任非一把抱住了腰。

任非一連串動作十分連貫，然而在樓上觀看的譚輝不知道，他控制著這個女人的手正在不停發抖。

任非早上剛在老喬帶回來的資料裡看過曹萬年妻子范曉麗的照片，而在後面追著這個女人時，便看出她的身形幾乎跟照片上的范曉麗一模一樣。

女人還在他懷裡不斷掙扎，任非大聲喊著「不許動，安分點」，覺得自己的喉嚨幾乎要撕裂開來。他靠著這樣的動靜替自己壯膽，也讓女人冷靜下來。

其他同事很快從公寓裡追出來，人一多，任非再也不用勉強自己，立刻把銬著手銬的女人扔給老喬，上前一把掀開她頭頂上的帽子，又拉下她的口罩。

帽子一摘，在場的刑警和任非都愣住了。這個身形和相貌都像極了范曉麗的人，年紀最多也就十七、八歲。

在任非極度詫異的時候，被抓住的女孩先聲奪人，充滿敵意地瞪著任非喊著：「你們憑什麼抓我？」女孩的聲音是啞的。

任非重重地吐了口氣。他看著女孩，偏頭抬了抬下巴，「妳是曹晴吧？曹萬年和范曉麗的女兒。」

曹晴那細細的小眉毛幾乎快在臉上擰成了鋼絲，「是又怎樣？」

任非上上下下打量她，眼神裡帶點揶揄又帶點審視，「好好的小女生，幹嘛打扮成這樣？」

曹晴立刻冷靜下來，也不掙扎了，任憑喬巍抓著她的手臂，揚了揚下巴，回嗆任非：「我平時就是這樣穿的，你管得了嗎？」

任非做為一個從小就不服管教的叛逆少年，長大之後自問對「各種問題少年的相處之道」有著獨特的應對之策。他聞言笑了笑，又替曹晴套回從頭上拉下來的帽子、口罩，「好，妳喜歡，我幫妳戴好。」然後又把人從老喬手上拉出來，當著大家的面，替小女生解開了手銬。

老喬離他最近，當即壓低了聲音警告：「你別亂來！」

任非搖了搖頭。

這時候，圍觀群眾已經越來越多，而曹晴自己也看得清楚，身邊一圈都是員警，就算解開手銬也跑不了，所以她待著沒動，只是大聲問了一句：「員警叔叔，我可以走了嗎？」這句話是說給看熱鬧的群眾聽的。

任非笑了一下，「走啊，沒人攔著妳。」

曹晴轉身就走。

喬巍一個箭步就要追上去，卻被任非攔住，轉頭氣急敗壞地隔空指著他額頭，「你知不知道你在幹什麼？」

任非沒回答，問了一句：「喬叔，你上次調查的時候，有人說前天看見『范曉麗』，是在什麼地方？」

老喬看了他一眼，又看了看已經距離他們十公尺外的曹晴，耐著性子回答：「就在社區東邊那個占道擺攤的小市場。」

任非點點頭，也盯著曹晴的背影，「孩子還未成年呢，沒有證據就把人銬回局裡審問也不合適，要先找個理由才好下手。」

話音一落，表情有如等著吃雞的賊狐狸任非就追上曹晴，走在她身旁將她引往喬巍說的那個市場。

這陣子經常往外跑，剛才雖然是坐警車過來，但幾個人穿的都是便服，等走得遠了，也沒人看出任非是員警身分。

「你不是叫我走了嗎？能不能別跟著我？」

任非無辜地挑了挑眉，帶著點痞氣，「路這麼大條，我想往哪裡走，妳管得了嗎？」

「你……」曹晴被他堵得一句話說不出來，往前走的腳步更快了。她急迫地想要擺脫這個人，他在旁邊一刻不停地聒噪，讓她沒辦法靜下心來思考接下來到底該怎麼辦。

員警為什麼會突然跑來家裡？他們肯定看見了香案，那他們還在家裡發現什麼可疑的東西嗎？爸爸在哪裡？該不該打電話給他？哪裡才安全？我能去哪裡？

全都不知道。

曹晴只覺得自己腦袋裡嗡嗡嗡地亂成一團，任非寸步不離的跟隨又讓她感到慌亂和害怕，但她仍盡力表現得若無其事，控制著自己想逃跑的衝動。

曹晴快步經過那個在社區街道兩旁的「菜市場」，任非始終緊跟在她身邊，低頭對她說笑。儘管小女生對他的厭惡溢於言表，但在大帽子和大口罩的掩藏下，旁人都看不出來。

曹晴和任非一直往前走，很快就要穿過這個小市場。而明白了任非的意思，從後面追上來的老喬，找到昨天剛問過的那個推車賣豆腐的攤子，拿出證件，跟攤主指著前面曹晴的背影，又問了一遍：「你認識那個人嗎？」

攤主是一個微胖的中老年女子，住家就在這個社區，又長年在此賣豆腐，對鄰里相當熟悉，一眼看過去，又莫名其妙地看了老喬一眼，「那不就是晴晴媽媽嗎？你昨天剛跟我打聽過呀。」

這麼一來，就什麼都對上了。

✦

曹晴後來還是被任非他們帶回了局裡，譚輝則領著剩下的人，去抓始終未見人影的曹萬年。

昌榕分局的審訊室裡，任非提了一罐牛奶放到曹晴面前的小桌上，轉身又回了座位，「喝吧，沒下藥。」邊說邊自顧自打開易開罐，「妳看，我們也忙了大半個晚上，我喝口咖啡提提神，妳沒意見吧？」

曹晴一臉敵意地瞪著他。

小女生本來很有骨氣，看也沒看面前那罐牛奶。偏偏她盯著任非，見他一口接一口地灌咖啡，早就乾渴的喉嚨便禁不住誘惑，也小心地拉開易開罐，試探著慢慢抿了一口。

曹晴捧著小罐子，渾身上下都緊繃著，滿是戒備。她等了半天也不見任非再開口，按捺不住，咬著嘴唇問：「你們抓我來，究竟想幹什麼？」

任非沒回答她。他把喝乾了的罐子放在桌子一角，轉而問她：「妳的喉嚨是怎麼回事？」

從見面開始，曹晴的嗓子就啞得不辨雌雄。

曹晴也沒想到員警會突然問這個，怔了一下，低頭又喝了口牛奶，「不關你的事。」

「以前不是這樣吧？要是妳一直是這樣，待會剃個小平頭，換上T恤，跟哥哥拜個把子吧。我出去就說妳是我弟，肯定沒人說有問題。」

其實曹晴長得滿好看的，只是眉眼間透著些長久焦慮積壓出的憔悴。這個年紀的孩子，無論男女都開始在乎外貌，漸漸學會打扮，大多不容誰在這上面有一、兩句冒犯。曹晴心裡堆積下來的沉重情緒，當即被這一把火點燃，有如發洩一般「砰」的一聲，把剛喝了幾口的牛奶罐摔在地上，「你是不是有病啊？我容易上火嗓子啞跟你有什麼關係，關你屁事？」

要不是兩人有段距離，任非覺得曹晴摔的那罐牛奶能直接噴到自己臉上。他心有餘悸地起身，撿起淌著牛奶的易開罐，放在自己桌上。難為他那個一點就燃的脾氣，現在竟能和和氣氣地笑臉相迎，「喲，這是上火了？妳母親過世也有兩個多月了，怎麼還這麼想不開，看看妳啞得像鴨子叫的。」

任非像是閒話家常般極不經意，但話剛說完，坐在椅子上氣得直喘的小女生猛地抬起頭來，「你怎麼知道我媽過世兩個多月？根本沒人知道才對，就連我家的鄰居都——」說到一半，倏然停住。

她連忙把目光從任非身上移開，兩隻烏黑的大眼睛滴溜亂轉，不知該看哪裡。她想站起來，卻被面前的小桌攔住，看著任非笑意盈盈地走過來，小女生徹底慌了。

任非站在她面前，雙手撐在桌上，聲音很輕，沒有逼迫的意思，「妳是承認母親已經在兩個月前過世了，對吧？」

他剛才明顯就是詐供，換在成年人身上，不至於被這樣三言兩語逼問出來，但對方是一個涉世未深的小女生，早就被員警又追又抓嚇壞了，腦袋沒轉過來，便下意識地回答了警方的疑問，等反應過來一切已晚。

曹晴一下子就紅了眼睛，嘴唇哆嗦著，矢口否認：「我沒有！是你說的，我只是順著你說的說下去，我本來就已經……」

「噓噓噓。」任非豎起手指在唇邊示意她噤聲，然後又抬手向上面牆角指了指，

「監視監聽都開著呢，妳說的話已經被錄下來了。冷靜一點，配合我們調查，也許還能幫妳爸爸爭取從輕發落，嗯？」

曹晴渾身都顫抖起來，色厲內荏的小女生轉眼之間已經臉色慘白，瞪著眼睛咬著嘴唇跟任非僵持了一會，忽然捂住臉嗚嗚哭了起來。

任非站直了身體，看著她，沒勸慰。

其實他能明白，一個才上高一的小女孩，在母親去世後過著暗無天日的生活，打扮成媽媽的樣子，扯著一個啞嗓在鄰里之間混跡，讓大家認為她母親還活著，即使這一切看起來都像是曹晴自願，但這種日子在孩子心靈長久積累的陰霾，是很難驅散的。

任非猶豫了一下，伸手摸了摸小女孩的頭，卻被曹晴發狠一把打掉。他沒有放棄，又摸了上去。如此反反覆覆好幾次，曹晴終於不再抗拒，任非就這麼輕輕撫摸著女孩頭頂透著些潮溼的頭髮，希望這種動作能給曹晴一種暗示，告訴她，此時此刻，她不是一個人。

即使這個人是員警，是即將緝拿她爸爸歸案的人，也好過她一個人面對這一切。

任非始終沒勸她，等她發洩夠了，哭聲漸漸轉低，才從口袋裡掏出一包用了一半的面紙遞給她，「擦擦眼淚鼻涕再抬頭，不然錄到監視器裡太醜了。」

曹晴頓了頓接過去，胡亂擦了把臉，這次倒是沒扔，把半溼的面紙揉成一團，緊緊握在手裡，就像是在抓一個能帶給她安全感的藥丸一般。

任非嘆了口氣，「為什麼要扮成媽媽的樣子？」

曹晴垂著頭，看著手心裡的那團面紙，聲音很輕，還帶著鼻音，「……因為不希望別人知道我媽已經不在了。」

「妳爸叫妳這麼做的？」

曹晴沉默不語，任非能感受到她的掙扎和猶豫，過了一會，她豆大的眼淚又落了下來，「……不是，沒人叫我這麼做。是我自己的主意。我知道我爸都做了什麼事，也知道早晚有一天員警會找上門。我沒辦法說服他停下來，就只能幫忙……我已經沒有了媽媽，不想再沒有爸爸……我不想沒有家。」

任非一口氣堵在喉嚨裡，發酵成感同身受的酸楚，又被他一口狠狠嚥回肚子裡。

他無法寬慰曹晴什麼。像她這樣的孩子，聰明又敏感，既然知道父親都做了什麼，那麼也一定早就在網路上查過，很明確地知道父親會遭到怎樣的法律制裁。

除非曹萬年自首，否則法律不會對這樣一個監守自盜的人從輕發落。而就目前的情況來看，前往通緝曹萬年的同事們尚未傳回任何消息，嫌疑人明顯已潛逃，所以他也沒有能力對曹晴做出任何承諾。

沉默中，曹晴突然仰頭問他：「你們在找我爸吧？」

任非笑了一下，伸手又摸摸她的頭，語氣很肯定，「妳知道他在哪裡。」

「我知道。」曹晴點點頭說：「但如果你們就這樣漫無目的一直找，一時半刻是找不到的。」曹晴手裡的一團面紙都被她攥成了一個個小小的圓球，「如果我告訴你們他在哪裡，能算是他自首嗎？」

任非搖搖頭，「不能。」

曹晴沒說話。

任非將手插進口袋裡，「他的手機一直關機，但妳還可以聯絡上他，是嗎？」

曹晴看著他。

任非把手從口袋裡拿出來的時候，手中多了一支手機，是曹晴的。他把手機遞還給小女生，「如果妳能勸他來自首的話，那就另當別論了。」

曹晴的眼睛亮了一下，很短暫，像螢火蟲飛過的微光，瀰漫在絕望的漆黑瞳仁裡，轉瞬即逝。

曹晴打通曹萬年電話時，任非往審訊室的單向玻璃看了一眼。一直守在玻璃後的老喬立刻會意，安排人手根據曹晴的電話追蹤曹萬年位置。

但是這種默契之下，任非和老喬做這件事的目的截然不同。對任非來說，這是一個保險措施。他想著，如果曹晴沒辦法勸說曹萬年前來自首，那麼他們可以根據曹晴撥通的號碼，鎖定曹萬年的位置進行通緝。但是老喬那個不苟言笑、嫉惡如仇並且死心眼的男人，跳過了曹晴的問題，就想直接通緝。他不相信曹萬年這樣的殺人犯會自首，也不想給他自首的機會。

如果換作平時，任非不用大腦思考也能明白老喬的打算，可是審訊室裡曹晴哭得他心亂。一個過世的媽媽和一個讓人無法指望的爸爸，這種相似經歷讓任非在對這個小女孩的憐憫和同情中，又多了那麼一點說不清楚的責任感。

他想要拉她一把，不想讓她沉落到暗無天日的谷底，雖然無法救贖什麼，但好歹能讓她在黑暗中看見一點光，往後獨自過活時，有個牽絆，也就有個希望。

電話響了很久，曹萬年才接起來，「晴晴，妳在哪裡？」

曹晴手機的通話聲音不小，雖然曹萬年的聲音很低，但在安靜的審訊室內，任非還是能聽見曹萬年的聲音很緊張，像一根繃緊的弦。

曹晴的手在發抖，看了任非一眼，牙齒在嘴唇上咬了一道很深的牙印，勉強維持著鎮定，盡量用跟平時一樣的聲音說：「爸，我在警察局……」

「警察局」三個字剛說出口，曹晴突然意識到爸爸的下一個反應會是什麼，好不容易維持住的聲調陡然一轉，小女生幾乎歇斯底里地吼起來：「你別掛電話！你聽我說！你別掛電話！」

同一時間，坐在東林市某個老樹林裡一個新墳前的曹萬年，摸上關機鍵的手指停了一下。

他把手機從耳邊拿下來，臉上始終沒什麼表情，拿著手機的手也一直很穩，低頭看著通訊上曹晴的頭像，手指輕輕地觸上去，最終還是沒掛電話，但也沒再說話。

另一邊傳來曹晴已經完全崩潰的哭號，在寂靜的山野裡，在妻子范曉麗的墳前，宛如一曲悲涼的哀歌。

「爸，你自首吧！我求你了！我查過了，自首不會被判立即執行的！哪怕是個死刑緩期，你也還有機會活著！爸爸，我求求你了，我已經沒有媽媽，不能再沒有爸爸了！我求你了，你想想我，家裡沒有別的親人了，你死了我要怎麼辦！我要怎麼辦!!

「我一直沒跟你說，你開始做那些事情時，我偽裝成媽媽的樣子幫你掩飾，你以為我是支持你替媽媽報仇嗎？根本就不是！我只是不想讓你被抓！我只是不想讓自己變成孤兒！爸！你自首吧，我求求你，你自首吧！……」

曹萬年閉上眼睛，手機掉在墳頭的石碑邊上，撞出輕微的一點聲響。這動靜又讓他睜開眼睛。

因為妻子自殺得沒有一點徵兆。那天晚上，他把已經沒有體溫的她背到農村老家的後山上安葬，第二天就刻好墓碑，立在了妻子的墳前。

沒火化，沒儀式，甚至墓碑上連一張供他和女兒懷念的照片也沒有。

范曉麗生前，他沒給過她錦衣玉食的生活，死後也未能給她一個體面的安息之所。其實他原本可以好好安葬范曉麗，讓這一切悲劇終結，但是他不甘心。

憑什麼他的家庭要承受這樣的傷痛？他做錯了什麼？范曉麗做錯了什麼？還是孩子做錯了什麼？都沒有。全都是害了范曉麗一輩子的那個畜生的錯。那樣的雜碎，有什麼資格活在這個世界上？

所以他選擇了最極端的方式。他要讓那些沒有受到法律嚴懲的雜碎們，一個一個，都對他的妻子以死謝罪。

他只不過是讓那些雜碎嘗到了因果輪迴的報應，他們罪有應得。所以他憑什麼去自首？可是事情已經敗露了。今天監獄那邊傳來田永強和梁炎東同時被警方帶走的消息後，他就知道事情不好。他知道員警早晚會找到他，也知道被找到後會面臨檢方什麼樣的起訴。

他會死，這樣很好，他就能去陪范曉麗了。這些年，范曉麗的精神越發地敏感脆弱，只有他陪著才會放鬆下來。他不在，范曉麗一個人在那邊，一定過得很不好。

自從準備在監獄上演一齣連環殺人戲碼開始，他打的一直就是這個主意。可是現在曹晴一哭，他突然感到茫然了。

他一直以為女兒跟他站在同一陣線、支持他的一切想法和決定。在他潛意識裡，始終認定他們一家都會在另一個世界團圓。

但是為什麼會這樣？曹晴說不想讓他死。曹晴說不想成為孤兒。曹晴說她想有個家……那他死了，曹晴怎麼辦？

曹晴，這個他和范曉麗唯一的孩子，他和范曉麗曾經相愛過的證明。她沒有想過要跟著他們一起死嗎？原來她想活著？那如果他死了，剩下女兒一個人，在這個冷漠的世界，她要怎麼活？

她才剛十六歲，還沒成年，活不下去。如果她也被雜碎欺負了怎麼辦？如果她成了孤兒被送進收容所該怎麼辦？誰來照顧她？誰來保護她？

曹萬年睜開了眼睛。

電話裡，曹晴哭得上氣不接下氣。曹萬年伸手輕輕撫摸過墓碑上妻子冷冰冰的名字，靜靜地摟住墓碑，另一隻手重新撿起了電話。

他看著電話上女兒那張與妻子相似的臉，抖著嘴唇低低地說了一句：「晴晴，爸爸都是為了妳。」之後，掛斷了電話。

他對妻子說：「老婆，女兒真像妳，永遠都知道該往哪裡戳，才能叫醒我。」然後，他在妻子的名字上烙下一個吻。

把手機埋進了墓碑旁的土地裡，曹萬年站起身，朝山下走去。他一開始走得很慢，一步步彷彿割裂什麼一般，充滿了猶豫和不捨，但是慢慢地越走越快，下到半山腰的時候，他已經跑了起來。

他知道員警很快就會根據曹晴的電話找到他的位置，他要在警方追來之前跑到最近的派出所自首——為了曹晴。

曹萬年掛了電話後，曹晴拿著手機，雙眼哭得通紅，激烈的情緒讓小女生整個人僵在那裡，表情茫然，很長時間都沒回過神來。

刑警們的反應卻足夠迅速。曹萬年掛斷電話的同一時間，同事推開了審訊室隔壁的門，對喬巍大喊：「找到了！地址在這！」

任非並未聽見他們說地址，但是老喬拿著地址回到玻璃窗前，在沒關的麥克風前跟譚輝講電話的內容，一字不落地傳進了任非的耳機裡——老喬根本沒提曹晴打電話說服曹萬年自首的事，只說找到了曹萬年。

任非臉色驟變，轉身奪門而出，一把推開隔壁門，渾身尖刺已全部炸開。

他一個箭步衝去奪過老喬的手機，力道之大，甚至把沒反應過來的老喬拉得一歪，但任非已經顧不上這些，胸膛劇烈起伏著，怒火中燒地瞪著眼睛，「你幹什麼？」

老喬一把扶住桌子勉強站穩，伸手狠狠指了指任非想開罵，最後竟然忍住了，「你真的以為曹萬年會來自首？別做夢了！他只不過是要爭取時間逃跑！再不去抓，毛都找不到一根了！」

「那你憑什麼認為他不會來？憑直覺，還是多年的辦案經驗？沒犯過法的人就沒做過一件壞事？犯過法的人就都天生泯滅人性、罪有應得？」任非說得眼睛都紅了，「喬叔，你把規矩看得太死，也把人性看得太簡單了！你按照所知的規矩和習慣把人性分成了三六九等，以為這是天經地義，但這本來就不公平！」

「沒有三六九等，為什麼有人安安穩穩地過日子，有人就要受到法律的制裁？天理循環、懲惡揚善本來就是天經地義，你的規矩裡沒有三六九等，那好人憑什麼要被惡人荼毒？無辜的人憑什麼要因為殺人犯也許只是偶然的一個念頭家破人亡？你非要等曹萬年自首，又拿什麼打包票，在等待的這段時間，他不會狗急跳牆做出其他極端的事情？不會潛逃？不會挾持個無辜的人，跟我們對峙？」

任非瞪著他，把搶過來的手機重重拍在桌上，「喬叔，你說得很對，有你的道理，但無法說服我。今天我們就來打個賭，看曹萬年究竟是跑還是留。」任非說著，把自己的警察證也放在了桌上，「我拿這個跟你賭。」

這場通緝，在任非與喬巍之間，就這麼變成了老少刑警之間的衝撞。但彼時的譚輝並不知道局裡發生的一切，他拿著地址在山下找到了曹萬年的車，最終又找到范曉麗的墓地，從墓碑旁挖出手機時，譚隊長忍無可忍地磨著牙罵了一句。

等譚輝研究了路線、部署警力繼續搜捕時，昌榕分局卻接到了青石鎮派出所打來的電話。

喬巍雖然沒有官職，但畢竟歲數和資歷都在，大行動的時候譚輝和喬巍一般是分開進行，所以當譚輝不在時，局裡其他科找刑偵隊的人，都習慣先找他。

女接線員敲門而入時，老喬和任非已經從針鋒相對進入冷戰階段，但儘管如此，她還是被監控室裡劍拔弩張的氛圍嚇了一跳，直到老喬一眼看過來，才不自在地咳嗽了一聲，「青石鎮一個派出所打電話過來，說有個自稱曹萬年的人殺了人，去他們那裡自首了！」

靠牆站著的任非和坐在椅子上的老喬，同時被電到似地猛然跳起來，衝出了監控室，「哪一支電話？」

譚輝是在曹萬年自首的那個派出所把人帶回分局的。接到老喬的通報電話時，譚輝等人距離目標派出所不到一公里。也就是說，曹萬年和譚輝之間，僅只差了十分鐘。曹萬年要是再晚個十分鐘，根本無須上法庭，就能幫自己判刑了。但就是這十分鐘的差距，留給了曹晴最後一點希望，也保住了任大少爺的警察證。

曹萬年對殺人事實供認不諱。至於殺人經過，跟警方後來的推測基本上一致。但是當這個鮮血淋漓的故事從當事人口中慢慢講述時，身為旁聽者，仍然覺得很不真實。

這個故事真正開始於八年前。

那時候曹晴上了小學，學習各種課外才藝，曹萬年還是一個尚未拿到編制的協警，家裡最賺錢的人是在一家廣告公司做影片剪輯的范曉麗。

范曉麗是個容貌姣好的女人，在職的公司本來也不是太繁忙，但為了多賺點錢，開始在單位加班接外快。她每天回家都很晚，而曹萬年礙於工作性質，也沒時間去接她下班。時間長了，范曉麗就被人盯上了。

那件事沒什麼懸念，警方處理得很迅速，范曉麗在曹萬年的陪伴下，當庭指認嫌疑人，後來那個人被判了五年，到東林監獄服刑。

從法律的層面上來看，這件事已算是了結。但是對受害者家庭來說，真正的苦難才剛剛開始。

從那以後，范曉麗再也沒去上班，只在家承接一些零碎的工作，賺得不多，但把工作排得很滿。她開始怕黑，開始自卑，沒辦法再跟曹萬年過正常的夫妻生活。

這種問題在一開始並不明顯，曹萬年小心翼翼地呵護，為了陪伴妻子，他辭掉了在城裡的協警工作回了家，開始讓范曉麗教他影片剪輯，陪范曉麗一起做她接的那些似乎永遠也做不完的工作，同時開始考公務員。

也許是化悲憤為力量，出事後的第二年，范曉麗的心理狀態在丈夫夜以繼日的陪伴下有所好轉，而曹萬年也終於成了東林監獄的管教人員。

生活裡的一切都在朝向好的方向重建，直到六年前，范曉麗的心病突然加重。這一次，曹萬年再也治不好妻子，從那一年開始，他們成了東林二院精神科的常客。這一點跟警方從二院調取的病歷檔案能對得上，范曉麗的心理治療的確是從六年前開始，而非他們在曹萬年房裡找到的掛號單據上顯示的三年前。

范曉麗死於兩個月前，自殺。

那天晚上，曹萬年正好值夜班，大半夜時，曹晴強自鎮定地打電話給他。電話裡，女兒用顫抖的聲音對他說，覺得媽媽好像不太對勁，要他快點回來看一看。

何止是不太對勁，他進門的時候，范曉麗的身體已經冰冷了。床頭櫃裡，她常吃的那瓶安眠藥被倒得一片不剩，裡面捲著一封手寫信。

老曹：

對不起，我走了。

我活著，既不能給你一個完整的我，也不能給孩子一個幸福的家。我不知道自己繼續這樣掙扎有什麼意義。我一個人看不見希望，卻把你也拉進深淵，這是我的錯，而我也不希望你一錯再錯。那年的事情，我走不出來了，但你不應該陷進去。

我走了。我離開你，希望你能重新找回自己，好好愛孩子，愛這個家。在另一個世界，我與你們同在。

身為他們譚隊的小跟班，任非在譚輝審訊時，盡職盡責地把曹萬年所說都記錄了下來，聽其口述這封信時，抬頭看了曹萬年一眼，又轉向譚輝詢問：「一錯再錯？這是什麼意思？」

譚輝沒說話，朝嫌疑人的方向抬了抬下巴。

曹萬年真的是豁出去了。反正已經自首，就知無不言、言無不盡地坦白一切。

現在法律上能不能「從寬」，其實已經不是他最關心的問題了。他就像是一個快被保守多年的祕密壓垮的人，急於擺脫心底讓他無法喘息的那份壓抑。

曹萬年笑了笑。任非注意到這個笑容比起剛才的神情，竟然多了些得意，讓人看起來格外刺眼。

譚輝也看見了，挑了挑眉，瞇了眼睛，「你笑什麼？」

曹萬年說：「你們都知道了，是我和田永強一起對監區裡那些雜碎下的手。讓錢祿自己去跳染池其實沒費多少力氣。可能是當初手段太殘忍遭了報應，錢祿本來就對當年死在他手上的那個女子心存恐懼，隨便給點心理暗示，再時不時地刺激刺激，就覺得自己該去給死者贖罪了。至於穆彥，倒是費了點工夫。不過把他綁上漂染架的過程跟你們剛才說的基本上沒什麼差別——比起行凶，我之前準備的時間有點長。出事那天中午，我是故意讓代樂山在活動室說鬧鬼的閒話給穆彥聽，我知道按穆彥的性子，聽見了一定會氣炸。而我答應代樂山，有機會再跟長官提提那封被擱置的回家探視申請。所以，這些事情發生的時間，都是我算好的。

「我知道，穆彥每次從副監區長辦公室出來，都要去一趟廁所，也知道他右邊脖子的動脈先天性偏細。所以我算準了時間進去、弄暈穆彥，把他從窗戶塞給了推車在外面等候的田永強，那天正好是田永強負責運送胚布。田永強扒光穆彥囚服、塞進推車裡，路上把囚服扔在我跟他預先說好的位置。在他運送『獵物』的這段時間，我就把囚服先收走藏起，接著就去斷電。配電箱的手腳早就做好了，要在指定時間斷電輕而易舉。而田永強則利用這段時間把穆彥吊上架子，把布割斷一半，因為知道穆彥會游泳，怕他死不了，所以又在他手腕上割了一刀放血。」

曹萬年陳述這些的時候，比述說他和范曉麗的過往冷靜多了，嘴角始終帶著嘲諷，就好像一名冷血的旁觀者置身事外觀看著一場精彩的屠戮，如此輕鬆、得意，甚至是有些鄙夷的語氣，令人齒冷。

「不過最後殺代樂山是個意外。那天晚上我本來是要去處理梁炎東的，正好半路有人打了個電話進來，我正在接電話，哪知才說了一半，竟然看見代樂山從鐵窗裡爬出來——他聽見我說話了，我不能留他。」

譚輝磨磨牙，「你在電話裡說了什麼？竟然到了要滅口的地步。」

曹萬年說：「跟我女兒說我那天晚上的計畫。」

任非震驚不已，「你每次殺人還會先對她預演一遍？」

「那倒沒有。我只是告訴她，那天晚上要殺掉的人是最後一個，殺了梁炎東就收手，然後就辭職，帶她遠走。」

曹萬年邊說邊笑笑地聳肩，「沒想到梁炎東的命還真大，竟然兩次都沒弄死他。」

任非無法理解這個城府陰沉、窮凶極惡的罪犯的思路。他也不想懂。這種時候，他不得不承認在監控室吵的那一架，喬巍在一定程度上說得有道理。

無辜的人憑什麼要因為殺人犯也許只是偶然間的一個念頭家破人亡？代樂山他們家，那個飽經風霜的婦人沒了丈夫，又守著命不久矣的孩子，現在也不知道怎麼樣了。

任非嘆了口氣。曹萬年感慨般又接著說：「告訴你們一個祕密吧。要是我不說，你們這輩子大概都查不到。」

「查不到什麼？」始終冷著臉沒太多表情的譚輝勾勾嘴角，「查不到八年前曾玷汙你妻子，五年前在獄內勞作不慎劃傷大腿，進而傷口惡化，最終死於發炎感染的孟磊，是你的傑作嗎？」

曹萬年猛地抬眼，變幻不定的神色裡，充滿不敢置信，「你……你們怎麼知道的？」

譚輝站起來，走到曹萬年面前，雙手撐著對方面前的小桌上，眼睛眨也不眨地冷冷看著他，沒什麼感情地哼笑一聲，「你該感謝自己的坦誠，它在關鍵時刻又救了你一次。」

他說完，轉身準備結束這次審訊，剛直起腰，就有人在外面敲響了審訊室的門。

李曉野推開個門縫問譚輝：「老大，那個梁炎東想要跟裡面這位說幾句話，楊局已經准了……現在讓他進來嗎？」

譚輝看了任非一眼，對李曉野點點頭，「讓他來吧。」

梁炎東目前的身分雖然是經過上級長官特批的協助辦案人員，但出監獄的時候，還是被銬上了手銬。

梁炎東不疾不徐地走進來，站在審訊桌旁時，看著對面被困在椅子和小桌板之間的人，像是覺得有趣，嘴角揚起了一個很淺的笑容，在線條如刀削斧鑿般硬朗的臉上，一閃即逝。

這真的是一個有意思的場景。囚犯穿著囚服、戴著手銬跟刑警站在同一邊，昔日的獄管成了被審問的對象。

曹萬年的表情一時之間非常複雜。梁炎東站著打量了他片刻，轉身很熟稔地拿過任非手裡的筆，眼睛飛快地在他記錄的供詞上掃了一遍，然後翻了一頁，簡明扼要地寫了一行字，是給曹萬年看的：

十五監區強姦犯並不只有錢祿、穆彥和我，為什麼把我們當目標，而不是別人？

梁炎東寫完就把本子放到曹萬年面前。

曹萬年看了看，先是眼神閃了一下，接著皮笑肉不笑地斜睨了梁炎東一眼，「老子高興選誰就選誰，你管得了嗎？」

梁炎東面無表情地看著他，曹萬年被那看死物一般的眼神盯得發慌，不自在地別過頭。梁炎東也隨之收回視線，心裡已經有了猜測，於是彎腰又寫了幾個字：

有人幫你挑選「獵物」。是誰？

這次寫完，梁炎東沒給曹萬年看，而是給了始終站在一旁的譚輝。

譚輝接過來瞄了一眼，頓時神色一緊。梁炎東提出了一個他們誰都沒注意到，但卻十分關鍵的問題：曹萬年陪伴患有嚴重心理疾病的妻子這麼多年，身體和精神的雙重壓力早已讓他極度高壓。在妻子死後，這種壓抑甚至扭曲了人格，讓他變成了一個「類型殺人犯」。這一類凶手在殺人時，往往是在同一類型的目標中隨機挑選。在不止三個強姦犯的大監區裡挑選三個來殺害，譚輝本以為這是巧合，但是現在看曹萬年的反應……這個「巧合」恐怕沒那麼「巧」了。

譚輝放下筆記本，抬手強行把曹萬年扭到一邊去的頭轉回來，「曹管教，他沒資格，管不了，我總管得了吧？說說吧，監區那麼多人，你為什麼就看上他們三個了？」

曹萬年原本不說，其實就是瞧不起梁炎東的身分，就算自己現在已經被捕，還輪不到一個曾經在他警棍下討生活的犯人來問話。但是既然譚輝問了，他也沒什麼好隱瞞。

「人是田永強挑的。說起來那小老頭也滿有意思，都是強姦犯，殺誰都一樣，他還非得挑嘴，不夠可口就不肯配合我。」

在場的人包括梁炎東在內，都不約而同地倒抽了口涼氣。曹萬年背後有人主使，這一點梁炎東猜到了。但是他沒想到，那個人竟然會是田永強。

一個無論是在社會上還是監獄裡都沒有任何背景的老頭，又為什麼會選擇了梁炎東他們幾個來下手？

田永強用「不夠可口就不肯配合」的理由驅使了曹萬年的「狩獵」，那麼，有沒有什麼人在背後主導田永強的選擇？

細想下去便令人全身發寒。譚輝立即讓人再審田永強。

但當喬巍帶人打開田永強所在的那間審訊室時，田永強的身體已經冰冷了。

在昌榕分局自己的地盤上，重重守衛的審訊室裡，明晃晃的監視器鏡頭下，下午還好好的犯罪嫌疑人，竟突然就這麼死去。

16 千頭萬緒

監獄的連環殺人案表面上看起來算是了結，但裡面牽扯出那樁更加晦澀黑暗、不為人知的祕密，隨著田永強之死沉溺江底，一時再無人能探得水深。

譚輝為這件事連發了好一陣子的火。他就像一頭噴火龍，走到哪裡對著誰都想噴一口，分局裡誰見了他都繞著走。

刑偵隊按部就班地將案情做了書面整理報告，連同證據和起訴書，按照流程移交檢方，後續該如何審判，就是檢方和法院的事了。唯一棘手的就是東林監獄的犯人，本案的另一名凶手，在他們的審訊室裡死亡。

田永強的死因是大劑量服用硫酸奎尼丁引起的惡性心律不整併突發性嚴重低血壓。死亡現場也就是拘押著田永強的審訊室裡，找到兩片掉落的奎尼丁藥錠，監視器錄下了他吞服的整個過程。胡雪莉對此做了詳細的驗屍報告，檢方也派人來核查過，對此未提出異議。

硫酸奎尼丁是監獄的醫務室開給犯人的，此前監獄病史紀錄，田永強有偶發性心率過快，硫酸奎尼丁本來是讓他治病用，每次醫務室開出的藥量都嚴格控制在標準內，就是怕犯人在藥品上耍花招。沒想到這個小老頭不知何時起竟不再服用，而是靜悄悄地存了起來，還貼身攜帶，進了警方的審訊室，見苗頭不對，趁沒人的時機便偷偷吞服。

關於田永強的自殺，藥品是出自監獄合理合法的途徑，昌榕分局的主要責任是監管不力。

當天負責監看田永強的刑警，先是被譚輝罵得狗血淋頭又被停職調查，刑偵大隊原本完成得滿好的一份考卷，經此變故，一個好處也沒剩下。

多少年也升不上去的譚隊長注定仕途多舛，外人以為他是為又失去一個升遷機會而暴跳如雷，但其實刑偵隊裡了解內情的人都知道，導致他們隊長內分泌失調的直接原因是田永強死了，他所背負著的另一條不為人知的犯罪線索，也隨之斷絕。

引誘獄警在監獄裡擇強姦犯殺害，田永強究竟是受什麼人指使？他們為何點名要殺錢祿、穆彥和梁炎東？背後隱藏著什麼見不得人的目的？

田永強一死，全都無從查起，但職責所在，既知案件有疑點，他們就必須調查下去。

✦

「楊局我跟你說，你別再跟我說段鵬宇的爸爸是誰了，我不買帳！」午休時間的辦公室裡，楊盛韜端著茶杯進來，本是要幫刑偵隊進行「心理諮商」，正巧碰上姓譚的噴火龍例行咆哮，立刻被無差別地當成了重點突擊目標，「那龜孫子最好別回來，回來也別往我隊裡塞，原本我養一個吃閒飯的就夠累了，吃閒飯還扯後腿的小老闆，老子伺候不了！」

無端躺了一槍的楊局摸摸鼻子，極為無辜地朝任非那邊瞄了一眼。然而跟其他同事一樣已在炮火洗禮中找出規則的小任警官眼觀鼻、鼻觀心地專心吃飯，眼皮都沒抬一下。

但是楊盛韜並不知道，看上去都低頭聽訓、一派和諧的隊員們，其實都在心裡整齊劃一地數著：一、二、三。

三聲落地，譚隊按時調轉炮口瞄準老喬，「還有你，喬巍！你那天從家裡出來沒帶腦子嗎？安排誰都好，你卻讓段鵬宇去盯田永強！」

譚輝這段時間發飆已經有了SOP——不管開頭是罵誰，最後鐵定要再把那天安排段鵬宇去監控室的老喬罵上一頓。

喬巍起初內疚不已，前幾天一進辦公室就如同進了殯儀館，奈何譚隊長狂暴狀態經久不衰，發飆用詞卻未歷久彌新，時間一長，連喬巍掛不住的老臉都免疫了，「隊長，那天隊裡大半人都跟著你出去抓人，剩下的不是在審曹晴就是出去調查還沒回來，我們能說會動的大活人就剩段鵬宇，除了安排他頂一下，我真的找不到人了啊……」

譚隊長依舊咆哮：「不能從別的科室借嗎？分局上上下下這麼多人，誰不能借你一個人？」

老喬無奈，「我……」

這件事他原本不想解釋，因為已經發生，無論有多少理由也是他的責任，但後來譚輝逼得太緊，他不得不重覆說明當時的客觀情況，奈何內分泌失調的噴火龍還是聽不進去，「你別給我說那些沒用的！寫檢討報告！」

「寫過了……」

「重寫一份！」

在楊盛韜震驚的目光中，老喬站起來，「老大，我已經寫了三份……」

「不夠深刻！再寫一份！」

楊局遞給老喬一個自求多福的眼神，抱著茶杯逃離現場，喬巍被第四份檢討報告弄得心慌氣短地又坐下了，「……是。」

低頭假裝不在場的眾人鬆了口氣，到此為止，譚輝今天的火藥差不多用光了。

譚輝也坐了回去，掏了根菸沒點，叼在嘴裡咬啊咬，算是消了氣，在螢幕後頭悶聲加了一句：「我跟你一起寫。這件事歸根究柢，還是因為我統籌調配不到位。」

喬巍一聽沒忍住笑，「你不是也已經寫了三份嗎？」

譚輝叼著菸，嘴裡含混不清地說：「老子跟你一起寫第四份！」

譚輝和喬巍當初的第一份檢討寫完的確是上繳了，但後續的幾份是譚輝自己發飆轟出來的，寫完了就在電腦裡放著，並沒有拿給誰看。

說來說去，還是因為田永強死在自家地盤上，自責、惱恨又後悔。但那又能怎麼樣呢？人無法改變前一秒發生的事，只能拚了命地去彌補錯誤。

任非把最後一口飯扒進嘴裡，藉口沖洗便當盒的機會走出去追上楊盛韜，「楊局。」

楊盛韜看了一眼任非手裡連顆飯粒也沒剩下的便當盒，「你不在裡頭跟同事們共患難，跑出來幹什麼？」

任非看看楊局的臉色，迅速在拐彎抹角和開門見山中選擇了後者，「梁炎東那個減刑的事，這次上面批了嗎？」

「哪有那麼快。」楊盛韜想了一下，「大概八九不離十了。」

任非鬆了口氣，「那就好。」

「好什麼好？梁炎東跟你是親戚？他減不減刑，你這七天裡有五天掛在嘴邊念。」

「我就是欠他一次嘛。」

楊局從鼻子裡「哼」一聲，瞪他一眼，「嗯，我看你是『欠』揍很多。」

任非摸摸鼻子，目送著楊局捧著小茶杯，悠哉地上了樓。

✦

這些日子沒日沒夜、不眠不休的刑警們再加班就要崩潰了，監獄的事情結案後，在譚輝不接受任何反駁的監督下，整個刑偵隊難得作息規律。時間一到，辦公室裡的人一哄而散，該接孩子的接孩子，該談戀愛的談戀愛，該孝敬父母的也回家盡孝，只剩下任非一個既沒孩子也沒對象，既沒老媽也不想孝敬老爸的人，在辦公室裡不慌不忙地收拾東西換衣服。之前他忙慣了，突然放鬆下來，有點不太適應，下了班也不知道做什麼。

他換好了衣服，腳蹬在桌子邊緣，想先叫個外送，計劃著這時點餐回去正好能吃，拿起手機，卻又無所事事地滑起了社群。

他手機社群裡的好友不多，大部分都是十天裡有八天能見到的同事，和有事叫來捧場沒事不必聯繫的同學，剩下一小撮是基本上不來往的親戚。最近頻繁聯繫的只有兩個，一個是比任局還關心他終身大事的兒時玩伴，另一個是這兩個月越走越近的楊璐。只不過曹萬年被捕後，他跟曹晴的聯繫相對多了一些。

監獄那邊後來的事，任非不知道，只是有次跟關洋吃飯，偶爾聽他說了兩句。他說他們人事大調動，原來管理三班、四班的王管被調去別的監區，他現在帶著一班、二班、三班。不止他們這些小管教人員，就連典獄長也換了人，連帶幾個監區的監區長也更換了。現在十五監區的監區長任非也認識，就是被他們當成嫌疑犯審了半天的穆雪剛。任非當時喝了點酒，咂咂嘴，手撐著腦袋吊兒郎當地說，那穆副還得謝謝他們，要不是最後調查了祖宗十八代證明他沒有問題，萬一留下一個汙點，絕對就升不上去了——就像他們隊長，也不知道招誰惹誰了。

和關洋見面後不久，梁炎東的減刑申請也批了下來，從無期徒刑減為有期徒刑十五年。楊盛韜告訴任非時，任非鬆了口氣，當初對梁炎東的承諾雖然最後不是他辦到的，但也總算是殊途同歸。可是他高興過後又覺得空虛，因為從無期徒刑減到有期徒刑十五年之後就不能再減，也就是說，無論再怎麼努力，梁炎東都必須要在監獄蹲滿十五年才能出獄。

半個月前，曹萬年的判決書下來，果然是死刑緩期。母親過世，父親被判成這樣，家裡沒有其他親戚長輩的曹晴，一下子成了沒人管的孩子。法庭上看著爸爸被人帶走一聲不吭，回去路上默默掉淚的小女生，倔強地拒絕一切形式的收養扶持，撐起孤勇的驕傲，一個人撤掉家裡的靈堂，拉開窗簾，打開全部門窗，讓光線灑進來，讓清風吹進來，照亮屋子的每一個角落，吹散空氣裡陰鬱的氣味。

曹晴撤下靈堂的那天，任非帶著全隊的心意過去。他老早就猜到小女孩不會收，張口就說：「這是我們隊裡借妳的，等妳有錢了不但要還，我們還要收利息。」

任非身為一個資深問題兒童，對付這類小孩比查案得心應手多了。曹晴雖然先前在審訊室裡朝他摔了易開罐，但終究記著他的好，對他比對隊裡其他人多了幾分耐性和禮貌，加上這段時間偶爾碰面，任非讓她左右沒轍卻又煩不起來，久而久之，奈何不得的任非反而成為她最能接受的人。

曹晴不是一個矯情的女孩，當下什麼也沒說便收了錢，然後加了任非帳號，並當著任非的面堂而皇之地把名稱改成了「大魔頭」。從那以後，她家下水道阻塞、電路損壞等一連串搞不定的事，都會呼叫小任警官前來幫忙。

社群好友人少，更新率也就不高，任非隨便滑了兩下，就看見曹晴上午發了一則不知從哪裡轉來的「給我一根雞毛我就敢與天地鬥乾坤」的雞湯文，下面還配了一張學校的正面照——可見她經過了心理上的掙扎和調整，終於鼓起勇氣去上學了。任非深感欣慰，因此在下面留言：加油啊少年，妳是最胖的！

任非回完越發感覺心情大好，再往下翻了翻，便看見楊璐早上發的一則文，沒有文字，只分享了一張圖片，一看就是她拍自己店裡的花，圖片上配著五個字：遠方和心房。任非看著照片想著這幾個字，品味來品味去，也沒有明白是什麼意思。

他先給圖片點了一個讚，準備留言，但左思右想都沒想到跟女神「遠方和心房」相配的字眼，於是偃旗息鼓，拿起車鑰匙站起來，也不叫外送了。這個時間，他剛好可以去幫女神關個店，順便再約吃個飯。

任警官計畫得很好，到花店的時候，楊璐正好在裡面關了燈，準備出來拉捲簾門。她看見任非也不意外，反而像意料之中地笑了一下，目光溫溫潤潤的，「你來啦。」

任非詫異，「妳知道我會來？」

楊璐當真是水做的血肉，竹化的風骨，無論何時，永遠都是那副柔軟又清雅的模樣。她笑著看任非幫她鎖上門，「我猜的。按照之前的規律，一般來說當天社群軟體上要是沒聯繫的話，你晚上多半會來我這裡報到。」

任非語塞，回想了一下，發現好像還真的是這麼一回事，索性一邊鎖門一邊打趣她，「心這麼細，以後改行跟我混吧。」

「才不要，」楊璐揚起的眉眼弧度很好看，跟任非認識的時間長了，彼此已經非常熟悉，她也難得地開了個玩笑，「薪水太低。」

任非被刺了一下，「比妳開花店……」

「我這家店賺的絕對比你薪水多。」楊璐也不問去哪裡，很自然地跟著任非往停車的地方走。先前被貼罰單之後，任非再過來時都會把車停在距離這裡四、五分鐘的一家超市停車場裡，「不信我可以給你看帳本。」

小任警官覺得自己受到了暴擊。

楊璐很喜歡看任非這種有點小窘迫、急紅了臉的樣子，讓他看上去就像一個青澀的大男孩。但其實以這麼長時間對任非的了解，她知道任非曾經歷過很多這個年紀的人沒經歷過、極其痛苦的事。那些經歷不可能不對他造成影響，因此楊璐更加覺得，能像任非這樣任性卻乾淨地活著，是件很難得的事。就像任非不會讓楊璐知道，最初被她吸引，是因為她身上有某種跟他母親相似的特質那樣，楊璐也不會告訴任非，他的身上有著她曾經追求的美好。那份美好因為從前求不得，現在重新遇見，才如飛蛾撲火般地想靠近。

可是無論原因為何，感情本來就是互看順眼後各取所需，既然相互吸引，那麼就沒有誰對不起誰的說法。

舌頭暫時打結的任警官悶頭只顧著往停車的地方走，他人高腿長兩步邁出去能抵得上楊璐的三、四步，楊璐很快便有點跟不上。好在任非雖然極為困窘，但始終在楊璐身上分了注意力，聽見身後的腳步聲遠了，立刻停步回頭找人，楊璐就在距離他四、五公尺的馬路邊緣，笑著對他搖搖手，「沒事，我追得上你。」

任非看著喘得臉都紅了的女人，挑了挑眉，突然計從心起，順著說：「反正楊老闆荷包賺得滿滿，自信也滿滿，不如今天乾脆帶我這個勞苦大眾中的一員去找個地方吃一頓？做為回報，在下今天專心侍奉，不離開妳周圍超過三步遠，楊老闆意下如何啊？」

他很少跟女神貧嘴，好不容易今天找到了哏，逗得楊璐站在路邊笑了半天。

兩人笑鬧的時候，也忘記這是在大馬路上，眼看身後一輛黑色轎車為了搶快，轟著油門就衝了過來，可能速度太快失了準頭，導致駕駛打偏了方向盤，緊接著那輛車就如猛獸般，張開血盆大口奔向楊璐！

任非連「小心」都沒來得及喊，下意識地用最快的速度，兩腿跨出能夠參加百公尺跨欄的步伐，在千鈞一髮之際一把拉住了楊璐，猛地往自己懷裡一帶！楊璐一頭撞上他胸口，黑色轎車從他們身邊擦過，在路面畫了個「S」後，才漸漸地穩住，咆哮著跑遠了。

任非驚魂未定地盯著楊璐，「妳沒事吧？還看什麼？」他晃了晃懷裡的女人，生死一瞬也沒顧得上女神投入懷裡的歷史性時刻，只覺得楊璐始終盯著那輛車開遠的方向，「怎麼了？妳認識那輛車？」

「不認識，我只是覺得……那輛車這麼開，遲早會出事的。」楊璐收回目光，搖搖頭。而任非的目光追上已跑極遠的那輛車，瞇緊眼睛皺著眉，好不容易才勉強看清車牌號碼第二個字？好像是「0」，最後一個字如果不是「B」，那麼，最後兩個號碼就是「1」和「3」。

任非有時會想，是不是自己上輩子對不起很多人，所以這輩子感情注定命途多舛，無論是親情還是戀情，都走得跌跌撞撞。

媽媽過世了，跟爸爸不親，活了二十幾年從沒談過戀愛，好不容易有了一個讓他牽腸掛肚的女孩，十次見面裡有八次會橫生亂七八糟的枝節。

買花被貼罰單，約吃飯出命案，送人回家偶爾聽個廣播，都能聽見案件線索，剛才又差點出車禍，這時在途經公園的路上還碰見一群打架鬥毆的小混混。

如果這是一群陌生的小兔崽子，任非絕不會耽誤約會時間管這個閒事。但偏巧被這群小混混圍在中間的那女孩他認識，正是這些日子來跟他時常聯繫的曹晴。

任非滿心懊惱地踩了剎車，副駕駛座上的楊璐心領神會，「你認識那個人？」

任非點點頭，打開車門下去了，「我過去看看。」

他說著就要走，又想起什麼，從口袋裡拿出自己的警察證遞給楊璐，囑咐她：「如果再有人要開罰單，妳就說在執行公務。」

以權謀私的任警官說完，邁開大長腿就往公園的那條巷子裡跑去。楊璐拿著他的警察證愣了愣，照片上的任非一身警服，臉上繃出了正氣凜然的十足氣場，配上那副端正五官，拿出去能當治安宣傳大使照。

任非無論哪次來找她都是穿便服，在這張照片之前，她還沒見過對方穿警服的樣子，看起來跟他平時固執驕傲、青春朝氣的感覺不太一樣。楊璐猶豫了一下，拿出手機，對著手裡的警察證拍了張照。

任非奔向少年們的鬥毆現場時，腦補了一大段狗血的校園霸凌戲碼，他想的是：同學們知道了曹晴家裡發生的事，於是飽含優越感地找碴欺負她。

然而當他走近了，卻發現現在小屁孩們的劇本遠比他想的精彩多了。曹晴被圍堵並不是因為同學們知道家裡的事情欺負她，而是因為……她拒絕再向校霸們繳交每個月一次的「保護費」。

「妳家出事不是不給錢的理由！」任非站在距離他們不遠的小路盡頭，聽見為首的學生說：「妳也知道規矩，要嘛給錢要嘛挨打，妳不會是想每個月都被我們幾個打一次吧？」

圍著曹晴的有五個人，三男兩女，一個個生怕別人不知道自己是不良少年，一身的亂七八糟。曹晴站在他們中間強撐著，可是偽裝的功夫不太到家，眼神還是露了怯意。

「你們既然知道我家出了事，就更應該知道我不可能再有錢給你們。」曹晴的拳頭握得極緊，「但是我也不會站在這裡白白被你們打！反正我是孤家寡人了，大不了大家一起魚死網破。有種就打死我，否則，你們要是敢碰我，之後我一定報警！」

偷聽至此，任非在心裡給曹晴的表現打了滿分。他覺得就是應該這樣，奮起反抗校園霸凌，不能助長學校裡的這些歪風邪氣。

校霸們後面是什麼反應，任非已沒興趣知道，在一幫小屁孩準備動手前，走上去朝曹晴勾勾手，「曹晴，過來。」

曹晴聽見聲音猛然回頭，看著任非的眼神有如看天降神兵，二話不說轉身就要越過包圍，卻被為首的小混帳擋住了去路。

「想去哪裡啊？」男生用力把曹晴推回去，看著曹晴一個站不穩，咬牙怒瞪著自己，男生又往前晃了兩步，「話沒說完呢，妳走什麼啊？」

「你有什麼沒說完的，可以直接跟我說。」任非晃著比男生還不羈的步子走過來，二話不說，單手扣住男生肩頭向旁邊一扭、把他拉開，走進校霸們的包圍圈，隨手摟住曹晴緊繃的肩膀，挑著一邊的嘴角，對幾個光看外表就知道不耐打的小混混勾了個十分不屑的笑容。

為首的男生被任非看似不經意的一個動作推得原地轉了個圈，旁邊的女生扶了他一把，他甩開女生的手，擺出一副自以為非常凶狠的嘴臉，「你是誰啊？管什麼閒事！」

任警官平日見慣了窮凶極惡的殺人凶手，今天遇上這樣自以為歹毒，實則一戳就破的小痞子，覺得十分新鮮，連原本想要用警察身分直接嚇走他們的念頭都打消了。任非摟著曹晴，懶洋洋地挑起眉毛，從眼縫裡看男生，「我是誰？我是她哥。」

曹晴莫名其妙地看他一眼。男生怒問：「曹晴哪有哥哥！」

「剛認的。」任非說：「你們這些小混混們不都喜歡認個乾哥乾姊乾妹妹的嗎？

打架的時候吆五喝六兄弟姊妹一起來。曹晴有個乾哥哥，有什麼好奇怪？」

圍著曹晴的幾個人相互看了一眼，為首的混混又問：「你要替曹晴出頭？」

「這不是很明擺了嘛，」任非嘛著嘴吹了吹額前的劉海，抬手解開袖扣、挽起袖子，攥起拳頭活動手指，前臂肌肉繃出硬朗的線條，「我不跟菜鳥動手，不過今天曹晴要跟我走。你們要是哪個皮癢了，我也委屈一下，就當替你們老師管教學生吧。」

他勉為其難的語氣深深刺激了校霸們好勇鬥狠的自尊心，只聽男生「哈」的一聲，帶著他的人一起朝任非撲了過來。

任非就算不上警校，大學之前打架也從沒在誰手裡吃過虧。他一手護著曹晴，在幾個小屁孩撲過來時，另一隻手抓住領頭衝過來的男生，藉著慣性用力一掄。男生直接壓倒了對面兩個隊友，三人摔作一團，剩下兩個打扮得花裡胡哨的小女生腳步一頓，定在了原地。

放倒一片後，重新回味了一次年少氣盛的任警官，帶著曹晴頭也不回地走了，「沒有打架的本領，就都學好點。下次再讓我知道你們又胡作非為，就把你們都送進少年院。」

接下來，二人世界是沒戲了，任非帶著大號電燈泡跟楊璐一起吃了頓飯，他覺得很不好意思，楊璐倒是毫不介意。

曹晴邊吃邊講述剛才的事，抹了抹嘴，放下筷子，「反正差不多就是這樣。我們學校本來就滿亂的，高年級向低年級要保護費，一個月要一百六十塊。以前我媽在，她太敏感了，我怕惹出什麼事加重她的心理負擔，所以他們每次來要，我都直接給錢走人。但是現在我媽不在了，我爸腦袋上也懸著一顆子彈，我覺得沒什麼好顧忌的了，所以就不打算繼續給。」

言之有理，但不知為何，任非和楊璐都從曹晴對待這件事的態度裡，感受到了那種孤注一擲的悲哀。

任非說：「雖然不向惡勢力低頭是對的，但妳這個想法不對。」

曹晴把手裡的紙巾擰成一根細長的「紙棍」，悶聲悶氣地反問：「我說這些都是事實，哪裡不對？」

任非皺著眉，正要說話，卻被楊璐搶先，「其實也沒有不對，只是可以有很多種作法。」一頓飯下來，楊璐一直聽得多說得少，曹晴雖然不知道她的職業，但看任非對她的態度，就對這個柔情似水的女人充滿了好奇。

「我們是覺得，」她說：「就算孤勇，也要給自己留一條退路。」

女神開口就是金句，曹晴微微張著嘴，似懂非懂地體會著楊璐的話，一時沒反應過來。任非沉浸在楊璐把他和自己歸類到「我們」的喜悅裡，加上她勸說的對象是一個未成年人，讓他莫名地有了種夫妻一起教育孩子的錯覺。這種錯覺讓任非心裡泛起一絲非常微妙的甜蜜，但還沒來得及細細品味，轉瞬間就被突然震動的電話打斷了。

是關洋打來的。任非接起來，打斷了寒暄，直奔主題：「找我幹什麼？」

關洋和他是大學四年的同學，了解任非的毛病和習慣，聽他這麼說就知道他手頭有事，因此也沒含糊，直接說：「明天是一大隊的家屬接見日。梁教授託我問問你，能不能去見他一面。」

梁炎東怎麼突然想要找自己？任非的第一個反應是監獄裡又出了事。他沒有二話一口答應，第二天上午跟隊裡請了半天假，按照關洋說的時間，一早就到了監獄。

之前見梁炎東都是關洋幫他想辦法，這還是頭一次這麼規矩地走正常流程，跟許多家屬一起等著見犯人。任非心想，也許對梁炎東來說，相比能接觸到的其他人，至少自己是可信任的。否則就算監獄裡出了事，為什麼梁炎東不找別人，為什麼不上報，偏偏要找自己呢？

時間到了，任非跟著家屬們進了接見大樓，梁炎東還是坐在以前的那個位置上，十指交叉放在桌上，遠遠地看見他上樓。哪怕是梁炎東自己要求見面，這個男人還是面沉如水，半點情緒也不露，只在任非走近時對他點了點頭。

任非在梁炎東對面坐下。由外表看來，從無期徒刑減到有期徒刑十五年，對梁炎東而言似乎沒有任何實質性的改變。他面前的桌上還是擺著紙和筆，在不知道梁炎東所謂的「失語症」是偽裝的任非眼裡，這個人仍是那個因入獄而受刺激失語的梁教授。

任非猶豫了一下，覺得倚靠書寫來和他交流的梁炎東，不會願意用筆在紙上進行多餘寒暄，所以短暫的沉默後還是直接問：「你找我來是為了……？」

拋開別的不談，對入獄之後始終不跟任何人有交集的梁炎東而言，縱觀這三年，眼前這個刑警確實是跟他接觸最多的獄外人士。其實任非想得也沒錯，擅長扒皮挖骨、直窺人心的梁教授，在很大程度上能夠信任任非。除卻信任之外，任非對他懷有潛意識的個人崇拜，還始終對他當年強姦殺人的案子持否定態度，如此種種，累積構成了今天梁炎東主動找任非的原因。

梁炎東拿過筆，也沒猶豫，刷刷刷地寫了一行字，然後推給任非，任非低頭一看，頗感意外。

紙條上寫著：

能否幫我在獄外尋找一個人？

任非抬起頭，「你要找誰？」

梁炎東接著寫：

季思琪，女，二十五歲，傳媒大學新聞學大學部畢業，已婚，夫妻不睦，有可能已離異。母親季凱琳，多年前已病故，父親蕭紹華，半年前死於心肌梗塞。

梁炎東羅列的訊息很完整。任非拿過來從頭到尾仔細讀了一遍，先是奇怪為什麼待在監獄的梁炎東能這麼肯定一個獄外人士半年前的死因，又覺得季思琪這個名字很眼熟。

任非把那個名字在嘴裡咀嚼半天，片刻後抬頭看了梁炎東一眼。他認識的人裡，還真的就有一名女子叫季思琪。

就是當初那個要跳河，看見了分屍又報案，被他們當嫌疑人調查，排除嫌疑後轉頭就把案子當作頭條報導，鬧得他們焦頭爛額的晨報見習記者。之前還跟蹤過任非，又提供電臺的來電線索給警方，引他們找到禮儀師，進而得到錢祿生前曾有嚴重吸毒史結論的那個季思琪。

是同名嗎？還是真的就這麼巧，她就是梁炎東要找的那個「季思琪」？

任非努力回憶跟這個名字有關的全部資訊，但先前對這名女子展開的調查不是他經手的，無法馬上確認梁炎東紙條上面給的許多資料，只記得當初她被帶回局裡，是她老公來接人。

他認識的季思琪也是已婚，並且既然是記者，很有可能也是新聞學畢業。除此之外，剩下的就不得而知。

雖然線索有限，但向來有敏銳第六感的任非已經認為，他認識的季思琪，十有八九跟梁炎東要找的就是同一個人。

但是任非沒說出口，留了個心眼，三分意外七分懷疑地皺著眉頭打量梁炎東，「這個人是誰？你為什麼要找她？你在監獄好幾年，為什麼會知道有關她這麼詳細的資訊？」

一連丟出三個問題，任非在梁炎東面前終於不再緊張局促，看上去像是一個正經八百的員警。梁炎東的四根手指來來回回地輕輕敲著桌面，就在任非以為他不會回答時，卻又拿過紙筆，簡短地寫了一句：

她是我恩師的女兒。前不久我聽說老師心肌梗塞過世了，想找她詳細問問。

蕭紹華過世的消息，梁炎東就是從任非他們老局長嘴裡得知。他不想讓更多人知道他和楊盛韜之間的關係，雖然不得不找任非幫這個忙，卻不想任非涉足過多跟他有關的事情。

任非問梁炎東：「你懷疑你老師的死有問題？」

梁炎東短促笑了一下，沒回答。

既然當初楊盛韜對他親口確認蕭紹華的死因，那麼他對這件事就沒了疑問。但他入獄前曾把能為自己翻案的關鍵證據交給老師保管，老師突然辭世，那麼證據如今在何處，才是梁炎東要找季思琪的真正原因。

蕭紹華過世，沒有人在監獄外面替他坐鎮幫忙，監獄內部又因為連環殺人案大洗牌，之前不惜背負殺人罪名入獄要調查的那些東西，隨著線索被一個個揭露、罪行被一件件曝光而即將浮出水面。最好的時機雖然尚未到來，但情勢所迫，他已經不能繼續蹲在這裡坐以待斃。

他得脫罪，得出去，而讓他走出監獄的至關重要線索，目前只能先從季思琪身上碰碰運氣。然而，這些都不能告訴任非。

找別人辦事還欲言又止，根本毫無求人的態度和自覺，任大少爺有點不太高興。他推開梁炎東寫的那張紙，環抱著雙臂靠在椅子上，拉開的距離充斥著隱約的疏離感，「理由、目的，梁教授你通通都隱瞞，什麼都不跟我說……憑什麼要我幫忙呢？」

任非的本意是逼迫一下對面那個人，好讓他傾倒出積壓在肚子裡的話，可是任大少萬萬沒想到，梁炎東再次寫了字推過來的時候，上面竟然寫著：

我沒有能說服你幫忙的籌碼。

硬生生被噎了一口，任非擰著眉毛嗤笑了，「你這是跟我做無本買賣。你哪來的自信，我一定會幫忙？

「你不跟我說明白前因後果，不然……」任非放開手，在寫字的紙上點了點，他面對梁炎東一直是崇拜又尊重的態度，還沒有哪次像此刻一樣堅決強硬，「這張紙條我幫你處理掉，今天的事我們都當沒發生過。」

梁炎東敲桌的手停下，眼神毫不迴避地跟任非的目光撞在一起，瞳仁幽黑深沉，看不見底。

任非跟梁炎東對視片刻，覺得再這麼看下去，自己很可能就要敗下陣來。所以他移開目光，推開椅子，站了起來。

「既然如此……很抱歉，梁教授，」任非拿起桌上那張紙，瞄了一眼監視器的方向，側了身子，把紙折成小方塊，不露痕跡地塞進了袖口，「我幫不了你。」

任非塞好紙條轉身就走，毫無半點猶豫。但是轉過身的任非根本不知道，在那一刻，他身後喜怒哀樂都讓人看不出來的男人，那張浸染著風霜和滄桑的臉上，逐漸透出難以掩飾的猶豫和掙扎。

任非無聲地嘆了口氣，多多少少對今天的事情感到遺憾。然而還沒等他走到樓梯口，身後突然傳來「砰」一聲。梁炎東一巴掌狠狠拍在了桌上，在犯人與家屬都小聲低語的接見室裡有如平地驚雷。任非跟著所有人一起猝然轉頭，只見梁炎東神色冷然地從椅子上站了起來。

即使改變主意，梁炎東也不可能在這裡貿然朝著任非追上去。他又不能說話，情急之下只能用這種方式叫住任非。

聽見動靜的獄警眼看就要過來，任非來不及多想，幾步又走了回去，朝正往這邊走的獄警雙手合十，做了個非常狗腿的揖。

獄警站住腳步，往他們這邊盯了好一會，又狠狠地瞪了他們一眼，才退回原來的位置。

梁炎東和任非同時鬆了口氣，彼此對視著，像是又一次無言的較量。半晌後，梁炎東搖了搖頭，拿起筆快速寫了兩個字，遞給任非。

任非本就屏息等待結論，一眼看過那張紙如遭雷擊，差點摔掉手上的電話！那張紙上只有兩個字：

脫罪。

任非驚魂未定地抬起頭，極力掩飾茫然和震驚，心裡卻夾雜著一絲不知因何而起的興奮和釋然。不過老油條和小菜鳥之間最大的差距之一，大概就是面對突發事件時處理問題的反應和速度。梁炎東搶在任非發問前，不動聲色地把紙條拿回來，又寫了幾個字：

請你。保密。

17 圍城

說來梁炎東也真是找對了人。因為這名至關重要的女子，任非不但可能認識，而且瞞著隊裡替受刑人偷偷辦私事，也就他這種膽子大性子野，鑾勁一上來敢把天捅個洞的人做得出來。

下午去上班的時候，他們譚老大跟著楊局一起去開會了，任非坐在自己的位置上仔細回憶了一下，想起當時調查晨報記者季思琪的人正好是石昊文。石昊文是隊裡跟他關係最好的人，因此直接他找了石昊文，跟對方索要當初調查這名女子的存檔。

任非翻出梁炎東的紙條打開，跟電腦上的資訊一一對比。他們調查過的季思琪跟梁炎東要尋找的季思琪，果真就是同一個人。基本資訊差不多都對得上，只有一點，被梁炎東猜測離婚的女子至今還存續夫妻關係，並且從當初石昊文所了解到的情況來看，季思琪和丈夫的感情很好，並未如梁炎東所說夫妻不睦。

梁炎東身在監獄，得到的資訊跟實際情況有落差很正常。但這個季思琪知不知道梁炎東要找她？那個能讓重刑犯翻盤的至關重要線索或證據既然在她那裡，那麼從在富陽橋下鬧自殺，到不顧警告讓連環分屍案見報，再到後來驅車跟蹤自己，這一連串的事情，真的是誤打誤撞，還是她為了故意跟警方扯上關係而有意為之？

任非一直不相信梁炎東姦殺幼女的事，從未將那個人當成殺人犯看待，而現在，梁炎東那麼肯定地說要脫罪……裝睡的人終於睜開了眼睛。可是任非卻又犯了嘀咕，如果梁炎東有著能夠翻盤的關鍵性證據，為什麼當初出事的時候不拿出來，甘願承受這三年多的牢獄之災？

任非揉揉眉心，記下季思琪的號碼，打算打個電話給她。未料，對方手機竟然關了機。

事情來到這裡，任非隱約有種不安。突然從路人變成證人的季思琪，就像是迷霧中藏著的蛛絲，任非直覺只要抓住她，或許能揪出許多被掩藏至深的東西。可能是線索，可能是罪行，也可能是別的什麼東西。但無論哪種，這名女子背後牽扯出來的故事，恐怕都不像梁炎東說的那麼簡單。

因為突然意識到事關重要，現在又聯繫不上對方，便讓任警官犯了職業病。他掛了電話，跟老喬打招呼說有事要出去一趟，然後直接開車去了季思琪的公司，東林報社的辦公大樓。

他拿著警察證一路暢行無阻，被領進晨報的辦公室後一問才知，季思琪三天前請了病假，至今也沒來上班。任非調查得知，她平時為人內向孤僻，跟同事感情平淡，同事中都沒人知道她老公或家裡的電話。

公司請假，手機關機，家屬聯繫不上，三天來同事沒人見過她，簡直可以去報失蹤了。

「我靠……」任非氣急敗壞地罵了一句，從報社出來，按照之前資料中查到的地址，找到了季思琪家。這是季思琪的婚房，產權歸她和老公共有。

任非按門鈴沒人理，拿著警察證把門敲出了要鑿碎的氣勢，屋裡也沒有一點動靜。倒是隔壁的鄰居不堪其擾，打開門皺眉，一臉看精神病患似地看著任非說：「他們不在家吧？門口那袋垃圾都放了三天也沒丟。」

任非皺眉問：「她老公呢？兩個人都不在家？」

「你這樣敲門也沒人回一定是不在家啊！」鄰居滿不耐煩地回了他一句，想了想又說：「她老公工作輪班，有時候兩、三天才回家一趟。不過現在是什麼情況不知道，我看他們家的車一直停在樓下，這幾天都沒動過。」

任非忍不住了。他道了謝轉身下樓，出公寓大門時撥了通電話給他們正在開會的老大。

聽筒裡來電答鈴響了很久，譚輝從會議室走出來才按了接聽，手機剛放在耳邊就直接問：「出了什麼事？」

他們隊裡這些牛鬼蛇神，沒事在群組裡聊天打屁相互挖苦是常事，但絕不會閒得打電話給哪個隊友吹牛瞎扯。電話一響，只要是他們大隊的號碼，準是有公事要說，這是大家都有的默契。

任非坐在車裡，從樓下仰頭看著季思琪家緊閉的窗戶，深吸口氣，說了一個很詳細的地址，「老大，我申請許可調閱這周圍的監視器，我懷疑經常算計我們的那個晨報小記者季思琪……失蹤了。」

✦

東林郊外，泗水度假區別墅，某棟聯排別墅地下室。

晦暗的室內泛著終日不見陽光的溼氣，頭頂的小燈泡發出昏黃、搖搖欲墜的光，下方堅硬冰冷的水泥地上放著一把鋼管椅，季思琪僵直地坐在上面，惶惶不安的目光直直地盯著面前的一個小螢幕，瞪大的眼睛裡閃著恐懼。

季思琪手腳都是自由的，但她動也不敢動。身後狹窄的單人床上，男人就坐在那裡，目光猶如毒蛇，牢牢盯著她。彷彿她只要挪動一丁點，下一秒那條毒蛇就會對她亮出毒牙。

螢幕裡傳回的是他們家門外的監視器畫面。因為距離太遠，畫面有些延遲，但季思琪知道，當在螢幕裡看見任非砸門的時候，這名員警很可能已經無功而返了。

如果他再仔細一點，或者只是一個不經意的抬頭，也許就能看見那被安裝在走廊聲控燈裡、隱藏著的監視器。那樣他便會意識到問題的嚴重性，也許就會順藤摸瓜找來，把她從這個惡魔手裡拯救出去。

可是他沒有。他走了，而她還是這樣無助。

女人崩潰、壓抑的哭聲從緊咬的唇間絕望地溢出，身後的男人站起來走近，微涼的手臂輕輕纏繞上女人纖細的脖頸，那動作輕柔得宛如情人間耳鬢廝磨，卻嚇得季思琪一下子止住了哭聲，只是張大眼睛，連頭都不敢回，像個木偶一樣。

「親愛的，我是妳丈夫啊……為什麼妳就不能坦誠一點呢？」男人咬著她的耳垂，從後面把她牢牢抱了個滿懷。那聲音壓得很低，帶著沙啞，女人身體控制不住地顫抖起來，「如果妳沒有我們要的東西，為什麼警察會突然找到家裡呢？難不成，真的是因為妳報導太多他們的負面新聞，而妳突然不上班了，沒人幫他們炒新聞，所以很想念妳嗎？」

「我不知道……」季思琪的聲音發抖著，眼淚簌簌地落下來，在極度的恐懼中卻不敢發出一點嗚咽的聲音，生怕刺激到身後的男人，「我真的不知道……我不知道你說的是什麼，我爸從來沒有給過我你要的東西，我真的不知道。秦文，你相信我，你別這樣，我真的沒有你要找的東西……我……」

「噓——噓噓，」男人打斷女人毫無意義的話，放開她，站起來。他看著監視器畫面，那名警察腳步飛快地下了樓，走廊又恢復了安靜。他的語氣聽上去有點惆悵遺憾，「我要找的東西，員警現在也在找，我們都知道東西在妳這裡，可是妳卻說不知道。不知道也可以，只要我們雙方都拿不到那東西，這局棋，監獄裡那位就沒機會翻盤。可是，要怎麼樣才能把對方有可能拿到東西的風險降為零呢？妳知道嗎？」

季思琪不受控制地顫抖。秦文話裡話外的意思很明顯——如果不把東西交給秦文，為了也不給警方機會，那麼在他們眼裡唯一知道東西所在的她，必須死。

可是讓季思琪無比絕望的是，她真的不知道。

爸爸突然過世，沒有對她交代過隻言片語，後來她被秦文脅迫，以變賣東西為名徹底翻遍爸爸家裡，跟爸爸生前有關的任何東西都不在她這裡了。但顯然秦文並沒有在其中找到他想要的東西。

她在丈夫的監視下想盡辦法接近警察，其實只是為了揭露丈夫對她的暴行，擺脫控制、重獲自由，並非試圖提供證據或找尋線索給警方。她也不知道為什麼任警官會真的如秦文猜測，突然跑去家裡。

她什麼都不知道，卻要為了這件事喪命嗎？

季思琪絕望得說不出話，而秦文在她身前蹲下。「妳也要理解我，」他說：「來到妳身邊，假借跟妳結婚找到那東西，是上面交給我的任務。若是不能完成，我也要死。寶貝，我們夫妻一場，妳乖一點，別鬧得非要妳死我活的，好嗎？」

季思琪知道，秦文說的「你死我活」就是字面意思。如果她在秦文耐心耗盡之前還給不出他要的答案，那麼他就會用她的死，來換他的活。

世上怎會有這麼冷漠殘忍的人呢？為什麼跟自己同床共枕，相互許諾共度一生的丈夫，卻這樣肆無忌憚，開口閉口要殺了自己呢？

季思琪閉上眼睛，把那曾經最親密的人隔絕出自己的世界。她聲音很輕，哀莫大於心死地說：「你知道的，我膽子那麼小，別說死，就算是痛，也夠我哭上好一陣子。我不敢想像死亡，可是我真的不知道，就算你殺了我，我也沒辦法給你答案。」

秦文深深地看著她，長長、重重地嘆了口氣，從她身前站了起來。

✦

監視器一查就查了兩天，得到的結果卻不盡如人意：季小姐是跟著老公一起走的，離開的時候，兩個人貌似親密，有說有笑。

因為本來就只是懷疑，沒有確鑿證據，任非守著約定，隻字未提梁炎東的事，卻把女神拉下水，說是季思琪這幾個月常去楊璐花店買花，兩個人一來二去成了好朋友，這幾天楊璐突然聯繫不到她，跟他一說，他才覺得事情有點不對勁。

掛了譚輝電話後，任非又打了通電話向楊璐報備，女神一句也沒多問就答應下來，尋找失蹤人口，報案人便填了楊璐的名字。

調查了監視器，得到結論的任非還是覺得不對勁，一路又追著夫妻兩人搭車的車牌挖掘線索，最後查到當時的計程車將兩人放在泗水度假區。

李曉野正好路過，往任非電腦上瞄了一眼，隨口就批：「夫妻去度個假，看你急得像是要在犯罪現場搶救人證物證似的。」

任非一下子站起身，二話不說，抓起手機就往外走。

這兩隻見面就互掐的大鬥雞，任非在跟李曉野的唇槍舌劍中從未有過一聲不吭的歷史，今天這副悶聲不響、掉頭就走的態度，簡直可以載入昌榕分局刑偵隊的史冊。李曉野驚奇地看著任非如旋風般衝出門外，某根敏感的神經突然沒來由地拉緊，下意識地追了上去，出了門，任非卻早已不見人影。

泗水度假區這邊的地產，多數都是賣給大戶改造成各種類型及等級的民宿，任非來時便已打定主意準備先碰碰運氣，停了車就直奔度假區的保全值班室，說了身分和來意，遞出季思琪的資料，沒想到出乎意料地順利，竟在一家別墅酒店的紀錄裡翻到了季思琪和老公秦文的入住資訊。

這一切都太順利了，就像踩在遊戲的預設路線去找ＮＰＣ一樣，任非被酒店櫃檯帶著去敲季思琪夫妻的門，原先心裡就在發牢騷的他，在大門打開看見季小姐的一瞬間，猛地怔住了。

季思琪穿著小吊帶睡衣，披頭散髮，滿臉透著疲態，慵懶地站在門口，看見任非，揉著眼睛莫名其妙地問：「任警官？你這是……」

任非在她身上來來回回看了一遍。暴露在性感小吊帶外的皮膚不見任何傷痕，倒是脖子鎖骨有幾處明顯的吻痕，赤裸裸地辣到了任警官的眼睛。

任非移開目光，尷尬地咳嗽了一聲，「我本來有點事想問妳，你們公司說妳請了病假。」

「所以你就找到這裡來了？任警官跟蹤人的本領比我厲害多了。」季思琪有點狡黠地笑起來，那副態度跟平時畏畏縮縮的狀態不太一樣，似乎隱約帶了點攻擊性，「前幾天身體不太舒服，老公叫我請病假出來散散心。你想找我問什麼呢？」

帶任非來找人的櫃檯小姐這時打了個招呼離開，任非朝對方點了點頭，轉而問季思琪：「妳老公呢？妳跟他一起來度假，他不在？」

「他……」季思琪眼睛向後斜了一眼，欲言又止的神色讓任非心生警惕。但下一秒，只被她拉開一半的門便徹底打開，秦文只穿了一條寬鬆的大短褲，肚子上墜著點四體不勤的肥肉，架著黑框眼鏡的臉倒是白白淨淨，語氣中帶了一點憤怒和一絲刻意討好，「任警官，真是不好意思，每次見面，似乎場面都有點尷尬。」

這一男一女此刻狀態如同纏綿中被人從床上揪起一樣，讓任非好生尷尬，準備好的話卡在喉嚨口，噎了半天也沒吐出來。

「恕我直言，警官，」和老婆穿著稍稍蔽體的布片站在大開的門前，外面就是社區的主要馬路，路上偶爾有人經過，隨時有被圍觀的風險，讓秦文對任非的沉默非常不耐煩，「你要是執行公務，我們很願意積極配合，有什麼想詢問的，絕對知無不言。但如果是其他的事……」他伸手在自己和老婆身上比劃了一下，「你看，實在不太方便。」

「是啊，任警官，」季思琪搶在任非說話之前開口：「明天我就上班了，你想問什麼，不然明天再去公司找我？」

話裡潛藏的意思太明顯了，任非立刻點頭同意，「既然如此，今天就不打擾了，明天再到妳公司找妳。」他說著頓了一下，看向秦文，徵詢他的意見，「秦先生，明天秦太太可以去上班吧？如果明天她身體狀況還是不太好，那我就直接叫同事過來看看算了。我們隊裡的法醫替活人看病雖然不符本業，但看個頭痛腦熱，對個症開個藥還是沒問題的。你太太也是我們的熟人了，我們為人民服務，能幫就幫一把，也省得你們再去醫院大排長龍。」

任非話說到這種程度，秦文當然能聽懂含義，他無辜地眨了眨眼睛，「思琪如果覺得自己沒事了，我當然不會攔著她。警官，你說笑了。」

對話至此，任警官沒什麼繼續留下的理由，夫妻兩人目送他走上馬路才關了門，上一秒還如膠似漆的小夫妻，同時變了臉。秦文轉身貼近季思琪，女人毫無退路地被抵在門板上，臉色慘白，瑟縮成一隻驚弓之鳥。

「妳做得很好，寶貝。」秦文撫摸著季思琪的臉，鏡片反射出幽冷陰險的光芒，「明天那個條子就會去找妳……這主意是妳想的，所以妳一定知道接下來該怎麼做，對不對？」

季思琪緊靠著門，如果她的力氣足以撞開門板，絕對會毫不猶豫地立刻逃走，不惜一切代價逃離這個可怕男人的魔掌。

「說話！」季思琪的沉默激怒了秦文，撫摸女人側臉的手突然如鐵鉗般緊緊捏住她的下巴，狠狠地抬起來，迫使女人不斷躲藏的目光與他對視，「妳背著我三番兩次偷偷跟警察接觸的時候，有沒有想過會有這一天？嗯？妳接近他們，在河邊發現屍袋打電話報案也好，曝光他們的案子也罷，跟蹤那個姓任的條子讓他發現妳也行──做這麼多，不就是為了讓他們注意到妳，替自己找機會從我這裡脫身嗎？妳也沒想到吧，有一天會為了保命，親手把這些幫自己藏好的牌送到我手上、被我利用？聰明反被聰明誤的滋味好嗎？啊？」

季思琪痛得眼淚都掉了下來，用力想要掰開那隻手卻無濟於事，忍著骨頭彷彿要被捏碎的疼痛，拚命從喉嚨裡擠出兩個字：「印……子。」

她的意思是，如果秦文在下巴這麼明顯的位置留下傷痕，明天一定會被任非看見。

秦文掐著她沒鬆手，「那個小條子已經懷疑我了，妳看不出來嗎？妳以為我會放妳出去，讓妳向他揭發我嗎？別開玩笑了。」男人如同看傻子一樣冷冷瞪她一眼，然後鬆開手，從短褲的口袋裡拿出手機，滑了幾下，把手機按在女人胸前，「自己看看吧。」

季思琪拿過手機，看見手機相片畫面的一瞬間，臉上滿是驚嚇和憤怒。

上面是她外公的照片。照片背景都是外公所住的療養院，從昏暗的光線能判斷正是夜裡，照片中的外公在床上安然熟睡，一名看護半跪在床邊，一手拿著一把尖刀虛虛地抵在老人後腦，一手舉在半空，畫面一角能看見她半截手臂入鏡。

可以肯定這張照片是看護自拍的。可怕的是，這個看護季思琪很熟，是常年照顧她外公的那個女子！

季思琪每次去看老人都能看見她，那個女子給季思琪的印象始終踏實又可靠，足以信任。沒想到，她竟是秦文他們老早安插在季思琪身邊的另一層保險。

「你……你們！」季思琪把手機緊緊握在手裡，狠狠地盯著秦文，恨不得在他身上戳出無數血洞，「你們到底是什麼人？究竟想幹什麼？你出現在我身邊，處心積慮地要我嫁給你，甚至用那麼長的時間在我外公身邊安排了自己的人！我手上究竟有什麼東西，讓你們可以付出這麼長的時間和代價想得到？」

她狠狠地指著男人，理智那根弦終於在不斷刺激和恐懼之中崩斷，她歇斯底里大吼，如果不是房子隔音夠好，恐怕任非都能被聲音叫回來。

然而秦文無動於衷。男人冷漠地看著她發瘋，不做任何回應，眼神卻很曖昧。秦文看著她，目光始終牢牢地黏在她身上，直到季思琪的發洩告一段落，終於找回理智。

「親愛的，妳弄錯了。」秦文慢慢地說：「妳以為我是為了利用妳才娶妳？我是因為愛妳啊。但是我娶了妳之後，卻又開始非常恨妳……妳不會知道在那之後，我都經歷了什麼。家人遭到控制，我被迫殺人、吸毒，染上毒癮……我原本乾乾淨淨的，就因為娶了妳，莫名其妙地被拉進了地獄！」

季思琪震驚地看著秦文，「你什麼時候殺過人？你有毒癮？我怎麼不知道！」

「妳、知、道、個、屁！」秦文終於慢慢激動起來，一把抓過女人攥在手裡指向他的手機，惡狠狠地砸了出去，把它摔得七零八落，「婚後妳總說我變了……我是變了，妳還記得我們戀愛時的樣子嗎？我已經不記得了。」秦文在季思琪眼前笑得猙獰，「我們結婚後，一夥人找上我，綁架了我的父母，要我聽從他們的話，從妳或妳爸那裡找一件東西。我一開始並不想背叛妳，但他們拿我父母的命威脅我，逼我殺人，錄下了整個過程，以此困住我……我不敢報警，也不敢對別人說，更不敢告訴妳……後來我終於妥協了。」

秦文雙目赤紅，面孔猙獰，但說話的聲音慢慢又變得很輕，一字一句，就像心理極度扭曲的人在講述不為人知的祕密，「最開始我問過妳，知不知道那東西在哪裡，妳說沒見過不知道……時間久了，他們以為我在敷衍，為了進一步控制我，就對我注射了毒品。

「後來我就不像個人了。」男人又神經質地笑起來，一步步走上前，一把抓住來不及躲閃的女人雙肩，「我落到今天這步田地，都是因為娶了妳。」

事情發展到這個地步，已經完全打破了季思琪的認知，她難以置信地瘋狂搖頭，被秦文抓住的肩膀僵硬得彷彿不是自己的，「我不知道……我不相信！怎麼會這樣？這不是真的！如果是真的，你為什麼不跟我說？為什麼不告訴我？」

「我告訴妳有什麼用？」秦文用力扣著她，眼裡盈滿了仇恨，「我跟妳說，妳就能告訴我，我要的東西在哪裡嗎？我跟妳說，妳就能讓我擺脫一切嗎？」

「可是我不知道……」季思琪痛苦地閉上眼睛，無助的淚水沿著臉龐滑落，「我真的不知道你們要的什麼光碟在哪裡……我爸這輩子根本就沒有什麼光碟，連電視都很少看，我真的不知道——」

「馬上就會知道了。」秦文打斷她，「這不是妳自己出的主意嗎？妳說妳不知道，我也沒找到，既然警察聽見風聲來找了，那麼很可能告訴他們這個消息的人，也會透露一些別人不知道的線索。妳跟著這個線索，等他們找到了東西，再把它偷偷帶過來給我……」男人扣在她肩頭的手勁慢慢放鬆，帶著汗漬、微涼的指尖緩緩地順著鎖骨攀上脖頸，在皮膚上曖昧親暱地流連，「看，寶貝，其實妳也沒比我高尚到哪裡去……哪天乖乖讓我殺了，大家全都一了百了，不是也滿好的？妳非要為了保命，想出這麼一個主意。」

「我們一路上同出同進，如果你在這裡殺了我，警方也一定會找上你。」

「沒關係。」秦文說：「我替那些人辦事辦了這麼久，手裡掌握他們的資訊也不少，他們不至於把我交出去，只要我夠聽話，他們就不會殺一個已經完全屈從的棋子。而且，就算我殺了妳棄屍，最終警察找到這裡又如何？這間房子的地下室在那麼短的時間內被改造成現在這樣，裡面連接著能即時直播我們家走道監視器畫面的設備，別墅酒店裡的老闆和上上下下的員工，有一個人知道這些嗎？他們想要瞞天過海，總是有辦法的。」

秦文的撫摸讓季思琪控制不住地顫慄，男人說的那些人彷彿來自她所不了解的另一個世界。她喘著氣，努力從凌亂的呼吸中找回自己的聲音，「『他們』究竟是誰？」

「誰知道呢。」秦文聳聳肩，結束了這個話題，反而看著季思琪說：「妳知道嗎？其實我滿想讓妳死的。」

他猛一用力，把季思琪緊緊摟進懷裡，手指從後脖頸緩慢摩挲著她的脊背。他的話那麼殘酷，聲音語調卻那麼溫柔，「明明妳才是導致這一切的罪魁禍首。」

女人在他懷裡抖如篩糠，他卻突然抽出手扯住她單薄的睡裙，「我已經萬劫不復了，妳憑什麼……」他再一用力，單薄的布料不堪重負，「嘶啦」一聲從背後被扯破，在女人猝不及防的驚恐尖叫中，男人一把扔開破碎的布料，粗暴如野獸般狠狠地把不著寸縷的女人摔在地板上，「妳憑什麼——還能好好地活著？」

在女人尖叫的拒絕和男人洩憤般的怒吼中，已經瘋了的禽獸按住女人試圖掙扎的肩膀，獰笑著壓了上去……

✦

任非第二天果然在季思琪的公司找到了她。

姣好的妝容也遮不住她全身上下透出的疲憊，任非跟她坐在報社大樓對面的咖啡廳裡，左看右看都覺得這不像是剛度假回來的人。

任非琢磨著要怎麼說服她跟自己到監獄去見一個重刑犯，猶豫片刻，試探著開了口：「季小姐，妳的父親……」

「任警官，」季思琪打斷他，「關於我的父親母親等家庭情況，之前你隊裡調查過，我們能直接說重點嗎？」

季思琪這個態度跟以往那個畏首畏尾的樣子相差太多，任非意外地挑挑眉，隨即笑了起來，「妳誤會了，我只是想說，妳父親以前在法大教書的時候，帶過一個學生叫梁炎東，不知道妳有沒有印象？」

原本已經認定員警來找自己也是要問「東西」在哪裡的季思琪，聞言愣了一下，才有點尷尬地低頭喝了口果汁，「他……我知道，但他跟我爸沒什麼聯繫了……我大學畢業那年，他強姦殺人後來被捕入獄，這件事當時鬧得沸沸揚揚。我是學新聞的，寫論文時還拿他的事件當過資料。」

任非一愣，不解地問：「他曾經是妳父親的得意門生，妳竟然沒從蕭老先生那裡聽說過他？」

「我跟我爸的感情不太好。」季思琪回答：「很小的時候，我爸媽就離婚了，我跟著我媽生活，後來媽媽過世，才被他接過去。」

「妳爸媽感情不好？」

「滿好的，至少我爸很愛我媽，但那時候我外公得了腦血栓和心肌梗塞，外公家又離我們家太遠，我媽那邊沒有其他兄弟姊妹，沒人照顧外公，又沒辦法把已經生病的外公接到我們這邊。當時我太小了，爸爸一直在做研究，我從出生起就是媽媽一手帶大，爸爸根本不知道該怎麼照顧我，我媽不得不把我也一起帶到外公那邊生活，後來他們就離了婚，我媽說這樣的婚姻沒有意義，她也不想耽誤我爸。」

任非不太能理解因為相隔兩地就要離婚這種事，覺得既然相愛就不該離婚，但又不太方便插嘴別人家的事。

季思琪好像能明白他的不解，攤了攤手，「你也覺得滿不可思議的，是吧？其實我也不能理解。媽媽過世後，爸爸把外公送去療養院，把我接了回來。其實我媽明明也可以這麼做，但她卻拒絕將外公送去請別人照顧，導致後來自己累出了毛病。爸爸為了紀念媽媽，將我改成媽媽的姓氏。再後來我都住校，大學畢業認識了秦文，很快就結了婚，所以跟我爸的交集一直都不多。」

「那三年前梁炎東出事入獄後，蕭老先生也沒跟妳說過什麼嗎？畢竟梁炎東是他曾經的得意門生。」

「得不得意我不知道，但是自己學生做了這麼丟臉的事，正常人都不會把他再當成話題吧？」

任非原本以為季思琪就算跟梁炎東不熟，至少兩人也相識，那麼說服她去監獄跟他見個面，雖然可能有點唐突，不至於費多少唇舌。沒想到，身為蕭紹華的女兒，季思琪對梁炎東的了解竟是道聽塗說。

任非嘆了口氣，換了個話題，「好吧，那季小姐能不能說說，妳跟妳先生是自行認識還是別人介紹的？」

昨天見面後，秦文這個人讓任非心生警惕。剛才既然季思琪自己提起，他就順勢問下去。這個女子不太可能為了梁炎東去監獄，只好另想辦法。

「自己認識的。」季思琪說：「我大四到一家報社實習，恰逢工會舉辦的一次聯誼活動，便參加了，我們是在那時認識的。」

「妳畢業後就結婚了？」

「沒有，畢業之後我們交往了一年多吧，然後才結婚。」

「為什麼之前會想離婚呢？」

季思琪若有所思地看了他一眼，似乎覺得意外又有趣，淺淺地笑了一下，「沒想到警官你連這點小事都知道得這麼清楚。」

任非想了想，又問：「那為什麼後來沒有真的離呢？」

「小夫妻過日子不順心，耍脾氣鬧離婚不是常有的事嗎？」季思琪一臉十分矜持又不欲多說的表情，「吵完架和好了，當然就不會再提離婚的事。」

「如果只是隨便鬧鬧的小事，」任非拿起咖啡勺，隨便在杯裡攪了攪，又放下了，「為什麼蕭老先生會在勸和你們失敗後醉酒騎車，最終心肌梗塞死在了馬路上？」

季思琪猛地抬起眼，手不受控制地一抖，果汁濺出來幾滴，弄髒了淺色的長褲，對此卻無知無覺一般，不由自主攥緊了拳頭，難以置信地搖了頭，「你怎麼……你怎麼會知道我爸死前曾經……」

任非深吸口氣，感覺繞了那麼大的圈子，終於把話題拉到了來意上，「是梁炎東告訴我的。」

季思琪莫名其妙，「他不是已經……」

「對，一個已經入獄三年多的人，卻還知道妳的動向，連這些細枝末節都十分清楚。季小姐，」任非滿臉懇切，篤定地說：「我昨天說有事要問妳，但其實想跟妳談的人不是我，是梁炎東。看在他對妳的家務事這麼關心的情分上，妳能抽個空跟他見一面嗎？」

季思琪以為是警方辦理公事，聽任非說到現在，儼然已經成為私人的問題。她原本以為會被問的事情，任非根本一個字也沒提，跟預期完全相反的狀況，讓她一時之間竟不知該如何反應。

季思琪知道自己應該拒絕，但是話到嘴邊，突然想起背後那個如狼似虎的男人，臨時又改了主意，「……你讓我考慮考慮。」

「好的，」任非看看錶，「妳需要多長時間？」

他這副態度分明是要讓季思琪當場就給出答覆，然而女人身不由己，她猶豫了一下，抿著嘴，笑容有些牽強，「我明天回覆你吧。」

「明天啊……」任非抬頭，突然靠在了椅背上，目光變得尖銳，語氣中帶著淡淡的揶揄，「明天回覆我，意思是需要回家問過妳老公嗎？」

季思琪瞪大眼睛，啞口無言。

她這副表情可以證實很多事情，任非的手指在桌面上輕輕敲了敲，「妳還沒告訴我，當時為什麼要跟他鬧離婚。」

女人沉默著狠狠嚥了口口水。

纏繞在身上的無形鎖鏈因為眼前員警的洞悉而有所鬆動，有那麼一瞬間，季思琪幾乎就要不顧一切地開始掙扎——就像之前做過的那樣，想方設法接近警方，為了擺脫秦文而尋求庇護。

她太恨秦文了，然而有多恨就有多怕。如果任非能早一點跟她見面，如果他能早一點察覺她老公的不正常，也許她就不用在泗水度假區那棟別墅的地下室裡，度過暗無天日的那幾天了。

在昨天之前，如果她有機會，哪怕拚得一死，也要逃離那個惡魔的掌控。可是現在世上僅剩的親人落到「他們」手裡，要是自己輕舉妄動，心狠手辣的歹徒們很可能就會直接殺了外公。

而她又沒有實際證據能證明外公遭到歹徒控制，不能向警方尋求庇護，況且一旦自己脫離秦文的視線，對方就會立刻做出反應。從東林市到外公所在之地，國內沒有直達航班，過境加轉機總共要耗上整整一天的時間，就算警方肯千里馳援，或者請求當地警方協助解救，再快的速度，也不可能快得過天天守在外公身邊的「看護」。萬一老人家因自己而死……

季思琪把目光從桌角放著的本子上收回，閉上眼睛，指甲在桌下都快摳破手掌。沉默良久後，她倉促地站起來，對任非說：「我明天回覆你。」語畢，轉身逃也似地離開了。

✦

任非得到季思琪的回覆比預想的要快，下午還在辦公室調查秦文的祖宗十八代，季思琪的電話已經打來，同意跟他去監獄見一見梁炎東。

得到肯定答覆讓任非鬆了口氣，但沒想到，從茫茫人海中找到季思琪這件事進行得很順利，反倒是帶著她去跟梁炎東見面的事受了挫。

「真的不行啊老大，你不是也知道，就因為接連死人那件事，到現在上面還盯我們盯得緊呢。而且監獄長官也都換人了，上次家屬接見把你弄進來，已是我能盡到的最大努力，現在才剛過沒幾天，你還要帶別人來。真的不行真的不行，我是真的做不到。」

聽著電話關洋那邊機關槍似的一頓「不行不行不行」，任非的頭一下子就大了。「你天天找他到底要幹什麼啊？」關洋雖然問了這麼一句，其實對答案並沒有多少好奇。他猶豫了一下，接著彷彿下了很大決心，「不然這樣吧，我想辦法讓你跟他通個電話，目前的條件下我只能做到這樣了。」

任非把一肚子的槽點嚥回去，盡量心平氣和地對他說：「關洋同學，請問你們監獄是什麼時候治好梁教授的失語症的？」

關洋一時語塞，覺得很委屈，半晌試探著補救：「不然你有什麼想跟他說的，我幫你轉達？」

任非暗想，我都不知道他要幹嘛怎麼告訴你。他揉著眉想了一下，跟關洋說：「你就告訴他，我找到人了，這樣就可以。」

關洋狐疑，「你們兩個不是對暗號要幫他越獄吧？」

「你是不是傻子！」任非翻了個白眼，有點苦惱，不知道怎樣才能讓季思琪跟梁炎東見一面，連帶著回嘴都有氣無力，「我是一個警察，會幫人越獄嗎？哦，我幫人越獄還找一個獄警幫忙遞暗號，等著讓他揭穿我？是我沒腦子還是你缺心眼？」數落完，才想起自己是求人辦事，趕緊又繞了回來，「你用心一點，辦成這件事，我請你吃咱們學校東門你最愛的那個王記包子。」

關洋一臉麻木地拿著電話，「那要是辦不成呢？」

「那我也請你吃，」任非斬釘截鐵，「任記老拳。」

為了不吃任記老拳，關洋第二天一上班就找了個機會，把任非說的話原原本本地帶給梁炎東。

梁炎東當時什麼表示也沒有，然而當天午飯後的自由活動，他就像吃了火藥似的，轉頭便打了他們班的大舖。

梁炎東剛入獄那時，他們班大舖周志鵬看不起他，拐著彎找他麻煩，後來把梁炎東惹毛了，在監視器死角處，差點掐死周志鵬，從此以後兩個人井水不犯河水，誰也沒再招惹過誰。

相安無事過了三年多，誰知道梁炎東今天突然吃錯了什麼藥。

因為不說話，梁炎東動手的時候連招呼都沒打，拍了桌子直接就揍，拳頭揮得毫無道理、速度極快，以至於周志鵬根本沒反應過來，結實地挨了一拳，嘴角都撕裂流血了。周志鵬第一反應不是還手，而是抬起頭來用極其震驚的目光看了梁炎東一眼，表情好像是在確定「這個人終於從精神障礙變成神經病了」。

但是梁炎東第二拳砸過來的時候，周志鵬就沒再傻愣愣地挨打。一來二去下，梁炎東也吃了點虧，而周志鵬終於找到空檔，拉開距離就罵：「梁炎東！你他媽的瘋了吧你？」

可惜瘋了的梁教授並不理他，不要命似地抬腳就踹，你來我往的纏鬥中，大舖漸漸不敵，一個走神險些被砸斷肋骨。他倒在地上，勉強架住梁炎東的攻擊，脖子上繃著青筋死命地說：「中午不就是吃了個雞翅！就算你吃的那隻雞有禽流感，難不成就得了狂牛症嗎！」

聞訊趕來的獄警端著槍往活動室一戳，管教人員提著電擊棒走上來，準備給「狂牛梁」一點教訓，剛走過去，卻看見打紅了眼的梁炎東突然停手，因為停得太突然，他腦袋上甚至挨了周志鵬一個回擊。他也沒試圖再還手，反應非常迅速地往地上一蹲，在管教的電擊棒揮上來之前已經識時務地抱頭蹲好了。

十五監區對於受刑人鬥毆有一貫的處理方式，一般來說，輕一點的是了解情況後，對雙方進行教育，重新學習獄內各項規章制度，附帶增加做工之類的體罰。重一點的，比如像現在周志鵬這樣，被打又已經倒在地上起不來了，在了解情況後先把傷者帶去醫務室治療，鬧事的一方被帶去教育之後關禁閉。

差點被打成熊貓眼的周志鵬被帶去了醫務室，而梁炎東手腳都被上了鐐銬，直接押往監區長辦公室。找犯人「談心」原本就是穆雪剛很愛做的一件事，如今雖然從副監區長升成了正職，但前來接替原職位的人尚未報到，所以這些說話談心的工作目前還是他在做。

梁炎東被押送過來的時候，穆雪剛已經得到消息，端端正正坐在桌子後面。當他看見梁炎東，雖不意外，卻也依舊覺得非常稀奇，隱約還帶著點看戲的意思。

「說說吧，這是怎麼回事。」穆雪剛也沒讓押送梁炎東過來的人離開，話音剛落又像想起什麼似的，逕自丟了一本筆記本和一枝筆在桌上，「我總是不太習慣當年東林的『名嘴』現在說不出話的樣子。既然說不出來，那你還是寫吧。」說著又敲敲桌子，「給你一個善意的提醒，最好一是一、二是二，老老實實地寫，這樣大家都舒心。」

梁炎東收回目光，在鐐銬的聲響中走到桌前，彎腰拿筆在紙上寫了幾筆。

穆雪剛接過來，掃了一眼，眼神倏然變了。但他反應非常快，眨眼間，已從失態中恢復，看著眼前這個穿囚服的男人，覺得對方好笑又愚蠢，於是揮揮手，讓送梁炎東過來的下屬離開，「梁教授，」他把剛才寫字的那張紙從筆記本上撕下來，當著對方的面慢慢撕成碎片，「沒想到這幾年牢獄之災，也沒能讓你那狂妄自大的性格稍作改變。」

穆雪剛把碎紙片扔進垃圾桶，拍拍手，心裡覺得很可笑，「時移世易，都過去多少年了……你怎麼還把我當年求你的事，當成了一道救命符呢？」

18 準備翻案

梁炎東當年聲名大噪的時候，穆雪剛甫升任東林監獄的副監區長不久，那時穆彥還沒出事，穆雪松還是聲名顯赫的企業家，穆氏的買賣也還如日中天。

穆氏什麼都很好，只是不理穆雪剛死活。穆雪剛少年時幾乎如喪家犬一樣被穆家掃地出門，這根刺已扎在心頭這麼多年，傷口已化膿潰爛，散發出了讓穆雪剛自己都深感厭惡的味道。

穆彥被殺之後，譚輝曾經去找穆雪松取證，按照穆雪松的說法，當初已故的穆家老先生決定不留一分遺產給穆雪剛、讓他淨身出戶的直接原因，正是經由DNA鑑定，證明養了近二十年的穆雪剛竟非自己親生兒子。

穆雪松曾對譚輝說，弟弟並不知情其中的緣由，因為不希望穆雪剛最後連根都找不到，所以一直隱瞞著，任由穆雪剛恨他們恨了這些年，也未透露過一字半句。

但事實上，當年穆家這些事，包括穆雪松都沒人知道，其實穆雪剛早在被逐出家門的那天，就清楚明白自己到底為什麼被趕了出來——穆家人認為他不是穆家的種。

但是穆雪剛不相信。他母親是穆老先生的原配夫人，他跟大哥穆雪松同父同母，母親是什麼樣的人，他太清楚了。他根本不相信母親會在生下穆雪松後，又跟別人私通生下他。

但是那時候穆雪剛太小，毫無反擊之力，只能帶著一腔仇恨遠走他鄉，心想的是早晚有一天要報復曾經誣陷母親的人，替自己和母親正名。

可是他手上沒有任何證據。當年被逐出家門時沒有，時過境遷的若干年後，更不可能找到一點蛛絲馬跡。

穆雪剛因為朋友的介紹知道了梁炎東。當年梁炎東上法庭承接的都是幫證據確鑿的嫌疑人做無罪辯護的工作，承接標準是他認為案件的嫌疑人無罪，除此之外沒有其他條件，連訴訟費也是象徵性收取。

可怕的是，這個隨心所欲的男人從上法庭那天開始，未曾打過一場敗訴。

當各種報導把梁炎東傳得神乎其神時，每逢梁炎東代理的案子公開審理，穆雪剛就會找機會旁聽，半年下來總共聽了三次庭審。第三次聽完，性格向來小心謹慎的穆雪剛，終於下定決心找上梁炎東，告知埋藏在自己心裡這麼多年的事。他想拜託梁炎東調查一件事，證明他到底是不是當初穆老先生留下的種。

對穆雪剛而言，要對梁炎東這樣一個陌生人訴說這種恥辱實在很困難，沒有人知道他夜夜不能成眠，思來想去最終糾結出這個決定前，曾跟自己打過多少次心理仗。

但是梁炎東拒絕了他，拒絕得非常乾脆，不留半點餘地。

穆雪剛至今都還記得當時梁炎東說的那句話，他說他是一個律師，不是私家偵探，不接這種想方設法摳人祖宗十八代的事。最後梁炎東對穆雪剛說，今天來找他說的事，他會當作沒聽過，守口如瓶，請穆雪剛放心。

穆雪剛這個人雖然記仇，但行事作風還是相當磊落。他記恨著梁炎東不替他辦事，卻也清楚兩個人畢竟不是什麼不共戴天的死仇。梁炎東進了監獄，閉緊了嘴巴，日日夜夜都生活在他眼皮底下，這件事對他來說就算了。再來，梁炎東入獄這幾年也沒什麼事犯到他手上，他也就沒找過梁炎東什麼麻煩。

兩個人就在這座監獄裡形同陌路，偶爾相遇，梁炎東跟其他受刑人一樣恭敬規矩，而穆雪剛也像對待其他人一樣，從梁炎東面前目不斜視地走過。直到今天，梁炎東把自己送到了他眼前。

穆雪剛覺得自己雖然冷嘲熱諷看不上梁炎東，但並沒有想加以為難。誰知這人敬酒不吃，非得舊事重提，吃他那杯罰酒。

筆記本上寫的是：

當年你找我的那件事，我可以幫你查。

穆雪剛看了一眼關著的門，突然壓不住火氣，繞過桌子走到梁炎東面前，揪住囚服的衣領，猛地一拉。梁炎東沒反抗，順著他的力量被扯了個踉蹌。

「梁炎東，你差不多也該把你的狂妄自大收斂一些，有點自知之明吧！」穆雪剛揪著他，眼睛鼻子彷彿都在噴火，「當年我懇切求你，你不肯幫忙，現在你是什麼身分，在什麼地方？我不找你麻煩已經很好了，你竟然還敢給我舊事重提！」

穆雪剛說這些話的時候，梁炎東始終看著他的臉。兩個人靠得實在太近，以至於梁炎東能將暴怒的監區長臉上每一個細微表情看得一清二楚。

他本來對自己今天鬧的這樁事不太有把握。就像他們監區長說的，時移世易，當初的事情，如今到底有沒有結果，不得而知。

為了跟季思琪見面，他走投無路才出此下策，但是從進門寫下那句話到現在，看著穆雪剛的反應，他卻逐漸鬆開了壓在喉嚨口裡的那口氣——竟然押對寶了。

他出手打周志鵬之前便已想好，假設能順利攀上穆雪剛這個人情，為了讓對方相信自己有能力兌現承諾而非信口開河，就必須適當透露一點死守著的祕密。

在穆監長揪著他衣領不肯鬆手的時候，他一點也不掙扎，對方的咆哮從左耳進去又從右耳鑽出，根本沒進入腦袋。等穆雪剛放開他時，梁炎東已經順利開始誘捕這頭大倔牛的步驟了。

他摸了紙筆，彎腰直接就寫：

你想知道的答案，我將竭盡所能。

穆雪剛看完氣笑，「難道我想要的答案是在你們十五監區一大隊三班的炕頭上嗎？」

梁炎東堅定地寫：

我出去幫你找。

穆雪剛看見這六個字的時候，簡直感到無比荒謬。一個剛從無期徒刑改成有期徒刑十五年的囚犯，竟然敢在監區長的辦公桌上這麼堂而皇之地說要出去！

穆雪剛眉毛擰成一團，伸手狠狠指了指梁炎東，喝罵的話幾乎就要出口，卻因為對方在紙上飛快寫下的幾句話而收了聲。

我沒殺人。

我有辦法證明自己無罪。

我不會越獄，會光明正大地替自己翻案，從這裡走出去。

我出去，你想要的答案，我盡最大的努力幫你找。

自梁炎東用紙筆跟人交流開始，從沒有哪一次像現在這樣運筆如飛，寫出這麼多話。

其實他也怕，怕監區長不給他機會讓他把話寫完，怕眼下除了穆雪剛多年前的一個執念外再無其他籌碼的自己，換不來一個跟季思琪見面的機會。

但他不會將心思表現在臉上，所以等寫完這些抬頭去看穆雪剛時，表情仍然非常從容淡定，就像當年穆雪剛在旁聽席看著他在法庭上侃侃而談時的模樣，就像那年斷然拒絕穆雪剛的請求時的冷靜模樣，就像入獄三年在監獄裡偶爾碰見穆雪剛時的漠然模樣。

穆雪剛牢牢地盯著梁炎東，指尖突然有點發抖。他看上去就像是氣得不能自己，但只有他自己知道，那是源自內心的掙扎，好像被桎梏已久的渴望忽然衝破了一切理智的束縛，躍躍欲試地撥亂了心弦，讓他幾乎就要被眼前這麼幾行字蠱惑。

半晌之後，穆雪剛嗓子發緊地說：「你有辦法證明自己無罪，為什麼不走流程申訴，替自己翻案？為什麼要在這裡蹲三年？」說著嚥了口口水，色厲內荏地警告：「梁炎東，收起你那些鬼心計，別以為我會相信你的胡言亂語！」

梁炎東寫：

我是胡言亂語還是有憑有據，對你沒有任何影響。如果怕我在監獄有小動作，你可以派更多的人看管我。如果我能證明自己無罪，從這裡走出去，我會幫你找線索。

穆雪剛的嘴角動了動。他突然從梁炎東臉上移開視線，走回自己的位置坐下。他眼神沉了沉，手指交疊在一起，不斷輕輕敲打著手背。

「……你要什麼？」窒息的沉默過後，穆雪剛深吸口氣，氣息聽上去不是很穩，「你想要什麼？」

梁炎東寫：

我想見一個人。這個人身家清白，跟監獄所有服刑的人都沒有半點關聯，不會給你惹麻煩。

「理由？」

這次梁炎東沒有立刻做出回應。他指尖輕輕捏著筆，筆尖在筆記本上懸出將落未落的距離，眼睛習慣性地睇了一下，顯得猶豫。

穆雪剛敲了敲桌警告：「你不說實話，我們的談話就到此為止。」

相似情景前兩天才發生過，在梁炎東和任非之間。但他能跟任非說實話，對穆雪剛卻沒有當初面對那個小刑警的信任。

猶豫了一下，梁炎東落筆寫道：

她曾是我的未婚妻，現在外面的人，我只信任她。她來了，我會告訴她存放證據的地方，取出證據，我就有把握翻案。

穆雪剛看完後又把筆記本扔回給他，「你怎麼知道她現在還想見你？畢竟，」他伸手隔著辦公桌在梁炎東身上上下比劃了一下，「你現在已經這樣了。」

梁炎東寫：

會的。她等著跟我見面。

穆監長都不由得生出了懷疑，「你們近期見過？」

梁炎東沒反應了。

幸好穆雪剛也沒繼續追究，他點點頭，又站了起來，穿過辦公室打開門，探出半個身子，把在外面等候的獄警叫進來，然後回頭帶了點捉弄的惡意，對梁炎東說：「有什麼事，都等你關了禁閉回來再談吧。」

✦

在任非焦慮等待了四天後，監獄那邊終於有了消息。梁炎東不知道用了什麼神通，竟然真的讓獄方批准了他跟季思琪的一次「特別接見」。為此，任非下午特意請了兩小時的假，去報社接季思琪，兩人一起來了監獄。

然而到了監獄，忐忑不安的季思琪被獄警領走、去跟梁炎東見面，為了這兩小時跑東忙西、操碎了心的任警官，卻被攔在了大門外。

「你就等等吧，」關洋拍著他的肩膀，「你倒是早點跟我說這位小姐跟梁教授的關係啊。」

任非看著女人纖細孱弱的背影漸行漸遠，茫然地回過頭，不太能理解關洋的意思，「什麼關係？」

「不太懂耶，這種事有什麼好隱藏？」關洋當個八卦似的隨口說：「雖然這女的現在已為人妻，但做為梁炎東曾經的未婚妻，而且他在獄外已經沒有直系親屬了，想見見季思琪在情理上也說得過去。何況前不久他剛立了功，這個優待還是可以申請的。你要是早點跟我說明，我哪還會瞎猜你們是不是要越獄……」

「……啊？」任非微微張著嘴，看著面前一本正經的老同學，不能理解梁炎東這樣一個拙劣的謊話是怎麼騙過監獄長官的，但還是含蓄地幫梁炎東圓了謊，「啊，未婚妻……是啊，嗯，未婚妻。」

✦

季思琪被人領到了一間單獨的接見室，終於在裡面見到自己的「前男友」。她局促地站在大門口，兩手放在身前交握著，十指緊張地絞在一起，連面對站在旁邊的監區長最簡單的發問，也無法很有自信地回答。

「妳認識他嗎？」

「認……認識。」

「他是妳什麼人？」

「他是我父親以前的得意門生。」

穆雪剛審視的目光從季思琪身上挪到在接見室裡等待的囚犯身上，梁炎東適時地在桌子後面弄了點動靜，用手勢和眼神簡單表達了想要跟季思琪單獨聊兩句的意思。

梁炎東雖然偽裝啞巴，但實際上這時嗓子也已經完全啞了。穆雪剛擺明公報私仇，故意給他下馬威，其他人打個像梁炎東和周志鵬那種程度的架，最多也就關個三十六小時，而梁炎東被關的時間足足比別人多了一倍。

穆雪剛故意整他，禁閉室裡靠近頂棚的唯一一扇小窗戶都從外面被關上了，整整三天，久不見光、狹窄憋悶的空間，除了送飯之外聽不見半點動靜，泛著霉味的沉鬱氣息幾乎就要把人活生生悶瘋。

也多虧梁炎東在心理學上造詣頗高，在無法視聽、彷彿時光流逝都失去意義的封閉空間，也能想辦法為自己進行心理諮商。不然這麼三天下來，他的失語症說不定就要弄假成真。

儘管如此，梁炎東的狀態還是非常差。整個人就像剛從一場夜以繼日的嚴酷審訊中出來，精神委頓頹靡至極，下巴的青色鬍碴讓他看上去衰老好幾歲，眼睛下面也透出烏青，臉色蠟黃，嘴唇泛著病態的白。這個蹲了三年監獄，身上氣質也沒太大改變的人，只在禁閉室待了三天，就變成一個彷彿放棄一切希望、窩在監獄行屍走肉般混吃等死的囚犯。

穆雪剛對這樣的梁炎東很滿意，安排他出了禁閉室的當天就跟季思琪見面。按照穆監長的盤算，這是犯人們意志最薄弱的時候，梁炎東到底葫蘆裡賣什麼藥，也許能露出一點破綻。

接見室裡，季思琪看著對面這個蓬頭垢面的囚犯，已找不到先前在各種報導裡見過的冷峻帥氣身影。他疲憊地坐在固定於地面的長桌後方，灰色囚服上不知是油漬還是汗漬，髒汙了一片。梁炎東掐了掐太陽穴，試圖讓自己更清醒一點，抬頭看見季思琪小心翼翼地打量，才放下手笑了一下。沒了手臂的遮擋，季思琪發現這個男人的眼睛雖然爬滿了紅血絲，目光卻很清明。

「你……」季思琪猶豫了一下，實在不知道跟他的談話要如何開始，最後視線落到他面前的那個筆記本上，想起之前任非跟她說的話，尷尬地開了口：「他們說……你已經不能說話了？」

梁炎東臉上透著疲憊，表情卻難得溫和。「蕭紹華的女兒」這個身分對他來說的確與眾不同。硬要形容的話，現在的感覺，有點像上了年紀的大叔時隔多年，再見到已經長大成人的小輩親戚。

梁炎東點點頭，在筆記本上寫了一句：

以前總聽老師提起妳，印象中，妳應該還是個小女孩。

季思琪拿過他的筆記本看了看，也輕輕地笑了一下，「都多少年前了。」季思琪的眼睛、嘴巴跟蕭紹華長得很像，梁炎東能從她的臉上看見當年老師的影子。

梁炎東寫：

老師的事我聽說了。妳不要自責，若是老師還在，絕對會說不是妳的錯。

透過這句話，季思琪能看出，眼前這個男人的確是當年父親最得意的弟子，也是老先生曾經最親近的人。因為她知道，如果爸爸當時倒在馬路上能再醒來，那麼睜開眼睛看見自己的第一句話一定是說：「琪琪別自責，沒關係，這是個巧合，不是妳的錯。」就像從小到大每次做錯事，蕭紹華都會對她說的那樣。

季思琪深深吸了口氣，也許是這幾句話無形中拉近了彼此的距離，逐漸放鬆了一些，抬起頭來看梁炎東，「當初你為什麼要殺人？你找我來要做什麼？」

梁炎東寫：

我沒殺人。我找妳來，是因為我曾把能證明自己沒有殺人的證據交給老師，而跟老師的最後一次見面中，他告訴我，妳知道證據放在哪裡。

「可是我根本就不知道……」話說到這裡，季思琪突然明白了梁炎東想要的答案，也是她被迫前來這裡的原因。她心臟狂跳，盡力維持著有些困惑的語氣，「我不知道什麼證據……我爸從沒跟我說過什麼證據在哪裡。」

季思琪的回答，在情理之中，也是意料之外。梁炎東早就知道蕭紹華沒有向季思琪透露過證據的事。他們師徒二人扛了太大的壓力和危險，當時梁炎東入獄，蕭紹華深怕有朝一日無法保住那份能替梁炎東洗刷冤屈的事物，孤立無援中不得不將自己女兒拖下水，卻也竭盡所能地幫季思琪上了一份保險。

蕭紹華跟梁炎東說存放證據的事情時，曾言明有朝一日要是自己有個什麼意外，而梁炎東等到了時機成熟、需要用到證據，就找上季思琪，告訴她：「小時候妳總是重複做著同一件事情，現在都長這麼大了，總該讓爸爸看看了吧。」蕭紹華說，季思琪只要想一想，就能明白他要找的是什麼。

蕭紹華一直防備著隱藏在黑暗中的洪水猛獸某天嗅到血腥味找上自己，卻沒想到竟在一場女兒女婿的離婚鬧劇中就此喪命……梁炎東想到這裡，不由得嘆了口氣。

可是當季思琪說起「我根本就不知道」和「我爸從沒跟我說過」時，語氣太理所當然，好像同樣的話已經說過無數遍，不經意地染上了慣性的強調。

梁炎東的四根手指反覆地輕輕敲擊桌面，目光從女孩臉上挪開，落在了自己放在手邊的筆尖上。

緊接著，他寫：

妳沒見過嗎？那是一片光碟。

看見「光碟」兩個字的時候，季思琪心裡「咯噔」一聲，幾乎立刻反應過來，梁炎東所說的「光碟」，跟秦文逼著她要找的那個「光碟」，是同一個東西！

季思琪心跳如擂鼓，佯裝無辜的眸光亂了，聲音有些顫抖，在狹小又安靜的接見室裡，梁炎東聽得清清楚楚，「我從沒見過……爸爸過世後，我裡裡外外收拾他的東西，所有的遺物都經手了，可是根本沒有什麼光碟，他也從沒跟我提過把什麼光碟放在我這裡的事情。」

話已至此，梁炎東那個意料之外的猜測獲得證實。

季思琪在任非找到她之前就知道有光碟一事，並且已經為此在蕭老的遺物中搜尋過，但一無所獲。看來，已經有人先找季思琪問過證據的事。

他心想：季思琪現在已經不安全了。

該怎麼辦？敵人行動的速度比想像中要快。

季思琪來到這裡，並非任非促成，而是被隱藏在她身後的勢力推過來——找不到光碟，對方便把她當誘餌，企圖讓她在自己這裡找到突破口，打開僵局，拿到東西。

光碟至關緊要，他必須要拿到，不能落在別人手裡，可是一旦把蕭老告訴他的那句線索跟季思琪說了，被威脅的女孩轉頭就會把得到的資訊告訴他的敵人。

對方勢力龐大，而他身陷囹圄。如果他們得到光碟，不僅他無法翻身，恐怕連季思琪也性命難保。

不如今天就此作罷？大不了誰也得不到光碟。只要這個東西不浮出水面，季思琪就多少有些籌碼可以保命。但是今天不問，之後再想跟她見面，卻也難如登天。

該怎麼辦？蕭老師留下的那句話，到底問還是不問？

梁炎東心裡飛快盤算著，四根手指敲打著桌面，擊出輕微的聲響，季思琪被他敲得心慌，不經意間攥緊的手指已經在手心摳出了一個個指甲印。她慢慢地深吸口氣，片刻後說什麼也坐不住了，「梁……學長？」

梁炎東拿定了主意，敲桌的手停下，在筆記本上寫：

抱歉。我以為妳知道光碟在哪裡，沒想到還是沒有線索，一時有點失望。

季思琪咬了咬牙，問他：「如果你知道更多資訊或線索，或許我可以……再找找。」

梁炎東寫：不必了。天意如此，該我認命，我認就是。

季思琪拿過筆記本看完，舔舔嘴唇，不再說話了。

她神色的變化梁炎東都看在眼裡，他又在筆記本上寫：

以前跟老師聊天的時候，他總是說起妳。他說小時候妳跟著師母離開東林，從小到大的成長歷程他幾乎沒有參與，滿遺憾的。

季思琪看完，心不在焉地笑了一下。

梁炎東看她敷衍也不在意，又寫：

我知道妳對老師一直不怎麼親近，我上學那時跟著老師做研究，寒暑假待在他家裡，卻沒見妳回來過。直到他離世前，你們之間還是那樣嗎？

季思琪低著頭看著那行字出神，過了一會，才搖搖頭說：「比小時候好多了。我先生以前跟我爸很聊得來，勸我多去那邊看看他，逢年過節，他總是推著我一起去我爸那裡。我們感情比小時候要好一些，我也不像小時候那麼怨他了。」

梁炎東寫：

妳丈夫這麼好，怪不得老先生不同意你們離婚。

季思琪苦笑，這些事情壓在心裡太久了，此刻突然聽一個也算是熟人的陌生人說起，大概因為對方是一個監獄中的啞巴，對他也沒什麼防備，因此放鬆了警惕，逐漸回想起那些現在想來既痛苦又甜蜜的過往。

「是啊，我爸說什麼也不同意我離婚。可是他根本就不懂……他喜歡他女婿，就說我是在亂來。飯桌上他女婿一臉無辜，只有我面目可憎……」

梁炎東寫：

所以最終是老師的離世阻止了你們離婚嗎？如果那天他沒出事的話，妳會怎麼辦？我猜也許結局跟今天全然不同。

無論是寫字還是推筆記本給季思琪看，梁炎東都是那麼一副不緊不慢的樣子，彷彿只是多年之後終於見到了老師唯一的女兒，跟她閒話家常的敘舊而已。

「……誰知道呢？」季思琪垂著眼，鼻子有些發酸，「也許我跟秦文現在已經離婚了吧。那樣的話，或許就沒有後面這些事了……如果最終也沒離成，我大概又會和我爸冷戰，也許三、五個月不理他，像小時候那樣，把對他的不滿都寫進日記裡，等著萬一哪天我外公清醒了，就讓外公替我做主去罵他。」

梁炎東靜靜地看著她，深不見底的瞳仁裡飛快地閃過一絲隱晦的光，對她表示遺憾：

妳小時候跟老師分開，總是會用日記這種方式表達對他的不滿嗎？可是妳小時候跟著師母去了外地，寫日記他又看不到，為什麼不用打電話這種更直接的方式交流呢？或許誤會能少一點。

季思琪似乎有點遺憾，苦笑著搖了搖頭，「因為打電話也不知道要說什麼。從有記憶開始，我爸每天的生活始終都是在上課、帶學生、做研究、開會和支援調查這些事情中無盡循環。外公病倒，媽媽怕他沒辦法照顧好我，才把我帶回了外公家。我媽是老師，為了維持生活，她在家裡開班幫學生補課，同時還要照顧外公和我。我爸從來沒有替她分擔過什麼，直到後來，她還是怕拖累我爸，才執意跟他離婚……

「我從小到大得到的父愛有限，對父母離婚這件事沒什麼特別反應。那時候我對家的概念是家裡有媽媽、外公和我，所以我不會跟他抱怨什麼，覺得也無從說起。後來爸爸有一次在我生日當天來看我，順帶送錢給我們……他問我生日許了什麼願望，我當時格外惡意地跟他說，希望他能不再讓我這麼討厭。」

梁炎東沒想到那本日記竟牽扯出老師生前家裡這麼一段故事，不由得唏噓。

他和季思琪之間相差九歲，蕭紹華正式把他從學生當成徒弟、親自帶在身邊教導時，他二十二歲，季思琪才十三歲。那個時候師母的身體還沒檢查出問題，而季思琪跟著她媽媽還生活在外地。因為小女生說的這些話，梁炎東才仔細想了想，覺得那時雖然老師也經常把她們母女掛在嘴邊，但的確很少去探望，而且在印象裡，蕭紹華每次去探親都是十分興奮地前往，又十分不是滋味地回來。

梁炎東不是喜歡八卦的個性，老師家裡的事，除了老先生偶爾憋不住跟他碎念，他從不插嘴，也不多問，始終扮演樹洞的角色。

但即使是這樣，梁炎東也知道蕭紹華並非季思琪所想那樣無情，所以猶豫一瞬後，還是寫下：

他始終覺得很虧欠妳們，哪怕把薪水、獎金之類的收入大部分都寄過去，還是覺得很愧對妳們母女。他每次去看妳們之前，甚至會問我們這些他帶的學生，小孩子喜歡什麼，該怎麼討孩子歡心。

季思琪看完，沉默了片刻，眼眶有點發紅，「最能討孩子歡心的不過是陪伴罷了。他沒陪過我，所以我對他沒有感情，甚至看見媽媽累成那樣，我會恨他，覺得他對我們不負責任。我當時滿腦都是這種想法，你叫我怎麼喜歡他？」

梁炎東粗重的眉微微擰了一下，再寫：

但這不完全是他的錯。就像師母故去後，他把老人安置在療養院一樣，當年如果師母也這麼做的話……

季思琪看完也不強詞奪理，「你說得對。一個巴掌拍不響，造成那個局面，我媽也有責任，但那時候的我不會這麼想，我的心完全偏向我媽。」

梁炎東嘆了口氣，寫下：

看來妳當初生日許的那個願望並沒有實現，大多數時候，妳還是討厭他的。

「是的，」季思琪說：「所以那天我爸送了我另一個禮物，他到文具店買了一本附有密碼鎖的日記本，說以後我對他有什麼不滿，就都寫下來，等他下次過來就拿給他看，他就按照上面一條一條督促自己改正。」

梁炎東問：那他改了嗎？

「沒有，」她笑著搖了搖頭，「等我寫到他來的時候，他向我要筆記，我突然覺得做這件事很幼稚，所以拒絕了。他為了要看日記跟我磨了很久，鬧得我不耐煩了就說，我要留著等外公哪天清醒了給外公看，讓外公找他算帳，所以不會提前給他，讓他有所準備……」

梁炎東聽了也笑了笑，然後聽見女孩接著說：「明明知道這是一件很幼稚的事，卻成了我對他不滿的一種發洩途徑；明明已經知道這是徒勞無功，可是等他走了，我不高興的時候還是會把事情都寫到日記裡……高二時被他接回東林這邊，轉學住校，後來再想想當初那本日記裡寫的內容，自己都覺得很尷尬。」

梁炎東寫：

那日記滿有意義的，妳沒拿回來？

「沒有，」季思琪回答：「當初回來得滿倉促的，而且上了高中，小時候的衣物、用品和課本什麼的基本上都用不到，就都留在外公的房子了。那本日記怕拿回來被我爸看見，所以也一起留在了外公那裡。」

梁炎東的嘴角輕輕地抿了一下。他寫道：

那真是遺憾。老師再也沒有機會知道那本日記裡的內容了，也沒有機會根據妳的想法做出改變，讓自己變成一個符合妳要求的好爸爸。

季思琪看見這句話，通紅的眼睛落下淚來，洇溼了筆墨，墨跡隨水漬化開，她覺得那形狀，一如自己內心已然化膿潰爛的傷口，雖無疼痛感，卻怎麼也好不了。

梁炎東舔了舔乾裂的嘴唇，把女孩的眼淚看在眼裡，無聲地嘆了口氣，收了收心，不動聲色地把得到的資訊整理了一下。

透過剛才的那些對話，再結合最後一次和蕭老師見面時他說的話，梁炎東得到的結論是：季思琪小時候總是重複把對父親的不滿寫進日記裡，並且從沒讓蕭老師看過。

可以肯定，這本日記就是他要找的東西。

而這本日記，此刻還在千里之外季思琪外公家的老房子裡，跟她小時候的書本放在一起。

至此，梁炎東想要的資訊都得到了。

19 冒死取還

季思琪從監獄出去的時候有些恍惚。

她來之前以為，梁炎東就是那個能透露更多線索給秦文的關鍵人物，來了之後，確認梁炎東的確也在找那個光碟。可是當聽到她並不知情時，他甚至沒有再追問，反倒和她聊了很多瑣碎的往事。

在監控室裡一直聽著兩人閒話家常的穆雪剛，摘下耳機時，耳朵嗡嗡作響，卻沒抓到梁炎東的半點破綻。兩個小時一到，他終於忍無可忍地叫看守人員去敲門，季思琪就這麼從接見室被帶了出來。

在外面等候的任非見到季思琪時，她的臉色明顯不佳，像是對什麼懷有深切的恐懼，以為她在監獄裡發生了什麼事。可是從她上車開始，任非問了一路，關於這一點，女子給的答覆始終很明確，「真的什麼也沒發生，他問我知不知道某個光碟的所在，但是我從沒見過。」

任非越發疑惑，「那為什麼妳出來後看起來這麼心不在焉？好像剛見了洪水猛獸似的。」

季思琪搖搖頭沒吭聲。

任非看了看錶，打著方向盤，開上主要道路，「這個時間妳的公司也快下班了吧？我直接送妳回家？」

「我不回家。」任非話音剛落，季思琪立刻反駁，說完也驚覺有些突兀，想了想便試圖補救地說，「我……我還有點事要處理，先不回去。」

又到了下班尖峰時段，外面車流不息，車內卻突然陷入沉默。任非轉頭盯著季思琪打量了半晌，「妳是不敢回家吧？」他打破寂靜，沒頭沒尾地突然發問：「妳老公是不是有問題？」

季思琪有點僵硬地轉頭，咬著嘴唇凝視著任非，試圖從刑警臉上看出一些端倪，「……你為什麼這麼說？」

「很明顯啊。」任非說：「妳老公帶妳出門，都老夫老妻了，又不是小三小四新婚燕爾，出去度假，有必要窩在別墅裡幾天幾夜不出來嗎？而且上次我請妳來跟梁炎東見個面，妳說要問妳老公，現在卻又不想回家。」

季思琪別過頭，看著窗外，「惡意揣測別人家庭不和，不妥吧？」

「我惡意揣測？」任非啼笑皆非，「妳照照鏡子看看，自己一臉活見鬼的表情，還需要我惡意揣測！為什麼不想回家？跟梁炎東見面，妳要問過老公的意思，照理說他跟梁炎東八竿子打不著，就算妳沒有提供梁炎東想要的資訊，但因為這樣不敢回家，不是太可笑了？除非，秦文沒有表面上看來那麼簡單。」

「不……」季思琪無意識地抓緊放在腿上的帆布包，彷彿這樣能帶來一絲慰藉和勇氣。她深吸口氣，突然轉過臉，指著前面，對任非敷衍地笑了一下，「我不回家，只是因為我老公就在前面。」

任非順著她手指的方向往前看了一眼，這才認出，果然在前面等著堵他的車，就是之前季思琪駕駛、跟蹤他的那輛小白車。

「任警官，麻煩你過紅綠燈後，停一下吧。」

「季思琪，」前面的紅燈變綠燈，原本被直行車堵住右轉車道的任警官，瞬間也成了占錯車道的糊塗蛋。他切掉右轉燈，跟隨前面的小白車一起過了紅綠燈，在季思琪要下車前非常嚴肅、認真地對她說：「我不知道妳和妳老公之間究竟怎麼回事，但是有一點妳一定要牢牢地記清楚：之前妳一直跟在我們隊後面追新聞，對我們刑偵隊都很了解，而我也是個刑警。如果有什麼事情或者有什麼其他的危險，妳都可以打電話、傳訊息給我。」

季思琪的手緊緊握著車門把手，鼻子發酸，眼淚轉瞬之間已模糊了視線。

任非的話在她因恐懼而封閉的心中破開了一道縫隙，有那麼一剎那，她真的想跟任非全盤托出，請求警方的援助，解救千里之外命懸一線的外公，將秦文繩之以法。可是一切都已遲了。小白車停在路邊，在下班尖峰時段的車流中擋住了CRV的去路，任非不得不停下車。在後方一大片暴躁的喇叭聲中，秦文下了車直直走來，推了推眼鏡，禮貌地敲敲副駕駛座的車窗。

季思琪咬破了嘴唇內側的嫩肉，舌尖嘗到淡淡血腥味，同時張大眼睛，硬生生將眸子裡的淚水憋了回去。

她的手有點顫抖，拉了一下把手沒成功，倉惶的目光帶著拚命鼓起的勇氣和決絕看向任非，「任警官，麻煩開一下鎖。」

任非隔著車窗，眸光銳利地盯著門外的秦文。幾秒之後，秦文再次敲了敲玻璃。他放棄似地開了車門鎖，對季思琪沉聲囑咐：「我剛才說的話，妳再考慮考慮。保重。」

✦

話。

季思琪跟梁炎東見過面的第二天，任非意外地先接到了梁炎東從監獄打來的電話。

嚴格來說，其實電話也不是梁炎東「打」的，他只是握了聽筒貼在耳朵，一旁的管教人員關洋再念出他書寫的內容給任非聽。

來電顯示是一個陌生的桌機號碼，當時任非心急火燎正十分煩躁，看了眼號碼便覺得又是不知哪家的推銷電話，要是沒有「接電話強迫症」，這時包準他就會立刻掛斷。他接起來便一口火氣噴過去，「我的薪水只夠我吃飯買衣服加油租房子，沒閒錢玩基金買保險，付不起頭期款也沒打算買第二輛車，你還有別的事嗎？沒事就掛掉吧！我現在正在忙。」

關洋被他如連珠炮般轟得愣住，和梁炎東在電話隔間裡相互看了看對方，對著聽筒投訴：「你這傢伙早餐是吃了火藥嗎？」

任非一聽動靜便反應過來，「你用哪裡的電話打給我？」

「我們監區的親情電話。」關洋沒好氣地回答：「我是沒辦法再讓你探監了，不過我們的寬管犯人每個月有兩次跟親屬通電話的機會，每次十分鐘。梁教授現在就在我旁邊，你有什麼話就快點說吧。他這邊要是有回應，我再念給你聽。」

突然變成梁炎東家屬的任非愣了兩秒，立刻反應過來，「安全嗎？會不會被監聽？」

關洋在電話那邊嘆了口氣，「我們這裡就是監獄了，還監聽親情電話幹嘛？時間有限，你快點，你這樣我都覺得你們兩個是在偷情……」

不止任非，連關洋身旁的梁炎東都險些被口水嗆了一下。

「咳……那個，梁教授。」時間有限，任非不再回嘴。他咳嗽了一聲，想先問問梁炎東要他找季思琪到底是怎麼回事，沒想到剛開了個頭，就被關洋打斷。

「你先別說話，梁教授在寫字，很長一段，寫完我念給你。」

任非乖乖地閉了嘴。

半晌之後，任非聽見關洋念著：「梁教授說，有一個不情之請，拜託你幫他去江同市濱江路二十三號的一棟老宅三〇一室裡找一本日記帶回來，日記本應該是跟一些國中用的舊書放在一起，封皮是粉色的可能性很大，附有一個密碼鎖。」

這跟任非預想的談話內容差了十萬八千里，但他第一反應竟不是詢問原因和思考是否應該前往，而是問：「我去了之後怎麼跟屋主說？總不至於砸開門衝進去就翻東西吧？又不是執行搜尋任務……」

「你等一下。」關洋一邊看著梁炎東寫字一邊跟任非說，覺得自己身為管教人員，協助不能說話的重刑犯通電話這種事不能算違規，甚至還很有人道主義精神，因此並沒有太緊張。等梁炎東寫完，他又念：「梁教授說，那棟房子空了很多年，沒人住，你想個辦法……」關洋念到這裡，哽了一下，才又接著說：「摸進去。」

任非拿著電話，瞪著眼睛，「你叫我撬門開鎖？」

「梁教授說，抱歉，我知道很為難你，但除此之外沒有其他辦法了。那本日記裡有我要的東西，但這件事不能讓季思琪知道。她已經遭人控制，處境十分危險，你們最好保護她，以防再有命案發生。」

任非聽完簡直要跪下，「你怎麼知道她被人控制了？」

「等一下！還沒念完呢！」關洋打斷他，接著念：「另外，你此行也要十分小心，如果可以，最好跟信任的同事同行。別跟任何人提起你的行蹤，拿到日記也別讓任何人知道，否則我怕你也被人盯上，會有麻煩。」

關洋念完，這次任非不搶答了。他握著手機，眉心糾結地擰在一起，眸光閃爍不定，嘴唇緊抿。

✦

任非覺得自己一定是瘋了，不然就是中邪了，竟在不知不覺中受監獄裡的梁炎東蠱惑，為了那個男人的三言兩語，強行從譚輝手裡摳出三天假，穿越了大半個國家，連轉機帶過境地折騰了將近一整天，抵達梁炎東所說的江同市，再大半夜蹲在季思琪外公家的窗戶底下，一邊對自己的行為深感懊惱地抽著菸，一邊又背叛了理性，想著如何撬門開鎖翻進去。

九月底的江同市天氣還是很炎熱，他脫了外套，塞進隨身的黑色運動雙肩包裡，背包裡還裝著螺絲起子、金屬鐵鎚和小鐵撬之類的工具。

他折騰了一天，平時抓好造型的頭髮此刻被汗浸得一縷縷貼在腦袋上，加上臉色不佳，夜深人靜中，眼睛又始終盯著某戶人家的窗戶，看上去的確很像準備伺機而動的小毛賊。

在第四根菸抽到一半時，任非提著背包站起來，活動活動蹲麻了的腿，吐了菸，抬腳踩滅那一丁點火星，深吸口氣，終於拿定主意，朝著公寓大門走了過去。

他清楚自己的身分，知道正在做的事，也明白如果搞砸了這件事，要為此承擔什麼責任和代價。

任非知道自己為何選擇刑警這個職業，清楚自己在這個崗位上的追求。記得穿上警服的那一刻，他以頭頂那枚警徽的榮耀發過誓，秉持著只要還有一點懷疑就要追究到底，尊重每一條生命，公平公正對待每一份尊嚴，尋找真相，不讓有罪之人逍遙法外，也不使無辜之人平白蒙冤的信念，這一路縱使櫛風沐雨，也要不忘初心，砥礪前行。

這就是他的信仰。哪怕赴湯蹈火，也值得堅守不懈的信仰。

他不相信梁炎東有罪。既然監獄裡那個裝睡的人睜開了眼，那麼他願意押上自己的信念，賭這一回。

這一片公寓住戶都是許多年前搬遷之後再回遷的，物業是由所屬社區統一管理，但因社區經費有限，各種雜費又經常收不齊全，所以公寓大門的鎖壞了幾年也沒人來修過。

做為一個準備半夜做壞事的「小賊」，任非對這種狀態非常滿意。他提著背包輕手輕腳地摸進去，按照梁炎東說的地址上了三樓，站在了三〇一室門前。

那是一個老式的鐵皮防盜門，任非猜想著這道門正式配置的可能還是當年那種單片的黃銅鑰匙，然而看看那個鎖眼，感覺哪怕是這種竊賊拿根別針就能撬開的鎖，恐怕他也很難搞定。

他琢磨了一下，將背包小心地放在地上，半蹲在門前，從背包裡先摸了把螺絲起子。可惜螺絲起子剛露了個頭，他就被突如其來的開門動靜嚇得又縮回手。

對面打開了門，一個四十多歲的女人披著捲髮、穿著睡衣，眼神裡充滿了審視，手裡抓著手機，「你是誰啊？在幹什麼呢？」

壞事還沒做就被抓了個現行犯，任非臉色通紅，尷尬地放下背包，在褲子上抹了把手心的汗，「那個……這是季慶會季老先生的房子吧？我受他孫女季思琪的託付，幫她過來看看房子，但是沒想到過來的時候弄丟了她給我的鑰匙。妳看，我也是剛才翻找半天才發現的。」

女人不太信任地打量著他，「季家多少年沒人回來了，突然就叫你深更半夜來看房子？還這麼巧就丟了鑰匙？」

任非來之前就怕出這件事，為了應付盤問，特意做過季思琪家的功課，即便如此，此時此刻還是覺得那些背書似的資訊無法取信於人。他心裡暗想著怎麼編一個順理成章的故事，張了張嘴，卻還是一個字也沒說出來。

這時樓下傳來腳步聲，有個少年的聲音伴著腳步一起輕快地上了三樓，「媽，不是說了不用等我嗎？我帶鑰匙了。」

任非像看救星似的一轉頭，看見背書包穿校服的小男生上到了這層，隔著幾級臺階迎上他的目光，對他禮貌地笑了一下。

倒楣的任警官這才明白過來，讓他出師未捷的真正原因並非動靜太大被人發現，而是因為樓上正巧有個趴在陽臺等兒子補習回家的媽媽。

他猜想自己在樓下蹲了太久，肯定變成孩子母親眼中平時法律節目裡說的「形跡可疑男子」。這麼想想不由暗暗慶幸，多虧剛才螺絲起子沒大剌剌拿出來，否則對門可能直接打電話報警了。

女人見兒子回來，在兒子與「形跡可疑男子」擦肩而過時，趕緊叫他進家門，等孩子換鞋進去了，才一手扶著門把，一手拿著手機撐在牆上說：「丟了鑰匙也沒有像你這樣大半夜摸進別人家門的。當初季姊出事，她先生來料理後事的時候跟我說過，家裡鑰匙一直都由老先生帶著。你如果真的弄丟鑰匙，就讓小女生自己去找她外公拿。他們人走屋空的時候，我答應過幫忙照看房子，今天你要是再不走，我就要打電話報警了！」

任非聽她說要報警時，心情非常微妙，沒多說什麼便轉身離開。出了走道，站在萬籟俱寂的老舊樓群裡，路燈昏暗下，他突然生出一點背井離鄉的淒涼……

他拿出手機搜尋了一下網路，現場訂好房間，然後攔了車，直奔酒店而去。任非在車上想著，既然硬的不行，那只能試試軟的——他知道季思琪外公所在的療養院，準備明天去那邊碰碰運氣。

第二天，任非起了個大早，洗完澡把平時故意抓起來的頭髮都向下梳得服貼整齊，對著鏡子將自己打理成一副人畜無害的模樣，然後在酒店吃過早餐，直接叫車去了客運站。

季慶會老先生住的療養院位於江同市一個沿海小鎮的海島上，要先坐大概一個半小時的巴士，接著在碼頭換搭渡輪，二十分鐘便能抵達。據說上午島上碼頭都會有療養院的接駁車，專門接送來探望老人的家屬。

任非連車帶船顛簸了一路，真正上島時已近十一點，找到貼著療養院院名的車輛，報了季慶會的姓名，又等了一班船，一輛車湊足四個人，司機才開車回療養院。

雖然任非順利到達，但並沒有足以證明與季老先生關係的證件，因此訪客登記時，他想了一下，便直接拿出警察證，對接待人員說是辦案需要，特地前來找老先生了解一些情況。

如此折騰一番，等到被人領著見到季慶會時，正好到了午飯時間。私人療養院環境相當不錯，餐點是自助式，四人座的紅木小桌乾淨整齊地排在餐廳裡，季慶會和另一名老人相對而坐，兩個人都剛吃幾口飯菜。老人襯衫下瘦弱的身板有如套在斗篷裡的枯樹枝，凸出的骨架將襯衣頂出銳利的稜角。

帶任非進來的負責人不錯，為他指明季老的位置，又跟他說：「季老來我們這裡時就患有腦血栓和心肌梗塞，如今年紀大了，又多了糖尿病，而且也有輕度阿茲海默症，身體每況愈下，溝通變得不太容易。現在都中午了，不然你也拿點吃的，坐在那邊跟他邊吃邊聊吧，跟他做一樣的事，他會比較容易接納你。」

所謂的「阿茲海默症」，其實就是老年失智症，病人記憶混淆、思維混亂、智力倒退，更嚴重一點的，可能連至親也認不清楚，交流上有很高的難度。

若是別人聽說要找的人罹患這種疾病，內心大概都要涼半截，但是任非聽完，反而悄悄吐了口氣。

當年舅舅和表妹跟媽媽一起慘遭意外，舅媽受到極大刺激，直接進了精神病院，這麼多年下來，任非在探望舅媽的過程中，累積了無數與神志不清者溝通的經驗。

他聽完想了一下，點點頭，跟負責人說：「麻煩你，能先讓季老對面那位老先生離開嗎？」

負責人點頭，過去把人請走了。任非拉長脖子瞇眼看了看季老餐盤裡的菜，拿著盤子也夾了一份一模一樣的。他一手端著餐盤，一手又整了整衣領，放慢腳步，咧出一個露八顆牙的標準笑容，在因飯友離去而皺眉不高興的老人對面坐下，親切而熱絡地自我介紹：「外公？外公好，還記得我嗎？我是思琪的丈夫，您的孫女婿，秦文。」

領任非進來的負責人本來是怕老人突然激動、再出什麼差錯，便待在餐廳門口看著，然而不到一頓飯的時間，就張口結舌地看著老人笑呵呵地拍拍小夥子的肩膀，任由這名員警攙扶著，兩人如爺孫般親密無間地走回宿舍。

「你說說你們這些年輕人啊，怎麼比我們這些老不死的腦子還糊塗？」季慶會捏著任非攙扶自己的手背，動作親切熱絡，臉上儼然是老人看小輩時那種歡喜、欣慰的表情，「我現在這樣，都還記得鑰匙放在哪裡呢。你們現在才剛結完婚要歸寧，嘿，門都還沒進去，就先弄丟鑰匙。」

「就是啊，我也念她呢，整天像個小糊塗蛋似的。」任非扶著老人一心三用，季慶會如今有點口齒不清，加上說話帶著口音，他得仔細分辨才能聽懂，聽懂了還得想想如何回話，還要抽空觀察這間療養院後的宿舍環境，「可是思琪也不聽啊，我說什麼她都振振有詞，說這次就是急著想回家，格外想讓你早點看到她婚後是什麼樣子，結果才忙中出了錯。」

「唉！你怪她幹什麼？我告訴你，你可不能欺負琪琪啊！弄丟就弄丟了嘛，我這裡不是還有嗎？你拿回去給她，讓她趕快開門進去，這麼熱的天氣在門口等那麼久，萬一曬傷了怎麼辦？」

任非三言兩語便讓老人相信自己是孫女婿，但一說到結婚，老人的思緒便直接跳轉到兩年前，季思琪和秦文婚後一起來探望他的時候。他按照記憶翻出那段往事又重新編排一遍，任非也沒糾正，只是順著老人的話悄悄地加進自己的引導。老人雖然意識不清楚，但從言語間能看出他很疼愛這個外孫女，愛屋及烏也很喜歡她丈夫。

做這件事，任非心裡其實十分過意不去，但既然打定了主意，也沒有中途退縮的道理。

季慶會行動不便，就住在一樓，屋門朝著外面這條石板小徑敞開，出入很方便。任非跟著他掀開門簾進去，驚奇地發現竟是個不大的一室一廳，一名穿著水藍色看護服的女人正抱起茶几旁插著樹枝的罐頭瓶，聽見門簾的動靜也沒留意，只是隨口說著：「季老，你怎麼又折樹枝放進瓶裡啦？都跟你說樹上開花得再過半年，再這麼折下去，門口那棵樹要被你弄禿了。」

「現在不都已經過半年啦？妳看我們家琪琪都已經結婚了。」老人說著把任非往前面一推，「小季妳看看，這是我孫女婿，小夥子不錯吧！哈哈。」

女看護照顧季慶會將近兩年，她姓李不行季，剛來的時候季慶會腦子還沒現在這麼不清醒，原本記得她的姓名，後來病情加重，小李又常年照顧他，在老人的世界已把她看成生活的一部分，便執著地替她的姓氏添了一撇，任小李怎麼糾正，也沒再改過來。

腦子不清楚的老人沒察覺問題，但隨著老人的介紹，看護轉過身看見任非時，眼神中難以掩飾的詫異卻被任非看得清清楚楚。

「這……」小李放下手裡的罐頭瓶與滿瓶的樹枝，「老先生你記錯了吧？可別被人騙了，你孫女婿先前來看你那次我也見過，不是長這樣的！」

「不對，妳才記錯了，去年我還沒有孫女婿呢。」老人搖搖手，一副拿她沒辦法的樣子，說完逕自去翻電視下的小櫃子，嘴裡還念念有詞，「你們現在這些年輕人啊，記性怎麼都這麼差。」

小李的眼神來來回回地在季慶會和任非身上交替，迎著對她微微點頭致意的任非愣了愣，張嘴想說什麼，卻被隨後跟過來的負責人攔住了，「小李，」負責人對小李招手，待她走近了，又說：「員警是來調查什麼案子，這件事妳別管。」

她從任非身邊經過時，任非也轉了身。任非原本對這名看護沒什麼戒備，但負責人說完這句話，他看見小李滿臉震驚錯愕又強自鎮定的表情，突然察覺不對勁。

也正在此時，翻箱倒櫃的季慶會拍了下大腿，把繫著小紅繩的鑰匙放到任非手裡，「好孩子，快回去幫琪琪開門！」

「不行！」小李突然跑回來，一把抓住老人的手腕，「老先生，這個人不是秦文！」

任非把鑰匙攥在手裡，另一隻空著的手也在下一秒抓住小李的手腕，「妳了解得不少，還知道我叫秦文。」

「你根本不是他！」女人突然異常激動，在任非手裡掙了一下沒掙開，立刻轉頭朝身後的負責人報告：「院長！這個人來路不明，這是季老家裡的鑰匙，萬一他心懷不軌——」

「哎喲，你們兩個，怎麼好好的突然吵起來了？」

老人家不甚清晰的聲音在莫名緊張的氛圍中顯得微不足道，負責人過來安撫地拍拍小李肩膀，「妳別這麼緊張，我們都核驗過他的證件才讓他進來，錯不了的。」

「但是……」

負責人又拍了拍小李的肩膀打斷她，小李不得已鬆開抓著老人的手，接著，任非也鬆開了對她的箝制。

手鬆開了，彼此看對方的眼神卻著實不那麼友善。

「麻煩妳，」任非手裡攥著鑰匙，瞇著眼睛，目光跟釘子般釘在了女看護身上，「好好照顧我外公。今天跟妳見了面，我這個人認臉的本領一向很好，外公要是有個什麼意外，天涯海角，我一定會找妳負責。」

任非話說得抑揚頓挫，警告威脅之意相當明顯。負責人聽完莫名其妙，皺了眉毛緊說：「我們是優質的私人療養院，員工都經過專業培訓。」季慶會在一旁連聲地說著：「沒有沒有，小季對我很好。」而小李身為當事人，聽完卻只敷衍地笑了一下。

笑意還沒完全在嘴角暈開，小李就對他們院長點點頭，「既然這樣，我就不管了，我去丟垃圾。」

她說完便轉身抱起那個插著樹枝的罐頭瓶，在任非的盯視中快步走了出去。她前腳剛走，任非就對院長說：「那個小李似乎有問題，你最好留意點，查查她的來歷，也別再讓她接觸季老，我怕會出婁子。」

季慶會抗議：「不行，我跟小季都這麼親了，我就是要小季照顧我。你怎麼還在這裡呀？快去，快去幫琪琪開門。」

季慶會把任非往外推，任非順著他的力道往後退，一邊退一邊對院長說：「麻煩你，找輛車送我到碼頭，我還有急事，得趕快離開。」

院長連聲地答應，先是幫任非找了一臺車，告訴他去大門口等候，接著終究不太放心，又打了通電話給護理部的主管，「你找兩個可靠的老員工過來季老這邊，先多照看著點。」兩句話說完，再找任非時，這名外地的員警已不見人影。

任非一路快跑到了大門口，一輛小車已經在等候。他開門上車，還沒在副駕駛座坐好，就先急不可待地對司機囑咐：「司機大哥，到碼頭，麻煩快點。」

司機不是多話的人，車門剛關好，就踩著油門沿著海島狹窄的公路，飛快地開向了碼頭。

車內非常安靜，任非緊繃著神經接連幾次看向後照鏡，確定沒有什麼車輛行人跟隨在後，才悄悄鬆了口氣，心裡盤算著這件事的來龍去脈。

梁炎東見了季思琪後，季思琪說梁炎東並未得到想要的答案，可是那個男人轉頭就告訴他這麼重要的資訊，並且越過季思琪，讓他這個外人來辦這件事。

任非猜測，梁炎東避開季思琪是為了防備她的丈夫。而他因為潛入老宅行動失敗，陰錯陽差跑到這間療養院找鑰匙，碰見那個姓李的看護，才驟然意識到，整件事情並非自己所想那麼簡單。

這個看護有問題，從她說出秦文名字時就可以看出，她跟秦文之間一定有關聯。是秦文把她安排在這裡的嗎？她是為秦文辦事，還是跟秦文之間各取所需？

可是來這裡之前他才調查過秦文，秦文是一個從小到大都活得十分透明的人，綜合來看，秦文也沒有能力安排一個人在千里之外潛伏在老先生身邊。而這個看護明明已經在季老身邊待了很長的時間。

整件事情，任非所知的資訊實在太少，但發展至今，他隱約已能猜到，秦文也好，那個護工也罷，在他們背後一定有更強大的勢力，始終在牽繫著這條線。

是什麼人老早就安插小李在看似已經完全無用的季老身邊？無論是什麼人，其可怕的耐心、強大的控制力，以及極深的城府，都讓任非感到震驚和顫慄。

既然對方能在季老身邊安插眼線，那麼季老家或者海島上呢？他和梁炎東的「密謀」有被人察覺嗎？他有被人監視嗎？他現在還安全嗎？

全都不知道。

唯一能夠確定的是，梁炎東想要的那個光碟一定非同小可。所以無論如何，他一定要找到那個東西、帶回去。

但這裡不是他的地盤，他對這個地方全然陌生，助力和兄弟又遠在千里之外，此時此刻，任非必須一個人獨自面對未知的勢力和危機。

✦

看護小李假借丟垃圾從房間出來，隨手扔了罐頭瓶，一邊盡量按捺著腳步讓自己看上去跟平時無異，一邊拿出手機打了通電話。那頭剛接起來，她立即恭敬又急切地跟對方彙報：「先生，我是星海療養院的小李。剛才有個警察過來，從季老這裡取走了他家裡的鑰匙，院長當時在場，我攔不住，現在人恐怕已經去碼頭了，請您指示我是否需要追上去，還是在這裡待命？」

「幾個人？」

「只有一個。」

電話另一端，男人的身影被寬大的主管椅背遮擋。他沒有遲疑，很快便下達非常明確的命令，「追。跟緊了，不要打草驚蛇。」

女人得令，掛了電話。深陷在主管椅中的男人透過落地窗，居高臨下地看著街道上螻蟻般的車輛行人。他沒轉回身，陰沉地對始終候在辦公室裡的另一個男人說：「警察比我們先拿到了東西。秦文那個沒用的傢伙，連自己女人的嘴都撬不開。你琢磨琢磨，這對夫妻對我們還有沒有用處，沒有的話就處理了吧。」

西裝革履的中年男人微微彎腰俯身應是。

片刻沉默後，主管椅上的男人點了根菸，「我們在江同市那邊有沒有人？」

下屬躬身說：「沒有。江同畢竟太遠，當初只是為了怕警方去搶人，在碼頭安排了兩個人準備接應，實在沒想到我們要的東西會藏在季慶會那裡。」

男人從鼻子裡慢慢地吐出一口長長的煙，語氣緩慢慵懶中透出一股冷漠森然，「你去安排一下那兩個人，讓他們務必搶先那個警察趕到季家老屋外面守著，等對方拿到東西出來，連人帶光碟，一起給我留下來。」

「是！」

✦

任非離開海島的時候十分小心謹慎，甚至沒搭渡輪，快到碼頭時又要求司機轉了個彎，載他到旁邊的一個遊艇碼頭。他在賣船票的小木屋裡花一千六百塊錢包了艘快艇，又十分堅持自己挑選了船和駕駛。

離島之後，任非只花不到十分鐘就踩在對面的陸地上。快艇抵達和渡輪靠岸的時間錯開了，任非下船時一眼看去沒發現可疑身影，便搭乘一輛私家車從碼頭一路開到客運站，坐上巴士開回江同市郊，在一個公車站下了車，隨即叫了一輛車。

車子跟著導航，一路開往濱江路二十三號的公寓，任非覺得事情沒這麼簡單，磨著臼齒盤算了一陣，用手機搜尋一家租車公司並下訂，跟司機說了一個地址，「司機大哥，你先帶我去這裡吧。」

司機大哥聽完十分詫異，「你搭著車呢，還要租車？」

任非隨便應了一聲。

任警官雖然給人的印象就是肆無忌憚、膽大包天，但真的遇事時，其實是一個膽大心細的人。他去租車公司辦完手續、選好車，又加了接待的業務員社群帳號，發了一筆小費給年輕男子，麻煩對方先幫他把車開到濱江路，明天一早再去機場幫他開回來還車。一切安排完畢，任非又坐回先前那輛車。

司機被任非弄得暈頭轉向，看不懂他葫蘆裡到底賣什麼藥，時不時地從後照鏡看看跟在他們後面那輛租來的車子，幾次想開口詢問，後排的乘客卻始終沒再說話。

快到濱江路二十三號，在距離目的地還有一棟樓的那條馬路上，任非讓司機先停下，指揮跟在後面租車公司的年輕業務員，幫忙把承租的車子停在路邊，自己取了車鑰匙才又回來。司機滿腦問號，滿心忐忑地好不容易開到二十三號一棟公寓大門口準備結算，任非又在後座上說：「司機大哥，別結算了，你在外面等等我吧。我拿了東西就下來，你再載我去機場。」

司機要按結算的手又從螢幕上挪下來，莫名其妙地回頭看他，「你這年輕人怎麼神祕兮兮的？」

「哎喲，你管我神不神祕呢，反正在車裡坐著吹冷氣等客人，不是比在馬路上亂跑強嘛。再說，機場還是一個大單呢，這樣吧，等一下我付你雙倍車資。」任非仗著早上出門裝扮出來的那張模範生似的臉，對司機眨眨眼睛，打開了車門，「你別走啊，走了我會給你負評喲。」

✦

任非從背包裡拿出一副太陽眼鏡，故意從靠馬路的那一側下車時，深深吸了口氣。他的每一根神經、每一塊肌肉，都隨之戒備地緊繃起來。

他繞過車子走向公寓大門，泛著藍光的風騷鏡片下，一雙眼睛宛如鷹隼，在幾步路的時間裡，迅速地掃一遍周圍的環境：公寓前有一群老年男人在玩撲克牌；公寓門正對著的樹蔭下，三個婆媽坐在鋪開的大紙板上哄著兩個站也站不穩的幼兒玩鬧；一名清潔工正把一個清空了的垃圾箱推向公寓尾端；一輛裝滿了快遞物品的貨車從隔壁公寓開過來，停在了玩撲克牌的老男人們附近。

任非稍稍鬆了口氣，不動聲色地隨手帶上公寓大門。他進了走道，從身上快速掏出鑰匙進屋，反鎖好門，一呼一吸間就被滿屋陳腐的氣味嗆住。

屋裡的家具皆罩上了白布，布上的落灰隨手一按都能留下手印，可見這間老屋已許久無人回來。

房子是三室一廳，任非繞著客廳轉了一圈，打開所有房門，很快便確定最右邊那個稍微小一點的，便是季思琪曾經住過的房間。靠牆的兩個書櫃裡，每一排全是中小學課本和中學生必讀世界名著之類的書籍，也摻雜著一些小說、漫畫和雜誌。

梁炎東要他在舊書中找一本附有密碼鎖的日記，並且猜測是粉色的封面。任非在書架上搜了一圈，沒有收獲。

他在屋裡又轉了一圈，小心地掀開家具上蓋著的白布，發現目標不在這裡後，又輕手輕腳地按照原樣將布一塊塊蓋了回去。他不敢開窗，可是陳年累月的灰塵被抖落開來、混在空氣裡時，一個勁地往鼻子裡鑽，讓他忍不住地想打噴嚏。

任非捂著鼻子，一邊克制著要打出一個驚天動地大噴嚏的衝動，一邊伸手拉開書桌下面的小抽屜，沒想到用了力也拉不出來。他低頭看看，頓時有些啼笑皆非，如玩具似的小抽屜竟然還被上了鎖。

他不知道解開這道鎖的鑰匙放在哪裡，不過好在工具帶得齊全，撬開這樣的小玩具鎖非常輕鬆。

任非從背包裡翻出小螺絲起子，伸進鎖眼用力一撬一擰，只聽「咔嗒」一聲輕響，成功撬開了那把小鎖頭。

抽屜裡果真有日記本，粉色的，塑膠軟皮封面，側邊附有密碼鎖，是一排如小鈕釦似釘在其上、能左右撥動的白色按鍵。

這種日記本任非小時候也用過，一排有十個能撥動的按鍵，代表〇到九這十個數字。玩過這種本子又細心一些的孩子，大多知道要打開這種「密碼」有個訣竅：把十個按鍵按照同一方向全部撥動一遍，便能明確地感覺到，四個密碼鍵跟其他非密碼鍵的撥動手感不同，密碼鍵的手感更「脆」，將此四個按鍵留在右邊，其餘的全部撥回左邊，撥動開鎖鍵，就能直接打開日記。任非三兩下解開密碼，看見日記本使用了一大半，前面是密密麻麻的文字和圖案，他並沒有窺探別人隱私的惡習，只粗略看過一眼就翻頁，對著桌面抖落幾下，並沒看見梁炎東說的什麼光碟。

他看了看錶，又拿起手機看了眼叫車軟體。車子還在計時，金額在緩慢上升，樓下司機大概是害怕他真的給負評，一直在等他。

他定了定神，把日記本放在書桌上，從扉頁開始，耐著性子逐頁翻過，翻到最後，終於察覺不對勁。封底內側黏貼的那張紙，跟整本日記的感覺不太一樣，雖然都泛著有年代感的淡淡煙黃，但仔細對比仍能看出，紙張顏色相較前面來得淺。

任非連一瞬猶豫也沒有，立刻拿起剛才隨手放在桌上的螺絲起子，尖端沿著邊縫，劃開封底的內頁，小心地用手摳出了卡在軟塑膠皮和硬紙殼之間的一張光碟。

光碟A面用藍色麥克筆標著「Jan.N8」，任非猜想，應該是指一月八號，或是一月份按照序號排列的第八張光碟。

這裡面究竟是什麼內容呢？

任非手指輕輕地在「Jan.N8」上摸了一下，用手擦乾淨光碟表面，小心地放在了背包最裡面的暗袋。

20 落刀

任非放好光碟準備離開，剛把季老家各種罩布重新蓋好，就聽見安靜的客廳裡傳來一陣細碎的金屬撞擊聲。

他後背的寒毛都豎了起來，凝神循聲找去。只聽細碎的金屬聲過後，還有彈簧發出的細微脆響，與此同時，他的目光正好落在大門的門鎖上，眼睜睜地看著那道明明已被他反鎖的防盜鎖被人打開，而他此時的反應也非常迅速——跳窗逃跑。

這是昨天在樓下蹲了半個晚上已想好的退路。當時他想的是，如果撬門鎖的事被人發現，就跳窗逃離，因為二樓和一樓的窗戶都有防盜防護欄，踩著防護欄往下爬，再從公寓後方的另一條小路溜走，成功率幾乎是百分之百。

但那時他沒想到，這條昨天晚上沒用到的逃跑辦法，今天會用來保命。

因為心知肚明對方不會善罷甘休，所以他讓司機停在公寓大門口混淆視聽，做出他還會搭那輛車離去的假象，又下車故意繞過車尾才走進公寓裡，就是為了觀察周遭環境。他壓根不會再坐那輛車離開，實際上，另外租的那輛車，才是他逃跑的工具。

任非沒有半點遲疑，拉開窗戶跳了下去。他才剛一腳踩在二樓窗戶防盜防護欄頂上，被他鎖上的房門就被人轟然踹了一下。那聲音比起剛才撬鎖不知道大了多少倍，但之後竟再沒別的動靜。任非先是愣了一下，緊接著隔壁的窗戶被人從裡面打開了。

緊要關頭爭分奪秒，對方開了大門發現不對後，放棄撬第二道房門，當機立斷地選擇了從隔壁查看情況，一眼就看見正從二樓下到一樓防護欄的任非。探頭出窗外的男人不假思索地跟著踩上二樓的防護欄，縱身一躍而下！

任非個性其實滿猛的，情緒一上來什麼都豁得出去，極有「你威脅我，老子就跟你拚到底」的衝勁。

他從一樓護欄攀下來落地太快，腳踝在地上狠狠拐了一下，但根本無暇顧及疼痛，剛一站穩就拔腿飛奔。

腳踝的隱痛多少耽誤了一點速度，而身後的男人如飛毛腿般拚命狂追，兩人之間的距離不斷縮短，任非甚至已能感覺到這些亡命之徒身上特有的騰騰殺氣。

他第一次感受到致命的威脅，因而激發出身體更多潛能，讓他忽略了腳踝的疼痛，不要命地衝往停車的那條馬路。可是再多的潛能也抵不過鋼筋鐵骨機械猛獸的輾壓。在他繞過後面那棟公寓，看見了自己承租的那輛車，慌亂中按遙控鑰匙準備開鎖之際，一輛黑色轎車突然從斜裡衝出，踩死油門咆哮著朝他直接頂了過來！

千鈞一髮之際，任非比常人敏銳的第六感就像長在背後的另一雙眼睛，讓他在電光石火間當機立斷，長腿一邁，同時縱身一躍。在車子撞過來的同一時間，從引擎蓋上滾了過去。

撲在引擎蓋上時，任非正好看見了開車衝撞他的司機，居然是海島療養院裡的那個小李。任非本能地想罵人，但此刻五臟六腑都彷彿移了位，一句國罵從嘴裡吐出去，硬是沒發出動靜。

那個小李看見任非就像見了殺父仇人似的，那副架勢簡直是要一路把人頂到死為止，但她沒想到倉促之中這名員警竟想出這招，逃過了一劫，這時想再把他從引擎蓋上弄下去輾死，已經來不及。

小李咬牙急踩剎車，兩個大漢眼看就要追來，任非因剎車的慣性又從引擎蓋上摔落在地。他從地上爬起，撞破了額角，下巴也在車蓋上蹭出血，腰痛得無法挺直，卻不敢緩口氣，按下死命抓在手裡的遙控鑰匙開了車鎖，一隻手捂著肚子踉蹌著鑽進了駕駛座。

任非痛得連大氣也不敢喘，一手繫上安全帶，一手飛快地發動，一腳踩死油門，在前面小李那輛車掉過頭衝過來的同時，不管不顧地猛打方向盤。

事情到了這個地步，已經沒時間考慮太多。他在過來的路上早已仔細看過去機場的地圖，性命攸關時，任非自己都沒想到腦袋竟比平時更加清醒，所有看過的地圖都在腦裡自動成像。他打著方向盤一路疾馳，車子宛如貼著地皮往前躥的火箭，一路闖過無數紅燈，在後方小李的窮追不捨中，玩命地飆上了前往機場的高速公路。

任非死咬著牙，此刻整個胸腔、腹腔都痛得要命。他臉色煞白，額角冷汗滑過帶傷的臉頰。片刻後，他將目光鎖定視線所及的最前方——一排運貨的重型貨櫃車。他深吸口氣，拍了方向盤，喃喃地跟這輛租來的車嘀咕：「本少爺今天能不能逃出生天，就看你厲不厲害了小兄弟！」接著，他便一腳油門踩到底，用最快的速度，朝最前面的一輛重型貨櫃車追了上去！

後面的車子幾乎同時不要命地加速，任非搶先抓準時機，從兩輛重型貨櫃車之間開過去，在司機氣急敗壞的喇叭聲中變換了車道。此後，他跟重型貨櫃車保持一樣的速度，藉著車身的遮擋，暫時讓自己離開了對方的視線範圍。

對方一時看不見他，不得不如法炮製飆了過去。

高速公路上的重型貨櫃車隊一時之間全亂了套，震破耳膜的喇叭聲響成一片。任非穿梭在重型貨櫃車之間，屏著呼吸，連眼睛也不敢眨一下，生怕一個閃神就被輾成肉泥。

左左右右繞了好幾次，眼看就要繞到重型貨櫃車隊最前面，車子即將失去遮掩時，任非終於看見了最近的高速公路出口。他死命咬緊牙根，在最後一次變換車道時，趁對方還沒追來，把車開下了高速公路！

等對方變道過來，發現任非下了高速公路，而他們已開出匝道極遠，大勢已去。任非下了高速公路跟著導航繞了一大圈，把車開到機場時，距離他的航班起飛只剩不到一個小時。

直到進了候機大廳找到登機口後，神經緊張到快崩斷的任非這才癱坐在椅子上，閉著眼睛微微仰著頭，長長地吐了口氣。

他不擔心那些人會追到候機大廳，機場保全向來嚴密，即便真的追到這裡，在這種眾目睽睽的場合，也沒人敢輕易對他動手。

定了定神，半晌後，任非睜開眼睛開始撥電話。他的狀態已經非常不好，電話一通，張嘴竟沒發出動靜，譚輝接連「喂」了兩聲，他才一邊捏著嗓子一邊咳嗽了兩聲。

「喂喂？任非？」因為隊裡潛移默化的約定，若無正經事大家基本上不打電話，現在任非打了電話，除了咳嗽沒別的動靜，遠在東林市正踩腳踏車下班回家的譚輝，乾脆把車停在路邊，提著嗓門像對著麥克風大喊似地叫他：「任非？」

「……隊長，」任非被他們隊長叫回了魂，扯著乾澀的嗓子回應：「我有幾件事要跟你彙報。」

「彙報？」譚輝一下子抓到重點，頓時覺得心頭隱隱冒出了一把火，「你尋死覓活請假不好好休息，彙什麼報！」

這種時候，任非沒精力也沒時間解釋前因後果，只能盡量簡明扼要地說重點：「我現在在江同機場，班機明天凌晨一點半抵達東林。隊長，你叫我們的人在機場接應我一下，我手裡有三年前轟動全城的那個姦殺幼女案中，梁炎東的無罪證明。有一夥人也在打這份證據的主意，我在江同碰上了他們，剛才來機場的時候一路被人追殺，我怕他們現在沒得手，會在東林機場劫持我，我需要支援。」

如果任非就在面前，譚輝覺得自己能把這隻小兔崽子當成活道具，表演一個徒手爆橘。可是現在時間、地點、情勢全不對，譚隊長甚至連插嘴罵一句也不行，只能滿腔激憤地在最短時間內消化一大堆資訊。

「還有那個之前一直想方設法跟在我們後面追新聞的晨報記者季思琪，她是這件事情的關鍵證人，可能正遭受人身威脅。她那個丈夫有問題，我希望申請對季思琪採取證人保護，對她丈夫秦文進行重點監視。季思琪還有個外公在江同的一家海島療養院，身邊有『不明勢力』埋伏的暗樁，我請求聯絡江同警方，同時對季慶會進行保護。」

隔著電話任非都能聽見那邊譚輝磨牙的動靜，要是平時他大概就不敢再出聲，然而今時不同往日，哪怕譚隊現在拿著刀站在面前，他還是得硬著頭皮把話說完：「最後一點，今天圍堵追截我的人有三個，可以斷定跟秦文之間有關。他們的勢力已經跨區，搶證據明顯是不想讓梁炎東翻案，各種原委錯綜複雜一時難以查清。情況特殊，隊長你想想辦法，能不能讓監獄那邊對梁炎東進行單獨關押，以保護他的人身安全。哦，對了還有，剛才生死關頭，我一路超速闖了紅燈到機場，等一下我把車牌發到你的聊天室，你聯繫江同這邊的時候，順便幫我處理一下。」

譚輝的手原本只是扶著腳踏車把手，此刻卻用力得像是要將把手從腳踏車上拔下來，手臂上青筋暴起。他忍了又忍，強行把所有咆哮吞回去，殺意沉沉、一字一頓地對任非說：「……小、兔、崽、子，等你回來，老子拆了你的骨頭！」

「等我回去自己把骨頭都拆下來讓你拿去餵狗。」任非又壓抑地咳嗽了兩聲，知道理虧，巴巴地討好他們隊長，「隊長，我馬上就要登機了，先這樣，等明天見面，我一定讓你拆骨頭。」

任非掛掉電話，緊接著打給關洋，「你幫我跟梁教授說一聲，找到東西了。在我手裡，目前安全，明天就能把東西帶回去。剩下的事情，讓他快點開始準備，以免夜長夢多。」

那邊關洋答應下來，任非又囑咐：「你這幾天把梁教授看緊一點，外面不太平靜，我怕有人狗急跳牆，直接對他下手。」

打完兩通電話，任非徹底鬆了口氣。緊繃的肌肉和神經一鬆，才感覺到之前躲車那一撲一滾，讓他覺得五臟六腑都移位了的痛楚，其實是以胃部為中心，源源不斷擴散出去。

他窩在椅子上按壓著胃部，疲憊地半瞇著眼睛，額頭上很快就沁出一層薄汗。其實他這個狀態已經不適合長途飛行，最好的處置方式應該是立刻出機場搭車去醫院，最不濟也應該去一下機場醫務室，但眼下已經沒有時間。

任非閉著眼睛小口小口地呼吸，就這麼咬牙忍耐。沒幾分鐘後廣播一響，他咬緊牙根站起身，提著一直未離手的背包，一瘸一拐地上了飛機。

飛機剛開始滑行時，任非就睡著了，睡得昏昏沉沉，然而自始至終夾著背包的兩條小腿一丁點都沒放鬆過。

任非活了二十四年，除了替母親和舅舅、表妹追凶，從沒對什麼事情這麼執著過，但背包內袋裡的那張光碟，在經歷了近乎生死劫難後，成為他拚了命也要守住的東西。事到如今，他守護的已非光碟本身，而是自己成長過程中的勇氣和信念……

類似這種沒頭沒尾的想法，在迷糊成一團糨糊的腦子裡來回遊蕩，任非時而覺得在做夢，時而又感覺清醒著，如此一路混沌，直到飛機落地劇烈地震了一下，才恍惚地睜開眼睛，半晌方回過神來——他必須在這個地方轉機。

回程航班沒有過境，和他這個航班時間匹配的轉機班次，間隔最少也有三個小時。他從出口出來又上樓，找了距離最近的茶餐廳，讓服務生隨便上一份套餐，一頭就朝著雙人沙發倒了下去。

他發燒了，身體的壓力反應逐漸抽走所剩無幾的體力和精神。他應該吃點東西、喝點水補充一下體力，但不知道胃部受傷情況，他不敢貿然進食。

點套餐是為了找個地方休息一下，服務生端上的飯菜，他一口都沒碰，調了鬧鐘，在沙發上躺到接近登機時間，才搖搖晃晃地去洗手間洗了把臉，拖著虛浮的腳步又過了一次安檢。

再爬上飛機，他連昏睡也做不到，胃痛到簡直不堪忍受，偏偏還咳嗽不止，冷汗沿著鬢角滑過臉頰，貼身的衣服很快被汗水濡溼。

也不知究竟飛了多久，強烈的痛楚讓他感覺時間過得好慢，最後實在咳得受不了，叫了數次過來詢問是否需要幫助的空服員，要了一杯溫水。然而這一喝卻不得了，他小口小口地抿著嚥下去，沒隔多久，竟硬生生嗆出一口血。

旁邊的大叔見狀嚇得喊了一聲。他不想引起太多注意，勉強搖搖手，大叔卻不聽，驚慌地又把空服員叫回來。午夜航班因他而起的小騷亂中，任非咬著牙，彎腰提起夾在兩條小腿中間的背包，背在身前兩手扣著，擔心再出狀況。他用盡一切方法死撐著保持清醒，從不知道自己竟能如此狼狽。

飛機著陸，周圍影影綽綽，任非已經不太能分辨這些人是誰、自己身在何處，只有所剩無幾的一點意識，讓他在一片嘈雜中勉強能聽到有人說「落地了，再撐一下，醫療團隊馬上就來」。他死命地眨了幾下眼睛，強撐著打起精神，一手依然固執地抓著背包，一手從褲袋裡摸出手機開機，找到譚輝的電話，胡亂地塞到一個空服員手上，「……不要你們醫療團隊……打電話給這個號碼，他在外面等著接我。」

空服員沒見過這麼固執的人，看起來就快死了，竟然還敢說出不就醫的話。然而並沒有人理會一個意識不清的重病患者要求，幾個人合力把他抬到醫療小組擔架上，那個被他「託付」的空服員拿著手機，也跟著醫療小組一路跑，一邊跑一邊按照任非說的，撥通了譚輝的電話。

任非那時其實已經顧不得空服員對著電話說什麼了，但是當對方按照譚輝的意思把手機貼在他耳朵上時，他卻聽清楚了譚輝的聲音，穩若磐石、鏗鏘有力，「我們都在外面，你放心，出不了岔子，現在就來接你。」

任非聽完連「嗯」一聲的力氣都沒有，死撐著的最後一點清醒，因隊友的到來而鬆懈，腦袋一偏，徹底暈了過去。

✦

凌晨兩、三點通常是睡眠最深沉的時段，熟睡之中被電話吵醒，對在警察局任職多年的任道遠來說，早已習以為常。

但今天當他接起電話，沉默中聽對方說完後，十多年來第一次有點恍神。他們竟然在電話裡跟他說，兒子受傷昏迷，現在正躺在救護車裡，被送往東林二院。

轉瞬的茫然過去，更多的是焦急、慌張和不安。任道遠就像任何一個乍聞自家孩子吃虧受傷的老人一樣，一下子從床上坐起，穿上衣褲提起外套就往外跑，把車子開出來時，一手握著方向盤，另一隻手還在繫襯衫的釦子。

他的手指顫抖得控制不住，一陣沒來由的心悸讓心亂成一團，開往醫院時，在這座無比熟悉的城市裡甚至開錯了路。似乎從未被擊垮的任局，此刻的確是害怕極了。

本以為時間可以抹平當初妻子驟然離世的驚悸和痛苦，然而當接到電話，得知兒子生命受到威脅的那一刻，他才明白，用了多少年才終於止血結痂的傷口，禁不起一絲風吹草動。如果任非再有個意外，自己怕是再也撐不下去。

任道遠趕到醫院的時候，任非正在檢查室做胃腸檢查，他的兩個長官昌榕分局局長楊盛韜和刑偵大隊長譚輝都在，還有幾個人守在門外，任道遠叫不出名字，但知道都是任非的同事。

任道遠深吸口氣，盡量平復情緒，抬頭看了眼檢查室的牌子，聲音還是楊盛韜聽慣了的沉定嚴肅，只是語氣低沉了些，「怎麼回事？」

楊盛韜嘆了口氣，也想知道到底是怎麼回事。

譚輝接到任非求援電話時已經是下班之後，掛了電話臨時把他們隊裡的幾個人又叫了回來，但那時楊盛韜已經離開，申請證人保護也好，即時監視也罷，這些都需要審批許可。然而譚輝手上沒有任何證據，身為隊長，實在沒辦法因為任非的三言兩語就向楊盛韜提出申請，就算開了口，無憑無據，楊局也不會同意。

譚輝原本是想等接到了任非，讓他說清楚前因後果，他們幾個人把該處理的文件都弄好，明天上班再拿去找楊局批示，因此沒打算晚上驚動楊盛韜。不料，任非竟是躺在擔架上被人抬下飛機。

任非昏迷不醒，臉上青紫擦傷清晰可見，雙手卻緊緊地抱著胸前的背包，看得譚輝眼睛都發酸。而整件事隨著任非的受傷昏迷，也從「小刑警再次不顧大局擅自行動」，升級到了另一個更嚴肅的層級。

見楊盛韜不說話，任道遠就把目光落在了譚輝身上。

可惜譚輝知道的內容也僅是任非電話裡的寥寥幾句，他一五一十地告訴任道遠後，任道遠的臉色簡直就像黑雲罩城，幾乎快活生生壓塌城樓。

「……梁炎東的無罪證明？」任道遠說出口的每一個字，都像是在彷彿凍結的空氣裡噴出了一顆顆小火球，噗噗噗地燒得人不敢靠近，「梁炎東竟然讓任非去幫他找無罪證明？混帳東西！他找任非幹什麼？他要脫罪怎麼不來找我？」

任道遠的話有點讓人聽不懂，但沒人敢問。他背著手在醫院走廊上如一頭困獸來回踱步，簡直被任非的一趟江同之行驚起了滿背冷汗。任道遠越想越怕，半晌沉默後終於忍無可忍地指著檢查室，又心疼又生氣，恨鐵不成鋼地罵：「小兔崽子自己找死，不知天高地厚！等你出來，我非扒了你的皮不可！」

他罵完緩了口氣，停住腳步，從譚輝手裡拿過兒子的背包翻了一圈，自內袋拿過光碟，盯著上面寫的編號看了片刻，目光一凜，轉頭果斷地對楊盛韜和譚輝說：「按照任非說的做：對季思琪進行證人保護，對她丈夫秦文實施二十四小時嚴密監視，一旦發現不對立刻逮捕，同時聯繫江同警方協助保護季慶會安全，調查攔截任非的那些人的身分不必走流程，我批了。先執行，之後拿著東西直接找我簽字補個件就行。

「至於那個梁炎東……」他說著把光碟遞給楊盛韜，「安排技術人員看看裡面燒錄的是什麼，仔細核驗資料真偽，然後迅速回覆我。如果光碟內容確與梁炎東的案子有關，我讓人去跟監獄管理局那邊溝通，先把梁炎東單獨收押。」

大局長坐鎮，魄力十足。譚輝眼睛一亮，立刻安排各辦各事，檢查室門口只剩他們三個外加一個石昊文守著。檢查室的門一打開，任非被護士從裡面推出來時還在昏迷。任道遠一見兒子那副臉色頓時心疼不已，但回頭去找醫生的表情還是跟剛才安排工作一樣嚴肅，「醫生，我兒子怎麼樣？」

「胸部多處軟組織挫傷，伴有胸腹皮下出血，初步判斷是交通事故。」醫生皺著眉頭說：「傷處雖多，但都不嚴重，若是及時就醫盡早控制病情，也不至於搞成這樣。我聽說他是被人從飛機上抬下來的？現在的年輕人太亂來了，撞成這樣還搭飛機跑回東林來治病，這麼信任我們的醫術，我得跟醫院申請頒個獎章給他。」

醫生沒好氣地夾槍帶棒，平時數落慣了別人的任道遠，此刻不得不繃著臉聽訓，聽完還得接著問：「他現在的情況要緊嗎？需不需要做手術什麼的？」

「不用手術，但吃苦是絕對要的。去辦住院，吊點滴觀察吧。他胃出血，這幾天不能吃喝，要打點滴。」

「那他什麼時候會醒過來？」

醫生要笑不笑的，「他這個樣子，我猜最快也要下午吧。」

任道遠急匆匆地點了點頭，感激地對醫生道了謝。

然而據說下午就能醒的任非，直到傍晚也沒睜開眼睛。他躺在加護病房裡，身上插著各種儀器的管子，各項數據都平穩正常。

到了晚上，任道遠說什麼也坐不住了，又把值班醫生找來，並且再三要求，硬是讓醫院又幫任非做了腦部核磁共振。

其實任非凌晨被送過來時已經做過腦部電腦斷層掃描了，沒有問題。但是任道遠怎麼也不放心，擔心任非撞傷了腦袋而CT沒檢查出來。

等到核磁共振結果出來，任道遠懸著的心才放下一半，卻還是憂心忡忡，「無論哪裡都沒問題，為什麼他就是昏睡不醒？」

「身體的壓力反應。他在徹底失去意識之前一定已經過度體力透支，身體各項機能甦醒恢復都需要時間，等人體自行調節好，就會醒了。再說，你看他的體溫不是已經開始往下降了嗎？」醫生如是說，任道遠也只能又一次點頭。

幾乎一年三百六十五天不缺勤的任局長，罕見地連續請了兩天假陪床守兒子，而任非一連四天不更新貼文、沒回覆訊息、打電話沒人接，讓跟他處於曖昧期的楊璐再也坐不住地找上了警局，得知任非受傷昏迷不醒後，便搭車直接來了二院。

於是任非這位朋友以上、戀人未滿的女神，跟他這麼多年也親近不來的老爸，就在這種情況下，在病房裡毫無準備地見了面。

萬分尷尬之際，楊璐垂下頭，遮擋自己一瞬間的錯愕，不太好意思地抬手把長髮往耳後撥了一下，對任道遠禮貌地笑起來，「……伯父好，我聽說任非受傷了，過來看看他。」

她這是把如何看待自己的權利還給了任道遠，如人精似的任局也明白，因此也勾勾嘴角，笑著直接就問：「這兩天，任非手機時不時就會響一次，我看都是同一個號碼——妳就是他手機裡那個『女神』？」

楊璐的臉一下子就紅了。她這兩天的確一直嘗試聯繫任非，突然被他的家長用這種稱呼問了一句，就算心思再玲瓏，終究有些羞赧。

任道遠和楊璐說話的時候，誰也沒注意到任非的手指動了動，等兩人注意到時，昏睡了兩天的男人突然就像木乃伊復活一樣，一下子從病床上坐了起來！

就像是睡夢中又遭受到致命的重擊，任非臉色難看得要命，疲憊虛弱中夾雜著來不及掩飾的駭然和驚悚，微微張著嘴，轉動著眼珠。他看見任道遠的時候，彷彿是想鬆口氣，卻又瞬間更加緊張起來，「爸……」他聲音發著抖，楊璐就站在旁邊，卻無暇顧及，「我的手機呢？」

任道遠被他霍然起身嚇了一跳，不由分說就要扶著他再躺下，「什麼手機，別醒了就找麻煩，醫生叫你躺著別動，趕快躺下！」

「不是，你快點把手機給我，我有正事！」任非情急之中，一把拔掉了手指上夾著的血壓器，著急喊出來的聲音都還是嘶啞的，「人命關天，你快點給我！」

任道遠看他這副模樣，反應過來的確不是睡到產生歇斯底里症。他從一旁桌子的抽屜裡找出手機，一拿在手裡，就被任非搶了過去。

「喂？」任非聲音緊繃，「老大，季思琪呢？你們有對她進行保護嗎？」

一瞬的沉默過去，譚輝聽上去有點怪異的聲音從聽筒中傳出來：「……有。」

任非聽著這句話，心裡那不祥的預感越發強烈，幾乎就要跟睡夢中的直覺撞在一起，碰撞出讓人心悸不已的電光。他忍著胸腹脾胃的疼痛，像一個剛被人從水裡撈出的溺水者一樣，神經質地大口大口喘息著跟對方確認：「……她沒事吧？」

比剛才更長的沉默過去，譚輝語氣沉重地對他說：「她死了。就在一分鐘之前……就死在眾目睽睽之下，死在我眼前……」

21 失序

季思琪是昨天傍晚的時候被譚輝他們接走的。

因為當時各種情況都不明朗，他們要監視秦文就不能貿然把季思琪帶走，打草驚蛇。可是那天適逢週末，刑偵隊的人在外面蹲了大半天，也沒見到季思琪家裡有人下樓，最後還是譚輝讓人找到季思琪公司的長官，硬是在週六幫她安排了一個夜市暗訪，等傍晚她下了樓，才名正言順地把人帶走。

季思琪當時沒說什麼，她對昌榕分局刑偵隊的這幾個人都熟，所以跟他們上車後，臉上甚至露出輕鬆的表情。

但沒想到的是，季思琪被他們接走、暫時安頓到昌榕分局的宿舍後，竟對任何問題都閉口不答。

後來譚輝別無他法，將自己所知的任非去江同一事從頭到尾先跟她說了一遍。

季思琪幾次神色變幻，直到聽說他們已經聯絡江同警方協同保護她外公時，才慢慢地抬起頭，小聲地跟員警們確認：「……我外公現在是安全的嗎？」

譚輝很確定地回答她：「江同警方已經開始行動了，妳外公所在的那個療養院我們也確認過，院長親自派了信得過的人在照顧老人家。」

季思琪咬著嘴唇點點頭，忽然又不安地搖搖頭，接著問他：「你們能像現在對我這樣，先把我外公帶到你們自己的地方加以保護，直到整件事情都結束嗎？」

譚輝被噎了一下。這畢竟是跨區協同辦案，東林警方跟江同那邊從未有過交集，雖然對方能出動，但這件事能做到什麼地步，他實在不敢說。

譚輝正琢磨著要說個模稜兩可的漂亮話安撫住她，但季思琪沒給他機會，「有一個照顧我外公一年多的看護，她跟秦文是一夥的，他們以我外公的生命威脅我，叫我不要輕舉妄動。」

「那個看護已經離開療養院了。」

「但是我不知道療養院裡還有沒有被安插其他人。他們一直處心積慮，為了挾持我，為了得到那個我根本就不知道的光碟，可以讓一個人在我神志不清的外公身邊蟄伏這麼長時間……他們的耐心太可怕了，我不敢冒險。在確定我外公人身安全得到切實保護之前，抱歉……我真的什麼都不敢說。」

就因為這樣，譚輝他們跟江同警方反覆溝通聯絡走流程，等那邊的員警把老人帶出海島、暫時送進了配合的公立醫院病房照顧，再發送照片給季思琪看過後，已經到了快下班的時間。

季思琪要求用手機跟她外公視訊說幾句話。

這項要求沒什麼困難，譚輝跟對方員警相互加了社群帳號，老人腦子雖不清醒，但手機剛有畫面，一眼就認出季思琪，「琪琪啊，秦文那小子把鑰匙給妳了嗎？妳進屋了嗎？天氣熱，讓妳媽拿冰棒給妳吃啊。」

手機裡的老人笑呵呵的，滿臉慈愛，但是就這麼幾句話，便說得季思琪泣不成聲。

她不想讓老人看見她哭，轉過臉，壓抑的哽咽還是從聽筒傳了過去，老人一開始並沒有意識到這是什麼動靜，一邊說「妳大聲一點外公聽不見」，一邊把手機貼在耳朵上試圖聽得更真切一些。季思琪的視訊畫面頓時被老人臉上蒼老的皺紋、成片的老人斑與只見銀絲的鬢角填滿，她的情緒更加激動，簡直說不出話。

片刻後，季慶會也聽見了外孫女的哭聲，頓時就急了，一邊喊著，一邊抓著手機顫巍巍地從病床上下來。大概是被人攔住了，老人情緒激動，含混不清地跟對方爭執著，說他不能讓他家琪琪被別人欺負，過程中弄掉了手機，視訊訊號頓時斷掉。

季思琪的世界突然恢復了安靜，卻如同死亡一般，沉寂得令人心驚。

譚輝等她哭著發洩了一會，才彆扭地勸她：「別哭了，等這件事了結再去看他就好，妳還可以陪老人多住一陣子。」

季思琪吸吸鼻子，勉強打起精神，點了點頭。

那個時候，誰也沒想到，這視訊裡匆匆的一眼，竟然就是季慶會和從小疼愛的外孫女之間的永別。

譚輝這輩子見過很多死亡，自殺、他殺，屍體情況多駭人的都有，但是沒有哪一次的死亡能比此時此刻倒在地上的季思琪，更讓他感到震驚悚然。

「你能想像嗎？她當時就坐在我對面，動作、表情、言語……一切如常，然後突然好像很痛地悶哼了一聲，緊接著就從椅子上栽倒下去。」

胡雪莉帶著法醫組的人聞訊趕至時，譚輝已經結束跟任非的電話，雖然盡力維持著清醒和鎮定，卻頹靡得不像樣，「我起身繞過去在她身邊蹲下喊她……發現不對叫人幫忙，他們去叫妳、去打電話叫救護車，但是都沒用了。從跌倒到確認死亡，整個過程不到兩分鐘。不到兩分鐘……她就死了，就死在我眼前。」

胡雪莉從沒見過譚輝這種樣子，她用力握了握男人緊繃到堅硬的肩膀，「你冷靜點，事情還沒結束。」

何止沒結束。

譚輝知道，季思琪的死，才僅僅是開始。

一個被警方特別保護的人，身上沒有外傷，上警車的時候生龍活虎。才二十幾個小時，人就在警方的地盤上、在員警的眼前，突然猝死。而季思琪倒下之前，還有話沒對他們說完。

無論死因為何，都不可能是自然死亡。這是隱藏在幕後的凶手，對他們赤裸裸的挑釁。

譚輝顫抖著抽了口氣，抬手拍了拍臉，讓自己從失控的情緒中出來。但他下手失了準頭，兩隻手拍在臉上劈啪作響，簡直像是狠狠搧了自己幾大巴掌一樣。

胡雪莉沉默地看著他，跟法醫組的人一起把季思琪的屍體抬往法醫室。從他們辦公室出來時，看見譚輝猛地站起身，聲音沉重語氣森然地下令：「老喬！給我帶人去拘提季思琪那個畜生丈夫！」

✦

跟譚輝說完電話，有將近兩、三分鐘，任非整個人都是完全僵直的。爸爸說了什麼他聽不見，楊璐握住他的手他也感覺不到，耳邊嗡嗡作響，腦袋裡重播的全是驚醒他的那個夢。

從未失靈的死亡第六感，強行拉著他從昏睡中醒來，然後緊接著，譚輝就確認了這個噩耗。

任非無意識地從楊璐微涼的手心裡抽出手，抬起雙手，捂住了臉。

他想，我應該早點跟隊裡報告季思琪的情況。如果不是我自以為是，如果早點對季思琪進行人身保護，她就不會死。季思琪死了，季慶會無依無靠、疾病纏身，誰來照顧他？梁炎東拜託我保護季思琪的安全，人死了，我又該怎麼跟他交代？

無法形容的疲憊感迅速吞沒了他，睡了兩天，胸腹疼痛也沒減輕多少。任非無力、悔恨、惱怒、黯然，接連多日的緊張情緒，季思琪的死就像最後的一箭，刺穿了他始終緊繃著的那根弦，讓他有點控制不住自己……

壓抑到極致的嗚咽低低響起，這麼多年沒見過兒子哭泣的任道遠措手不及，楊璐柔柔地看著他，沒考慮任道遠會怎麼想，便輕輕地把情緒徹底失控的大男孩摟進懷裡。

這是他們第一次這麼親近，楊璐身上有常年待在花店裡浸染出來、任何香水也無法複製的馨香，清甜溫暖，綿軟柔和，被這種氣味包圍，人很容易放鬆神經，漸漸冷靜下來。

任非閉著眼睛，頹然地靠在楊璐肩頭，聽著他的女神用和緩安寧的聲音說：「我不知道發生了什麼事，但我猜，你失蹤這幾天，應該跟剛才那通電話有關。我很遺憾你要保護的人離世，如果為離開的人再做點什麼，會讓你好受一些的話，無論什麼，我都支持你，如果你需要，我陪你一起去做。」

任非的眸光閃了閃，緩緩地從她肩膀上抬起頭，靜靜地怔了片刻，終於把自己從失控中抽離。

他抬手胡亂抹了把臉，沾著點淚痕的手又在楊璐手上用力握了一下。楊璐沒有躲開，面對面地看著他，眼神帶著點鼓勵和信任。

「妳說得對，」任非啞著嗓子說：「我該做點什麼，給他們一個交代。」

✦

任非是坐他父親的車回分局。這十二年來，他跟父親同乘一車的次數屈指可數，活到二十四歲，帶著一位女性坐在父親車上，更是第一次。

任非這時已經恢復理智，終於想到，不管怎麼說，這也是楊璐跟他父親第一次見面，按照兩人現在的進展，應該正式把楊璐介紹給老爸，而非迴避。

雖然他知道今天的情況，楊璐絕對能理解，但他不想讓楊璐體會那有可能出現的不安和委屈。可是他在凝重氣氛中琢磨半天，也未能開得了這個口，車子卻已在他們分局門口停了下來。

任道遠跟兩人一起下車，看了欲言又止的任非一眼，明顯看出兒子的心思，替他找了個臺階下，「你還沒跟我介紹一下，你朋友叫什麼名字。」

「啊，她叫楊璐。」任警官如獲大赦，「是我——」他想說，楊璐是我女朋友，但是話到嘴邊，又覺得很唐突，他還沒有正式問過楊璐呢。

「女朋友」三個字硬生生地被他嚥了回去，不太自然地接了句：「……女神。」

楊璐一個沒憋住，輕輕笑了一聲。

任道遠那張不苟言笑的臉上倒沒有什麼特別的情緒，只是又看了兒子一眼，然後對楊璐說：「那不好意思了，楊小姐，今天的情況，恐怕得妳自己回去了。」話說得有點硬，語氣其實滿慈祥友善，看得出第一次見面，老先生對楊璐的印象還不錯。

楊璐點點頭，她的笑從來都是溫潤和煦，此刻對上任非的長輩，表情也是謙和平順，「沒關係的，我的店面就在前面那條街對面，繞過去就到了，走路也就十幾分鐘。」

楊璐走後，任道遠跟著任非一道往辦公大樓走，路上似不經意地問：「她是做什麼工作的？」

「開花店。」

「怎麼認識的？」

楊璐走了，任道遠和任非的父子關係迅速恢復到平日狀態。任道遠開始關心起兒子的交友問題，而任非覺得他老爸是在查戶口，再想想他跟楊璐相識的原因，頓時身上的刺一根根地冒出。他看了任道遠一眼，抬腳幾步邁上辦公大樓的臺階，進去之前，轉過頭漠然地回答落後兩步的任道遠，「買花給我媽認識的。」

這是個軟肋，被戳了一針的任道遠沉默了。

✦

任非是大老闆兒子這件事，昌榕分局裡只有楊盛韜和刑偵隊的人知道，因此大部分人看見任道遠跟著任非衝進來時都很訝異，大家下意識地站起來，但任道遠沒給眾人打招呼的機會，跟在任非後面直接去了刑偵隊辦公室。

看見任非和任道遠一起過來，譚輝和楊盛韜都有點詫異。

畢竟因為任道遠的官銜在那邊，如今他突然就這麼不打聲招呼地進了辦公室，馬岩他們幾個說不發怵絕對是騙人的。

好在任道遠也有自知之明，搖搖手，沒等他們打招呼，先把自己撇乾淨了，「你們說你們的，我來不是因為公事，就是要等他辦完事了，再把他逮回醫院。」

全隊鴉雀無聲，一個個扯著嘴假笑不說話。

任非把在場人的反應看在眼裡，也不管是不是會讓他爸沒面子，張嘴就說：「你如果不是來視察，那就去外面等我吧，你在這裡會防礙大家。」

任道遠眼睛立刻瞪了起來。

楊盛韜見識過他們父子拌嘴時的糟糕氣氛，當下就覺得頭皮發麻，趕緊在自己身邊搬了一把椅子，故意弄出了很大的動靜，接著用典型和事佬的態度招呼任道遠，「障礙什麼，我不是也在這裡旁聽呢，任局過來我這邊坐吧。」說著又示意任非，「你還住著院呢，也敢跑回來胡鬧，趕快找地方坐！別浪費大家時間。」

任非一聲不吭，繃著那張蒼白、蠟黃的臉找個地方坐了。任局卻沒坐下，他目光沉肅地看著任非的背影，沉默幾秒，竟然真的面無表情地走了，「你們說吧，我去外面等。」

在全體目瞪口呆中，譚輝清了清嗓子，「那我接著說。」

譚輝他們習慣了跟時間賽跑，因此一個動靜便把大家的注意力全拉了回來，即使隊裡很關心任非的身體情況，但現在並沒有時間多問一句。譚輝往任非身上看了一眼，任非會意地點點頭示意自己沒事，譚輝接著就說：「我們去拘提秦文的人並沒有在他家找到人，目前看起來那個人是跑了。但是根據季思琪生前對我的敘述，我們的人的確在他們家走道聲控燈裡找到了監視設備。她說的泗水度假區，就是秦文曾囚禁她的那棟別墅，我們的人也正在趕過去，相信很快會有消息傳回來。法醫組那邊正在對季思琪進行驗屍，關於死因，最遲明早會有結果——無論死因是什麼，相信都跟秦文脫不了干係。」

譚輝每說一句，任非就心驚肉跳一次。

秦文竟然在聲控燈裡裝了監視器。那麼，當時他去季思琪家敲門，整個過程都落在了秦文眼裡！秦文明明知道他在找他們，卻依舊躲在泗水別墅以不變應萬變……原來那時候，他已經落到了秦文的算計裡。

秦文也要找光碟，而他很可能已經知道，梁炎東會託人找季思琪……他以為季思琪會告訴梁炎東，或者梁炎東會有更加可靠確切的線索……秦文把季思琪當作誘餌，等著坐收漁翁之利。

如果不是梁炎東機警，猜到了光碟所在，沒有告訴季思琪，很可能現在光碟已經落入他們手裡。而季慶會也好，季思琪也罷，這些對他們來說已經失去價值的誘餌，恐怕在幾天前就會被吃了。

耐心十足、手段狠辣、勢力不明……這樣的對手，刷新了任非從警以來對「罪犯」的認知。

「整件事情不可能是秦文在主導，」任非舔了舔乾燥的嘴唇，「從在江同對我下手的那三個人的表現來看，秦文不像是能控制住那些人的人，但是他們跟秦文的目的是一致的，就是為了光碟。所以我還是堅持，秦文跟江同那三個人都是聽命於背後某個更加強大的人物或組織，而這個人或組織，不想讓梁炎東從監獄裡出來。」

「已經通知技偵那邊協助我們定位秦文的手機，秦文背後到底有什麼，把他抓回來就知道了。」譚輝點頭認同了任非的猜測，他兩眼發紅，表情冷厲，如同急於掙脫牢籠的困獸一般，「你拿命帶回來的那個光碟也是一段監視錄影，昨天技術那邊已經分析過了，錄影是真的，沒有問題。裡面記錄的是某家醫院的一個實驗室或是貯藏室，有個醫護人員打扮的人進入，在冷凍箱裡取了個什麼東西——監視器拍到了他的半張臉，但不是太清楚，技術人員正在嘗試畫像。除此之外，可以確定光碟A面標注的『Jan.N8』沒有特殊意義，監視錄影裡有時間，是三年前的一月八號凌晨兩點半。至於是哪家醫院，判斷地點在市內的可能性大，我們的人已經帶著拷貝畫面去逐一過濾了。」

說到這裡，譚輝把面前用夾子夾著的一疊資料向前推了一下，離他最近的馬岩率先拿過來，發現裡面是一部分複印的卷宗，當中記錄的案件正是三年前梁炎東犯下的那樁姦殺幼女案！

當馬岩在卷宗上看見梁炎東的作案時間，忍不住倒吸了口氣。

「沒錯，」譚輝在馬岩驚訝地看向自己時，肯定地說：「我去調了梁炎東的卷宗。巧的是，他姦殺幼女案發當天，是三年前的一月九號。也就是說，這個監視的第二天，梁炎東就犯案了。」

梁炎東當年的案子不是昌榕分局這邊經手，很多細節他們並不知情。馬岩用最快的速度把卷宗大致翻了一遍，有點驚奇地抬頭，「最開始，警方抓到的凶手不是他？」

「是一個有前科的無業遊民，叫鄭志成，案發時距離他上一次竊盜罪出獄不滿一個月。員警是和孩子家長一起在案發現場逮到他，大人們趕到的時候，孩子已經死了，而鄭志成正從孩子身上提起自己的外套穿上。」

譚輝敘述的時候，任非已急不可耐地把卷宗從馬岩那裡拿過來。他快速翻看，說話有點心不在焉，「我當時很關注這個，網路上多數採訪報導我都看過，說梁炎東本來是嫌犯的辯護律師，結果不知道為什麼，突然在庭審的時候自己認了罪。」

「對，」這些細節，譚輝幾年前聽經手這件案子的弟兄提過，現在回想起來依稀還記得當初的震驚，「梁炎東當時接手這件案子，本來是為了替鄭志成做無罪辯護，也不知道怎麼回事，整件事後來戲劇性地發生了翻天覆地的轉折——在化驗結果出來後大概半個月吧，庭審前被害人家屬得到一封匿名信，檢舉殘忍殺害女孩的凶手並非鄭志成，而是擔任嫌疑人辯護律師的梁炎東。後來庭審時，被害人家屬當庭指認梁炎東是殺人真凶，要求採集梁炎東的活體樣本，跟女孩體內精液進行ＤＮＡ比對。讓人意想不到的是，家屬指認後，梁炎東竟然當場對犯罪事實供認不諱，甚至當庭還原犯罪現場和犯罪細節……」

任非翻完卷宗，聽著譚輝的敘述有點愣神。即使早就知道結果，但聽見事情真實的經過，還是駭然不已。

「因為被害人年齡太小，考慮到家屬心理感受，案件當時沒有進行公開審理，家屬也拒絕採訪，所以完整知道這些細節的人不多。案件真正開始受到關注，就是從梁炎東被收押後開始。庭審沒幾天後，梁炎東當庭認罪的影片意外流出，此後各大媒體鋪天蓋地報導，大多是從『殺人者替無罪者做辯護，梁炎東城府深沉、人面獸心』這些角度切入。」

「可是……」任非不自覺地張著嘴，連身體的不適都感覺不到了，「如果我帶回來的這個光碟真如他自己所說，是他能翻案的關鍵，而光碟這幾年都是被他老師蕭紹華藏著，那三年前他就有能證明自己無罪的有力證據，為什麼要冒著很可能被直接判處死刑的風險認罪？」

譚輝沉著目光搖頭，「不知道。所以我們一直都認為，他是罪有應得。」

任非抿著嘴唇，不說話了。

這時，辦公室的電話響起，馬岩去接聽，應了幾聲掛了電話回來就說：「老大，技偵那邊有消息了，他們透過手機信號鎖定了秦文的位置！」

譚輝拍桌而起，「讓他們把位置發到正在搜捕秦文的老喬手機上，弟兄們，走了，抓『雞』！」

他們隊向來反應迅速，隨著譚輝吼了一句，大家都已經有了動作。任非下意識地要站起來跟著一起走，被繞過桌子的譚輝一把按住了肩膀，「別說任局在外面，就是他不在，拖著個胃出血、脾破裂的破爛身體，我也不會讓你跟著去。」

任非此刻身體確實是難受，去了八成也是扯後腿，何況他爸現在還像門神般守在外面，於是只好點頭妥協，「那好，那……我去狐狸姊那邊……看看。」

譚輝他們走後，任非敲開法醫組的門，胡雪莉卻沒讓他進去。

任非的聲音壓抑沉重中帶著懇求，「狐狸姊，妳讓我進去看看……我就、就是想再看看她……」

這兩天胡雪莉也大概知道了任非身上發生的那些事，因此聽說他來，知道別人未必能勸得住這小子，便摘掉手套走出來。任非話音未落，她卻根本沒有考慮就斷然拒絕，態度十分強硬，「死者沒有外傷也排除了中毒的可能，為了進一步查明死因，裡面在進行解剖，胸腔已經打開了，現在不方便外人進去，你這樣會妨礙我們工作。」

任非嗓子發緊聲音發澀，「……是他殺吧？」

「目前已經有些眉目，正在進一步確認，結果出來後我會給報告。」

冷面女王沒有正面回答他，說話非常公事公辦。他們局裡一般人聽了就會訕訕地作罷，然而刑偵隊整天跟法醫組打交道，任非更是從進隊開始就努力抓住各種機會，抱緊首席法醫的大腿，跟胡雪莉混得很熟。這時他聽著這些話不肯買帳，皺著眉叫了一聲「狐狸姊」。

那種情況該怎麼說呢……隱約有點大男孩放不下面子的哀求，胡雪莉靜靜地看了他幾秒，嘆了口氣，做出了她最大的妥協，「好吧，你就在外面坐著吧，結果出來我知會你，先跟你們隊長彙報一下。」

任非拉長著脖子在她關上門之前大聲地喊了一句：「謝謝狐狸姊！」

✦

因為秦文的行蹤已經被鎖定，譚輝他們這次的通緝行動沒費多少周折，臨近半夜時，刑警們便拘提了秦文回來。

彼時去泗水別墅調查取證的石昊文也有消息回傳，說他們在秦文租住過的別墅地下室，的確找到了另一套監視設備，別墅所屬的民宿酒店老闆卻表示對此毫不知情，他們正帶著老闆趕往分局。而等兒子等到半夜的任道遠，被楊盛韜請到了自己辦公室休息，任非還守在法醫組沒回來。

譚輝他們直接把秦文銬在了審訊室，誰知剛一坐定，秦文這一路緊閉的嘴巴竟然率先開了腔：「你們長官呢？我要見你們長官，我要求申訴！你們有逮捕令嗎？三更半夜的憑什麼抓我？」

「抱歉，沒有逮捕令，但拘留證？是我們局長親自簽的，在拘提你的時候已經出示過了，我們依法辦事，你找誰都沒用。」譚輝邊說邊和李曉野在審訊桌後坐下，「至於憑什麼深更半夜抓你……難道半夜不能抓你，白天才能抓？」譚輝一進屋，說話、表情、行為就像一個黑道老大似的，氣場非常嚇人。

秦文是一個讀書人，但自從他牽扯上那些人，便對凶神惡煞的嘴臉逐漸有了免疫力，也不相信警察局審訊室這麼一個監視無死角的地方，員警真敢對人掄拳頭，因此並不特別怕譚輝，只是皺眉說：「你們憑什麼抓我？」

譚輝此刻眼裡全然不見出勤前的哀愁和沮喪，就像個沒事人般回答：「因為你太太啊。」

「我太太傍晚出門去採訪，到現在也沒回來，我擔心她才出去找她，怎麼啦？」秦文坐在椅子後面，臉上流露出一絲恰到好處的茫然和疑慮，「警官你見到她了？」

「我不僅見到她，我還接了她報的案。」譚輝歪著腦袋，打量著眼前這個太過淡定的人，「她說，她丈夫囚禁她、脅迫她、虐待她。」

秦文短促地笑了一下，「夫妻間意見不合，就算一方報警，也該是一般員警出面走訪、調查調解吧？這種雞毛蒜皮的小事，什麼時候也輪到刑偵隊出面解決了？」

比起別人戰戰兢兢地受審，他簡直是教科書等級的臨危不亂，非但沒有不知所措，竟然還有膽量挑釁，「警官，你們這樣說好聽點叫越俎代庖，說難聽了……喲，那就實在不太好聽了。」

「你不是想說我們多管閒事嗎？嗤，還真是讀書人，高學歷高智商，知道有些話說出來可能會惹麻煩，說一半留一半呢。」要論嘴皮功夫，李曉野從沒認過輸，他隨手轉著筆，一句話明裡暗裡意有所指，朝秦文揚了揚下頜，「沒事，想說什麼你隨意，弟兄受得起。」

一旁譚輝接著說：「民事糾紛確實不該我們管，但這一類已經威脅到公民生命自由的安全問題，我們責無旁貸。」

「好吧，」秦文攤攤手，做出一個非常無辜的表情，「既然這樣的話，我接受警官們的問訊。我太太呢？讓她來吧，我願意跟她當著你二位的面對質。」

譚輝說：「季小姐說她怕極了你，不想再面對你。」

秦文問：「那證據呢？你們指控我家暴虐待的證據呢？」

「你家走廊的聲控燈裡有監視器，我們查到了設備終端架設在你家裡。」

「那並不能證明什麼，說到這個，我也很苦惱，」秦文擺出了一副無可奈何的表情，「夏天的時候，我們家門口掛著的紗簾被人用刀割壞了，我和我太太因此都十分擔心，怕有人要對我家做什麼壞事，才在走廊裝了監視器。之所以裝在聲控燈裡，是怕萬一被歹徒發現，先破壞了監視器鏡頭再入室搶劫什麼的，那樣放了監視器也是沒用，所以才選了那個地方。」

這一番說詞簡直就像是之前打過無數次腹稿。譚輝挑了挑眉，表情波瀾不驚，

「那你們在泗水租住的那棟別墅地下室也有同樣的監視器，這一點你怎麼解釋？」

秦文瞪大眼睛，震驚地反問：「你說什麼？地下室還有監視器！這我就不知道了，我們沒去過地下室。不過你都這麼說了，我會考慮投訴他們酒店，竟然在地下室裝監視器——這是涉嫌偷窺房客隱私吧，警官？我要告他們的話，每一個都可以告吧？」

「如果你能證明自己無罪，從這裡走出去之後，愛怎麼告就怎麼告，我們提供精神上的支持。不過現在，你得先來解決自己的問題。」譚輝不痛不癢地聳聳肩，把話頭轉回來，「季思琪說，那三天，你都把她困在地下室裡，不停地用盡各種手段，逼問她某樣東西的下落。」

秦文啼笑皆非，「沒有，絕對沒有。」

「是嗎？」譚輝也笑了，說話的語速很快，表情就像看一個渾身破綻的小丑，猶不知情地練雜耍一樣，「可是我們的技術人員在監視設備裡，撈回了一部分你沒清理乾淨的影片畫面。」

秦文嘴角的笑容有一瞬間僵硬，但緊接著神色一緩，「警官，你在詐供。我根本沒去過地下室，裡面怎麼會有『我』沒清理乾淨的畫面呢？」

「我沒必要詐供。」譚輝回答他：「季思琪外公身邊有你安插的眼線，你利用她外公的性命，威脅她按照你的吩咐做事，但現在她外公已經受到江同警方保護，你失去了繼續讓季思琪聽命於你的籌碼，而我手上有你犯罪的重要證人——你要是不信，可以看看這段影片。」

季思琪和季慶會視訊通話的時候，譚輝在季思琪身後錄下了當時的那段場景。畫面裡，季思琪因為外公的幾句話而泣不成聲。

譚輝注意到，看完影片之後，秦文嘴角的笑容有點維持不住。他接著說：「你應該認得這支手機，就是你太太的。你倒真狠得下心，老人家身體已經這樣了，竟然還把主意打到他身上。」

秦文把手機扣著放在面前的小桌上，也不知道為什麼，那手機上玫瑰金色的外殼讓他有點心慌氣悶，他把視線從那上面挪開，「……我不知道你在說什麼。不過，把外公從療養院接出來，你們問過思琪的意思嗎？如果老人家在這期間出了什麼意外，我會立即告你們。」

「在你告我們之前，你太太應該會先告你。」譚輝悠悠地說：「你剛才說我詐供，但在別墅地下室翻出來的影片畫面，季小姐已經確認過了，就是你把她囚禁在裡面時的錄影。如果你不相信，待會可以跟我們再去看看被緊急搶救回來的『珍貴』影像。」

「在你們帶我去看錄影之前，」秦文輕輕地抿起嘴角，「我要先見一見思琪。我想當面問問她，夫妻一場，為什麼要這麼誣衊我。」

「季小姐說了她不想面對你。」

「不是她不想面對我吧！」秦文把那玫瑰金色的手機攥在手裡，像是在以此確認什麼似的，顯然他被所謂「已經還原的影片錄影」擾亂了心防，情緒有點失控，突然拔高的聲音帶著幾分暴躁，竟是極其篤定，「是因為你們根本就死無對證！」

旁邊拿筆記錄的李曉野停下筆，若有所思地抬頭看了秦文一眼，秦文霎時意識到不對，倏地閉嘴。在驟然陷入沉默的審訊室裡，空氣飄浮的每一粒塵埃都像是一顆顆砂礫，被外力一個又一個地揉進秦文的心裡，讓那原本無懈可擊的人頓時在一陣陣刺痛中破綻百出。

沉默中，譚輝把他始終像得了斜頸症一樣偏著的腦袋擺正，露出一個恍然大悟的神情，「哦——季思琪死於今天傍晚，就在這段視訊之後沒多久。事發突然，全體上下也只有我們刑偵和法醫那邊的人知道。從剛才到現在，我隻字未提季思琪死亡的事情，不知道秦先生你是怎麼知曉的？」

譚輝根本沒給秦文再改口的機會，直接把結果說了一遍，收起唇角玩世不恭的笑，冷冷地看著對面木然石化的嫌疑人，目光猶如利刃，直接把對方釘死在罪犯的標籤上。

秦文跟譚輝對峙著，幾次試圖否認，但說出的話無一例外，都被譚輝更加擲地有聲反問了回去。

秦文的神色有點頹然，最後不肯再多說一個字，面對譚輝一個又一個的問題，只是不停地要求請律師。

而此時秦文並不知道，譚輝手裡其實根本沒有地下室監視器畫面還原紀錄，人證死亡，物證不足，如果他們沒辦法在四十八小時內找到秦文犯罪的強力證據，那麼時間一到，便不得不放他走。

第一輪審訊告一段落，譚輝從審訊室出來時，已是第二天的凌晨。刑偵辦公室燈還全亮著，剛進走廊就能聞到辦公室裡飄來各種即溶咖啡和菸草混搭的味道。

大家還在忙碌，為尋找罪證而爭分奪秒。譚輝進門時順手拿起不知是誰放在門口桌上的半罐蠻牛一口喝了，聽見走廊急促的腳步聲，向後傾著身子、探出腦袋看了一眼，看見穿白袍的胡雪莉並不意外，但見到跟她一起過來的任非卻著實吃了一驚，「你還沒走？」

「走個屁，結果不出來他會走？就蹲在我門口等了，像塊牛皮糖似的。」胡雪莉手裡拿著驗屍報告，進屋之後把任非按在一臺沒開的電腦螢幕前，抓著他的下巴，逼他看螢幕上映出的倒影，「你自己看看這臉色！跟在解剖室裡躺著的也沒什麼區別了吧？兩天沒吃沒喝，一個靠打點滴活著、傷還沒好的人這麼亂來！我告訴你，你要是死在我面前，我可不認這個罪。」

任非被她捏著，想躲卻不敢躲，乾巴巴賠著笑，口齒不清地應聲：「嘿嘿，聽狐狸姊說完結果，我再滾回醫院不行嗎？」

胡雪莉雖然嘴上說著結果出來就通知他，但最終還是把結果做成了一份報告，並帶著報告和他一起來了刑偵的辦公室。她瞪了任非一眼，轉而問譚輝：「死者生前有沒有說過哪裡不適？比如右腋下或右肋之類的疼痛，或者呼吸困難？」

譚輝回憶了一下，緊接著想起一個細節，「就是跟她外公視訊那時，後來哭得站不起來，我拉了她手臂一把……應該是右邊，她說我力氣大，扯得她肩膀都痛……沒說過呼吸困難，但是她跟我來局裡指證秦文，我看她是滿不好受的，說幾句就喘兩口，我以為是她情緒太緊張激動……」

「應該不是肩膀痛，是腋下。因為緊張，所以她把疼痛混淆了。她會喘，是因為呼吸不順暢，但是這種症狀不太明顯。別說是你，死者本人也不會往要命的地方想。」胡雪莉把驗屍報告遞給譚輝，逕自做彙報：「我們打開了死者的胸腔，死者的右肺明顯萎陷，左右胸後壁第七胸椎棘突距脊柱三・八公分處胸膜下，檢測出少量對稱性出血。」

翻著報告的譚輝看著死因，簡直有點難以置信，「……針刺的？」

「對，」胡雪莉點點頭，肯定地說：「背部第七胸椎棘突下，正中線旁開一．五寸處是人體膈俞穴，主治嘔吐、氣喘、咳嗽和貧血之類的症狀，為八會穴之一，是針灸理療的常用穴，一般針灸上是採用俯臥位，斜刺一．八至二．六公分左右，但如果針刺過深，就會引起氣胸。

「死者體內檢出少量安眠藥物殘留，除此之外，面部、嘴唇及指甲顏色發紺，體表無明顯傷口，膈俞穴表皮亦無出血。但透過上述結論，我們做了進一步的解剖和檢驗，顯微鏡下膈俞穴皮下至胸膜檢測出圓形針孔，出血可見，傷口深約四．二公分，刺破了胸膜及肺部組織，進而導致右側張力性氣胸，傷口形成時間距離死亡時間在十八到二十四小時之間。氣胸最明顯的臨床表現是呼吸困難，伴有肺部周圍組織疼痛，及時就醫不會致死，如果錯過最佳治療時間，就會導致窒息而亡。同時，超過規定標準但在尚屬安全的範圍內過量使用安眠藥物，會導致一定程度的神經反應遲鈍。季思琪之所以腋下疼痛、呼吸困難卻沒當一回事，一方面是由於精神過度緊張，另一方面是因為她在此之前曾過量服用安眠藥。」

胡雪莉說著頓了頓，一夜沒睡，眼睛下面烏青一片，臉色發白，「所以，季思琪是死於銳器針刺傷，凶器為針灸用長針的可能性較大。」

譚輝沉默地聽完，深吸口氣點點頭，「老喬，天亮之後，你帶人去秦文他們家裡搜一下，看有沒有狐狸說的針灸針和安眠藥。」他說著放下手裡的驗屍報告，看了看錶，聲音透著熬夜透支的沙啞，「都這個時間了，大家也別回去了，在辦公室瞇一會吧，待會天亮了還有得忙。還有你，」他又朝正捂著胃、佝僂著靠牆的任非偏偏頭，「回醫院去吧，你目前這個狀態在這裡也幫不上什麼忙，出了問題我還得分出人手照顧你。就算你熬得住，也得考慮考慮任局那個歲數的人扛不扛得了。」

任非心裡也有數，他的體力已經差不多快用盡，因此終於聽了勸，去楊局的辦公室把他爸爸叫下來，父子兩人迎著凌晨的那顆啟明星，沿著寂靜空曠的馬路回了醫院。

一路上任非都靠在後座，滿臉疲憊，因為不舒服而微微皺著眉，卻睜著眼睛，就這麼不動也不說話地坐著。任道遠本來從昌榕分局出來時也是掩不住倦容，然而車開了大半路，人卻清醒了，總覺得任非這個狀態不太對勁。

不確定也不敢亂猜，他不想再跟兒子起衝突，左思右想，就問了目前的案情。

任非把知道的簡明扼要地跟他說了，又過了一會，才問：「既然已經證實我帶回來那個光碟內容屬實，那梁炎東在監獄……」

任道遠打斷他，「我已經跟管理局那邊說過情況了，鑒於目前情況未明、情勢特殊，建議先把他單獨關押。」

「那監獄那邊同意了嗎？」

「我也只能建議，至於到底有沒有落實，那是獄方那邊的事，我也管不上。」

「你們有告訴梁炎東光碟已經找到了嗎？那個光碟在技術人員分析過之後，給梁炎東了沒？」

任道遠把車開進醫院的停車場時聽見這個，有點不悅地從後照鏡看了任非一眼，「那個光碟做為證據，該去哪裡就去哪裡了，給他幹什麼？」

任非聽了這話，慢慢從座椅上坐直了，「他說自己沒有罪，拿光碟要翻案的啊！」

「他說翻案就翻案？難不成他說明天再翻司法局、檢察院，這兩家明天也要敞開大門讓他翻？要翻案也得走流程，找律師、拿證據、提申請、等調查、等開庭——法律一天不改判無罪，他就一天是受刑犯人的身分。光碟不能帶進監獄，這規定他比你清楚，翻案的流程他也比你還懂，你現在照顧好自己就可以了。少皇帝不急，急死太監。」

任警官被噎了一下，身體實在太不舒服，精力有限，竟難得地沒有回嘴，只藉由下車甩門表達了不滿。

✦

黎明的曙光刺破黑暗，漫長的黑夜終於過去，與昌榕分局一街之隔的小花店，亮了一宿的小檯燈此時被楊璐輕輕關掉。她放下手中的鋼筆，筆下是她抄了一夜的《舊約聖經．出埃及記》節錄，漂亮的花體英文整齊地排列在暖黃色的紙張上，帶著虔誠和信仰，一絲不苟。

她從椅子上站起來，活動了一下因徹夜抄經而痠澀的關節和肌肉，走到窗邊站了一會，看著旭日初升。溫暖和煦的光芒驅散天空最後一點黑暗，從容不迫地灑落在每一寸土地上，很快地，它將叫醒這座城市的每一個人。

陽光逐漸有點刺眼了，楊璐收回目光，動作很慢地從身後擺滿各種鮮花、乾燥花的架子上，抽出了一枝半開的紫羅蘭。

國內早就過了紫羅蘭的花期，這些是她前幾天剛透過國外市場空運回來的。整座城市，只有她這裡一年四季賣著紫羅蘭。

偶爾有特殊用途，知道門路的人會來這裡購買，但大多數時候，就是她自己照看著，像照顧情人似的，一天一天地呵護著。

她靜靜地看著手中那枝紫羅蘭，水蔥般的指尖小心地拂過柔弱的花蕾，看著那紫色的小花有點出神。好一陣子後，才輕輕嘆了口氣，「陳敘，我有點不知道該怎麼辦了……」她在花架旁邊坐下來，輕輕蹙著眉，紫羅蘭映在眼底，似是流淌成了化不開的愁緒，「他受傷了，我去看他，意外撞見了他爸爸……我沒想到他竟然是市局家的公子。我跟他認識這麼久了，他身上一點官二代的樣子都看不見……他是一個很好的人，可是現在看來，我終究是要對不起他了……」

她有點難過，也有點不知所措，手指無意識地撫著花枝，半開的紫色花朵隨之不停地旋轉，過了好一會，楊璐才從對任非的愧疚中回過神來。緊接著，她在花瓣上落下了蜻蜓點水般溫柔繾綣的一個吻，「你放心，我會替你報仇的。我們團聚的那一天，不會太久。」

22 借勢而上

早上帶人去季思琪和秦文家裡搜找凶器的老喬，快到中午才回來。

他們家雖然是兩室一廳，但針灸針這種東西實在太不起眼，要完全不遺漏地把每個角落都搜上一遍，還要把搜過的地方盡量再擺整齊，讓老喬他們整整忙了一個上午。

好歹翻出了針灸包帶回局裡，沒想到結果卻不盡如人意——針灸用的針太細了，且不說有沒有被秦文處理過，單憑拔針的時候，針上難以沾留體液這一點，法醫就很難在上面採集DNA。

無法採集DNA與死者進行比對，就無法證實這包從秦文家裡搜出來的針，就是殺死季思琪的凶器。

譚輝失望地嘆了口氣，「老喬一起帶回來的安眠藥呢？」

「正在與季思琪體內殘留的藥劑成分做化驗比對，」胡雪莉知道他在想什麼，直截了當地說：「但過量服用藥物不是季思琪的死因，所以就算你們找到的安眠藥跟季思琪曾經服用的是同一種，也證明不了什麼。」

「……我知道。」譚輝頭痛地按了按眉心，「死馬當成活馬醫吧。」

譚輝回去又審了那個泗水別墅的老闆。無奈老闆真的對自己公司別墅地下室為什麼有監視器一事毫不知情，快要胖成一顆球的他，體重和膽子竟成反比，進了偵訊室就哭天抹淚一直喊冤。

譚隊長從偵訊室出去以後，敲著腦袋讓人放走老闆，自己一個頭兩個大地癱在了座位上。

證據不足，刑偵隊的工作毫無進展，每個人都憂心忡忡，但繼續耗在這裡也不是辦法，畢竟誰都不是鐵做的。下午六點多的時候，譚輝拍板，讓大家都下了班。

養精蓄銳始終是有好處，週二上午，竟意外有了新的收穫，技偵那邊在季思琪的手機裡找到一個獨立加密的文件。

此時距離因證據不足必須釋放秦文，還剩下不到二十個小時。譚輝等人焦慮地等待技術組破解季思琪的加密文件時，另一個消息傳了回來——任非帶回來那張光碟所屬的醫院找到了！

秋老虎無比凶猛，這幾天一直在外奔波、搜了泗水別墅，又去支援同事查找光碟來歷的石昊文邁著大步衝上樓時，鼻尖還沁著汗珠。他本來皮膚就黑，這幾天被太陽烤得簡直像是從非洲回來，「光碟內容是醫大附屬醫院生殖醫學中心的人類精子庫監視影像！」石昊文喘個不停，語速卻很快，「但是時間太久了，醫院的人已經無法辨認監視器畫面裡出現的那個男子是不是他們醫院的員工，只說按照醫院規定，精子庫晚上是不許進入的。」

譚輝磨著牙，「你再去打個電話給市局技偵，催催那邊的專家們，看錄影裡那個可疑人物的畫像什麼時候能給我們。」

石昊文點頭應聲而去，分局技偵組負責人打了通電話給譚輝，「老譚，你過來一趟吧，你給我們那個手機裡的加密文件已經破解了，好傢伙，資料量真夠多啊。」

技偵組搜出來的加密文件，竟然將季思琪沒來得及對譚輝說完的話補全了！於是譚輝帶著李曉野，拿著針灸包、安眠藥和季思琪的手機，一起奔向了審訊室。

「所以，季思琪死於銳器傷，凶器就是你面前的那包針灸針裡最長的那根，而且她先前曾服用過量安眠藥，法醫把我們從你家找到的藥錠跟她身體殘留的成分做了比對——是一樣的。」譚輝把驗屍結果的主要內容跟秦文說了一遍，「你還有什麼要說的？」

「我家裡有針，並不能證明就是我殺人的凶器。」譚輝之前故意拖延，把秦文放在審訊室裡之後根本沒再把他弄出去。秦文被迫在這個狹窄逼人的地方熬了將近四十個小時，此刻頭髮糾結、滿臉油膩、眼睛發紅，渾身上下都透著萎靡疲憊。但即便如此，他說話的時候頭腦還是很清醒，「就算我太太在家的確曾服用過安眠藥……當然，我不可能時時注意她，所以不知道她是不是真如你們所說，服用了過量安眠藥。但就算是，這跟我太太的死也沒有關係，你剛才也說了，服用安眠藥不是她的死因。

「還有，」秦文眼睛發澀，一睜大就流淚，乾脆瞇起眼睛看面前的兩個刑警，「你們說，我太太被我威脅，為了保護她的生命安全，所以週六晚上你們帶走了她。可是她離開家的時候人還好好的，卻無緣無故地死在了你們這裡，然後你們立刻把距離現場十萬八千里的我當成了犯罪嫌疑人……警官，恕我直言，我懷疑我太太的死跟你們脫不了干係，並且出事後，你們找了我做代罪羔羊。」

秦文這番話說來自然流利，在這種完全被動的弱勢地位中，竟然不卑不亢，極有氣勢。譚輝起身替他鼓了鼓掌，「秦先生說得真好。突然『無緣無故』死的人是你老婆，而你竟然能這麼條理分明地辯駁，全然不見半點哀痛，真讓人刮目相看。」說著，走到他面前，如同第一天晚上秦文做的那樣，把季思琪的手機反扣在秦文面前的小桌上，雙手撐著桌板，慢慢俯下身，逼視著秦文，聲音冷得像在冰窖裡浸透了似的，「我們在季思琪手機上找到一個加密文件，破解了之後發現，這是季思琪寫給你的。建檔時間是她死亡前一天夜裡。你可以自行查看這份文件的詳細資訊，證明的確出自你太太本人之手。

「秦文，」譚輝在他耳邊一字一頓，「你娶到了一個好妻子，你的所作所為，對不起她曾經給你的愛。」

秦文攥著拳頭的手突然抽搐了一下，下意識地想拉開跟譚輝的距離，最終卻在譚輝無形的壓力中拿起手機，發現那是存在記事本中的文字：

秦文：

我不知道你還能讓我活多久。

你跟我說過，你得不到光碟會死，而在你死之前，會先殺了我。

現在光碟已經被別人拿走了，我知道，我們兩個已經到了窮途末路。

那天你得到這個消息的時候，我以為你轉頭就會殺了我，嚇得不敢睡覺，可是我也不敢鎖門，怕鎖門會更加激怒你，萬一你砸鎖進來，那我將無路可逃。

外公的命在你手裡，我無法反抗你，就像一隻待宰的羔羊，不知屠夫的刀會在何時落下。

後來你進來，餵我吃藥，說是安眠藥。我不信，我怕死，但當死亡到來的那一刻，原來並不像想像中那麼難以接受。

我以為那是你的手段，但沒想到，我還能睜開眼睛，看見第二天午後的太陽……

我知道我們已經沒有愛了。我恨你，你也恨我。但我們戀愛、結婚，又同床共枕這麼久，因此我覺得你再怎麼喪心病狂，多少會顧念些舊情。或許，真要動手的時候，你會捨不得殺我。

你說你後悔跟我結婚，如果沒有跟我結婚，就不會被別人控制，變成現在這個樣子。

我很抱歉。但如果重來一次的話，我還是會選擇你。

如果時間倒流，如果我知道未來有這樣的結果，那我當時一定會拚命從爸爸那裡問到光碟的下落，然後交給你；我會跟你一起想辦法逃離他們的控制，總之我不會讓你一個人孤軍奮戰，讓你把自己撞得頭破血流，也把我摔得遍體鱗傷。

我不是一個有責任感的人。我自私、固執，不在乎那個光碟到底有什麼用，只要它能幫我們逃離困境，我將為此不惜一切代價。

可是秦文，時光沒有倒流，我不會再見到我爸，而我真的真的不知道那個光碟在哪裡。

我真的不知道……我沒有騙過你。

為什麼你就不能對我多一點信任呢？如果一開始的時候你把一切都告訴我，我還來得及問爸爸東西在哪裡，那我們無論如何都不會走到今天這一步。

可惜，現在說什麼都晚了……

前天你跟他們通電話的時候，我聽見了，他們催你趕快動手，你在電話裡答應得很痛快，可是我竟然到現在還活著……

你明知公司派我去夜市暗訪的事情有蹊蹺，卻還是放我下了樓。是你把我交到警方手裡的，你這麼做，是想借員警的手保我的命嗎？

如果真的是這樣，我不後悔和你相遇，不後悔愛過你，不後悔嫁給你。

如果真的是這樣，等一切結束，我願意試著跟你重來一次，如果你願意的話。

秦文的手抖動得很厲害，手機幾次差點脫手，好不容易才看完內容。

一段長時間的沉默過後，這個在警方面前始終不肯鬆口的男人，抬手擋住臉，肩膀開始控制不住地顫抖。他的手指緊緊地壓在眼睛上，但眼淚還是很快地從指縫流出。

「蠢女人……你說她多蠢啊！」秦文一邊哭一邊笑，因為拚命壓抑著哽咽，聲音聽起來格外彆扭詭異，「她居然以為我想借你們的手保她的命！

「我都已經這樣了，早晚是要死的，我為什麼要保她的命啊？我寧願她比我早走一步，她怎麼會以為我捨不得殺她呢？」

秦文抹了把臉，狠狠吸了下鼻子，放下手，長腿一伸，彷彿什麼都放棄了似的，癱在椅子上，眼睛無神地看著前方，「我之所以讓她下樓被你們帶走，是因為我要演一齣栽贓嫁禍的好戲呀……他們告訴我，把長針扎在膈俞穴上，刺破肺泡，死亡會發生在一天之後，神不知鬼不覺，為此我練習了好一陣子。之所以多餵了她兩粒安眠藥，是想要她多睡一會，睡得越久越沉越好，這樣我在她沉睡的時候用針刺她，她就不會有感覺，醒來後因為安眠藥的麻痺會感覺遲鈍，此後隨便她幹什麼，只要死的時候別在我身邊、別在家裡，我就是安全的。

「她竟然以為我沒有對她動手？哈！還在死神一步步走近的時候，天真地寫這些東西，異想天開地幻想如果劫後餘生該怎麼辦？哈！哈哈哈……」秦文笑得比哭還難看，「都畢業這麼多年了，她還是那麼天真！這個傻女人，傻女人……！」

秦文的情緒已經完全失控，說到最後，竟然一把將季思琪的手機抓起來，狠狠地摔在了地上！

「喂！」譚輝一個箭步衝上去，然而根本來不及，只聽「哐噹」一聲，正低頭在筆記上奮筆疾書的李曉野倏然抬頭，便看見譚輝正好從地上一把抓起了手機。手機帶著殼貼著膜，這麼一摔，除了玻璃膜四分五裂外，其他地方竟然沒壞。

譚輝和李曉野對視一眼，同時鬆了口氣。

秦文摔完手機，如被下了定身咒似的不再哭泣，只是癱坐著，眼睛也不眨一下。譚輝拿著手機在他眼前晃了晃，也不由得感嘆了一句：「這支手機品質不錯，是你送的還是她自己買的？」

「……去年她過生日，我送她的。」

「照理說，你那時不就已經對她心懷鬼胎了嗎？竟然還捨得送這麼貴的東西。」

秦文沒出聲。

如果沒有這些事，如果沒有走到這一步，季思琪其實是秦文打定主意要攜手一生的人。

但事已至此，多說無益。譚輝也不追問這個，等了一會，看秦文的確沒有要說話的意思，突然話鋒一轉：「你和季思琪都提到的那個『他們』，是什麼人？」

既然認了季思琪這條人命，也就沒什麼好再繼續隱瞞的了，秦文木然地照實答了：「一個叫林啟辰的人。」

「還有呢？」

「我不知道。我雖然見過『他們』其中的一些人，但都只是打個照面而已，跟我接觸的始終都只有林啟辰。」

譚輝點點頭，朝玻璃那邊打了個手勢，玻璃後的人會意，立刻安排人調查秦文所說的這個「林啟辰」。

這時候，石昊文敲門進來彙報：「老大，市局技偵那邊的專家回覆了。」

市局技偵的幾名專家，根據光碟錄影裡那個不太清楚的側臉，還原了夜闖精子庫的可疑人正面畫像。從畫像上看，這個人的面部特徵還是很明顯，國字臉，雜亂無章的張飛眉，鼻梁不高，嘴唇很厚，五官組合在一起透著一股憨厚感。

馬岩看著顯示器上的畫像摸著下巴，「我怎麼覺得這張臉有點眼熟？好像見過，但是想不起來。」

譚輝瞇著眼睛打量著照片，「這麼看是一張大眾臉，覺得眼熟也不奇怪。」

這時，負責查「林啟辰」的警員在辦公室門口探頭，扯著脖子問：「譚隊，有沒有確切資訊？林啟辰這個名字一搜，全市有好幾十個！」

「沒有！逐一篩選吧！」譚輝煩躁地回應：「還有，把這個畫像也導入系統，過濾一下符合面部特徵的人！」

門外的警員答應一聲就要走，突然，馬岩喊了聲「等一下」，頓時又站住腳。他聽見馬岩問譚輝：「老大，你不覺得……林啟辰這個名字很耳熟嗎？」

譚輝有點茫然地抬起頭。

馬岩不等他問便直接說：「上次監獄殺人案，那個錢祿的外甥女趙慧慧，你還記不記得？當時我們像無頭蒼蠅似的把每一條線都理了一遍，後來不是知道了有一個帳戶每學期都匯款給趙慧慧繳學費嗎？就是那個開戶人！」

這麼一說，譚輝想起來了。

譚輝頓時神色一凜，吩咐跟在門口等候的警員：「翻監獄案的紀錄，調出那個幫趙慧慧轉學費的林啟辰的資訊，把正面照給我找出來！」

門口的警員急匆匆地應一聲，轉身跑走。

譚輝正在等消息的時候，又意外地接到樓下打來的電話，說是有訪客找他，來人自稱是東林監獄的管教人員。

原本正在琢磨前前後後這些事情的譚輝心煩意亂地下樓，正好看見之前打過交道的關洋在大廳等他，手裡還拿了一張捲起來的列印紙。

「梁教授要我轉交給你的，他說這是當年『摸進去』的那個人，你們現在應該用得到。」

譚輝挑著眉從關洋手裡接過，打開後，下一秒表情變了幾變，心裡不得不承認，梁炎東這個人的確是有些怪才。

關洋帶來的紙上，是一幅用鉛筆畫的人物畫像，大致看上去，跟技偵專家們給的畫像很相似，只是細節處理得更加到位。

正好此時馬岩打電話給他，說找到那個林啟辰的照片了，要他回去。譚輝跟關洋打了招呼，拿著梁炎東的畫像回到自己辦公室，眼睛剛一看螢幕，下一秒就愣在了原地。螢幕照片上的林啟辰，跟他剛剛得到的梁炎東鉛筆素描畫像對比，從五官長相到面部細節特徵，竟然分毫不差！

秦文背後的主使，三年前到精子庫形跡詭祕的可疑人，在錢祿入獄後一直負擔趙慧慧學費的匯款人，看似絕不可能有任何交集的事，竟然同時指向了一個人——林啟辰。

譚輝的職業敏銳性告訴他，拔出這根蘿蔔，帶出的不僅僅是泥，甚至在泥中盤根錯節隱藏至深的老根，也會被一起掀出來。

這是一個挑戰，隱隱地讓人興奮。

然而蘿蔔在地裡埋久了，修煉成精變成了人身，知道有人要抓它，腦袋一縮、鑽進地裡打游擊。譚輝他們用了整整一個禮拜，才在鄰市警方的協助下，鎖定了在逃的林啟辰蹤跡。

通緝的時候，林啟辰悍然拒捕，仗著手裡有槍，跟執行通緝任務的刑警們對峙了足足兩個小時。最後譚輝他們以兩人受傷的代價，才將手銬銬在了林啟辰的手腕上。

任非出院歸隊的那天，石昊文和他們隊的另一個同事接班住進了二院，而持槍襲警的林啟辰坐在分局的審訊室裡，一臉豁出去了的蠻橫、囂張，「沒錯，控制秦文接著又用秦文控制他老婆，外加指使江同的人追殺那個條子，這些都是我幹的，我都認！你們也不用問我原因，我就是不想讓那個姓梁的拿到證據、從監獄出來，我就是看他不順眼。他在外面的時候擋了那麼多人的路，多討人厭啊，我就是不要讓他出來礙眼。」

林啟辰大剌剌地坐在椅子上，兩道張飛眉像要飛到天上去那麼囂張，「還有，你們也不必想方設法套我的話，別浪費時間了。我沒有被誰指使，整件事情我就是主謀，該起訴就起訴，該判刑就判刑。當然了，你也不用嚇唬我，我知道我再怎麼樣也判不了死刑，我手上沒有人命官司，殺秦文老婆的人可不是我。」

「認了就好，沒想到你還滿配合的。你這麼懂事，我們也省事。」譚輝難得穿了警服，大概是這身裝束本身就有著某種約束和克制的力量，他面容端肅地坐在審訊桌後面，對打傷他兩個弟兄的林啟辰恨得牙癢癢，表面上卻很克制，沒有平時那種吊兒郎當的樣子，只有語調顯得格外嚴厲，「那麼，請你繼續『懂事』下去。跟我們說說，三年前一月八號凌晨兩點半，你趁夜摸到醫大附屬醫院生殖醫學中心六樓的人類精子庫裡，去幹什麼了？」

無法無天的匪徒一頓，緊接著矢口否認：「什、什麼亂七八糟的東西！我聽不懂！」

「好，聽不懂，那我就講清楚一點，讓你聽得懂。」譚隊長耐著性子，「林先生，你說因為『梁炎東擋了那麼多人的路』，就搶奪證據不讓他翻案……這番話說實在的，太扯了。

「如果我們沒有得到光碟，你還可以往別的地方多扯一扯誤導我們，替自己尋找機會拖延時間。但不巧的是，光碟現在不僅在我們手裡，我們更還原了當時在精子庫裡那個人的面部特徵，而這些特徵又恰巧跟你完全一致——當然了，你可以否認，但在監獄裡鬧著要翻案的梁炎東，已經指認你就是當年姦殺幼女案的真凶。同時，跟梁炎東翻案有牽扯的季思琪猝死，又跟你有千絲萬縷的關聯，這些都讓我們不得不對你保有高度懷疑。」

「譚隊長，」林啟辰一語不發繃著臉聽完，突然咧出一個嘲諷的笑容，「欲加之罪何患無詞，我才剛說我手上沒沾人命呢，你就含血噴人，不會是因為我打了你兩個手下就想報復我吧？怎麼樣？兩個員警不過受了點傷，難不成你要我賠命才行嗎？」

林啟辰話說得太難聽，旁邊一直忍著不出聲的李曉野抬起頭來，猛地捶了下桌子，「你給我老實一點，少滿嘴胡說八道！」

林啟辰「哼」了一聲。

就在這時，審訊室外有人敲門。李曉野狠狠地瞪了林啟辰一眼，站起身，開門便看見今天剛歸隊的任非站在門口，往裡面看了一眼，目光有點諱莫如深。

任非在他爸爸如同守門員盯球般嚴密看守下整整住院十天，手臂腿腳都快生鏽了，醫生一批准出院，他就立刻從病床上跳下來，手續都不肯讓他爸去辦，自己拿著帳單一溜煙就跑了。沒想到他下樓結算時，卻碰上正在幫石昊文兩人辦理入院的馬岩……

一聽前因後果，多少天來被困醫院鬱結於心的任警官，差點原地自爆，連招呼都沒打，從石昊文病房出來便跟著馬岩一路回了分局。

胃出血住院的任警官硬生生瘦了一圈，臉上稜角更加分明，輪廓也越發深邃，

「秦文那邊出了點狀況，你讓老大出來一下。」

李曉野回頭低低喊了譚輝一聲，譚輝出門反手把門關死，任非快速地跟他彙報：「那個秦文吸毒，審訊過程中犯了毒癮。」

對秦文的審訊一直持續進行，警方希望從他身上取得更多有用的資訊。任非剛回來就被譚輝安排到審秦文那一組，沒想到這幾天都很老實的嫌疑人，今天屁股還沒坐熱，竟然抽搐號叫著仰倒在椅子上，口吐白沫。

他就像是被推下懸崖的亡命之徒，偏偏腰間還繫著讓他不至於真的墜落的繩子，所以即使神志不清，也聲嘶力竭地叫著林啟辰的名字，希望那個人能給他一劑救命藥。

然而今時今日，別說林啟辰已經落網，就算還逍遙法外，秦文也早成了棄子。林啟辰巴不得秦文趕緊去死，無論如何都不會再施捨半點「解藥」。

不過短短幾分鐘，秦文已經連聲音都發不出來，跟任非搭檔的馬岩在第一時間打電話向胡雪莉求救。當胡雪莉趕到時，本來就沉悶的審訊室裡已瀰漫了一股令人作嘔的便溺味道，秦文失禁了。

「今天提審他的時候就不太對勁，」馬岩站在審訊室裡皺著眉毛，跟趕來的譚輝彙報，「一直在發抖，問他怎麼了，就說是感冒。我沒想到他竟然……」

「這絕對是吸毒反應。雖然沒見到針眼，但手臂血管上還留有青紫瘀痕。奇怪的是，照他這個成癮反應，癮頭應該已經很大，毒癮發作的週期也會更短。可是都被拘留了一個禮拜，毒癮竟然才發作一次，有點不合理。」胡雪莉把採血針從秦文另一隻手臂的血管裡抽出來，拿了棉花壓住針孔，朝任非打了個招呼，示意他過來繼續幫已經昏迷不醒的秦文按住，「我替他注射了鎮靜劑，但是組裡沒有必要的治療措施和設備，你們還是盡快送醫。血液化驗的結果我會再提供給你們。」

譚輝點頭。

任非幫秦文的針眼止了血，鬆開手直起身。他有潔癖，這時離失禁的秦文這麼近，才剛出院的人臉上硬是被噁心得沒有一點血色，「秦文神志不清的時候一直求林啟辰『讓他吸一點』，沒想到這個人渣還涉毒……差不多是壞事做盡了。」

始終沒說話的譚隊長沉吟著，若有所思地忽然說：「你們還記不記得，監獄案裡那個死者錢祿，生前也有相當嚴重的吸毒史。」

任非和馬岩抬眼看向他，譚輝卻看著椅子上不省人事的秦文，冷冷地笑了一聲，「監獄案裡曹萬年的同謀田永強突然死了，這麼長時間以來，背後牽扯的事情我們也沒再查出什麼頭緒，現在倒好，不請自來，這三樁案子，真的牽扯到一塊了。」

這個念頭一起，譚輝就下了決定，「你們跟監獄那邊安排一下，我要去見一見梁炎東。」

從住院到現在都沒得過有關梁炎東任何消息的任非眼睛一亮，立刻自告奮勇，「我去安排，老大，你帶我一起去吧？」

譚輝瞪了他一眼，不置可否。

✦

譚輝跟梁炎東的見面安排在兩天後的週五，不像自己見梁炎東時那麼費工夫，任非直接替譚輝跑了提審流程。

然而譚輝去見梁炎東那天，打定主意千方百計要跟去的任非，卻被開著車堵在分局大門口的任道遠強行叫走了。他走的時候，譚輝看大老闆面色不善，猜想著父子倆又即將掀起一場狂風暴雨。

但這對父子怎麼鬧都不關自己的事，譚隊長樂得耳根清淨，一個人去跟梁炎東見了面。

然而他去了之後就有點後悔，深深覺得應該把任非這位梁炎東的「迷弟」帶過來，見證一下這歷史性的時刻——啞了快四年的梁炎東，竟然就這麼莫名其妙地突然能開口說話了！

乍然聽見梁炎東聲音的譚輝就像被人耍了那般，震驚得頓時有點接不上話，說話都結巴起來，「不……不對啊，這是怎麼回事？你、你會說話啊？」

梁炎東沒進監獄前就是個少言寡語的人，法庭上跟人針鋒相對往往都是直戳痛點、一針見血。這幾年沒說話，天生的寡言加上後天的「功能退化」，致使現在說話更加言簡意賅，連最基本的打招呼寒暄都省了，「保命之舉，情非得已。」

好在譚隊迅速從驚駭中回神過來，思路立刻跟了上去，「誰想要你的命？」

「太多，記不住。

「十年前，我讀博二的時候，因為種種原因，曾參加過一次社會發起的公益活動，到醫大附屬醫院捐過精。」

譚輝點點頭，因為早就猜到了大概的原因，所以並不意外。三年前梁炎東認罪的直接證據正是在死者身上找到了他的精液，如今梁炎東口口聲聲說光碟裡的內容是他翻案最大的籌碼，而錄影裡有人摸進了當時的精子庫，種種事由稍微放在一起聯想一下，大致就能得出結論。

梁炎東對他的反應不置可否，繼續用有些喑啞的低沉嗓音說：「林啟辰盜走了我的體液樣本，能證明這件事的證據之一是，現在精子庫裡面保存的我的樣本一定有缺失。

「以及，」梁炎東頓了頓，看著譚輝，臉色沉和平淡，聲音裡透著不急不躁、淡然篤定的意味，「我有人證。」

譚輝猛地抬眼，一下子從椅子上站了起來，「你說什麼？」

「沒錯，我有人證。當年我認罪之前，警方率先鎖定的嫌疑人是一個叫鄭志成的慣竊。案發現場，家屬和員警目睹他從女孩屍體上爬起來穿外套，可謂人贓俱獲。但事實是，鄭志成當年盯上了受害者的手機，偷偷躲在暗處尾隨女孩，準備伺機行竊，未料竟然看見女孩走到偏僻處被人打暈抱走。他一時腦袋發熱沒想那麼多，就悄悄跟了上去。

「他不過是想從女孩身上偷個手機，沒想到卻成了那場凶案的唯一目擊證人，還把火引到了自己身上。歹徒行凶到一半，女孩突然醒了，拚命掙扎，四周沒有能拿起來反抗的東西，她就從口袋裡掏出手機砸歹徒的頭，後來手機被歹徒奪走扔掉，再沒多久，歹徒就下手把女孩殺了。

「歹徒離開後，目睹一切的鄭志成從暗處走出來，他並不想管閒事，但可能是對手機執念太重，就鬼使神差地找回了那個手機。好在當時是冬天，他戴著手套，沒有破壞手機上的指紋痕跡。而撿了手機之後，他難得又動了惻隱之心，把自己的外套脫了蓋在女孩子身上，蓋了又覺得不對，害怕員警到時候鎖定他是凶手，而他有前科，百口莫辯，就又把衣服拿回來穿好——就在這時，被害人家屬和員警一起找到了現場，正巧看見了他穿衣服那一幕。

「這才是事實。我幫他做辯護律師的時候調查過，後來我也想了一些辦法找到那部手機查證過，上面的確有被害人和歹徒兩個人的指紋。而透過指紋查到真正凶手之後，我才意識到，對方突然抓了一個女孩又姦又殺，並不是心理變態、臨時起意，很有可能就是為了栽贓給我。為了證實這個猜測，案發後的第三天，我去精子庫那邊查了監視器，果不其然，八號晚上有人趁夜摸進了庫房。」

譚輝慢慢地坐回椅子上，消化這些爆炸性的資訊，努力從中分辨這些話的可信程度，半晌過後問梁炎東：「兩個問題。第一，你怎麼斷定凶手是要栽贓給你，而去了精子庫求證？第二，你說的人證和凶手是誰？」

關於人證和凶手，答案其實已經很明顯了，但譚輝就是想再從當事人嘴裡得到明確的答案。

梁炎東知道他的盤算，配合地點了點頭，「你的第一個問題，之後我會告訴你。現在我先回答第二個。歹徒就是林啟辰，而我的人證是鄭志成。我意識到事情不對之後，把有著林啟辰和被害人指紋的手機做了處理，保留指紋封存證據，讓鄭志成以為我是為了救他而自己擔下殺人罪責。在這種情況下，我把證物交給他保管，並且要他去沿海那邊的鄉下老家躲一躲。」

譚輝問：「都過去快四年了，你還聯繫得到他嗎？」

「可以，」梁炎東不假思索，非常篤定，「兩年前他換了住處，託人送東西進來給我，裡面夾了新的聯繫方式。鄭志成這樣的人，雖然日子過得不光彩，卻很講義氣；你救過他的命，那跟他就是過命的交情，他會一直念著你的好。」

譚輝心有餘悸地深吸口氣，「你明明知道一切，為什麼不想辦法化解，反而由著對方把你弄進監獄？」

「由著他們的話，我早就被執行死刑，現在已經徹底消失在世上了。」梁炎東微微瞇起眼睛，淡淡地笑了笑。他其實不太想回答譚輝的問題，但也知道眼前這個刑偵隊長不像任非那麼好對付，略一猶豫，還是半清不楚地解釋了兩句：「雖然壞事都是林啟辰幹的，但他背後還有人，而且在東林勢力龐大、根深柢固，我鬥不過，只好以退為進，保命為上。」

譚輝不說話，挑起了一邊眉毛，明顯是不買帳。

梁炎東的幾根手指來來回回輕輕敲著桌面，眼神毫不迴避地跟他對視片刻，「好吧，我因命案進監獄，就是因為在此之前查到了一些苗頭，覺得林啟辰背後的人跟東林監獄之間似乎很有故事。對方應該也是因為我察覺到了，才急著要把我滅口。可是我當時在東林鋒頭正盛，他們知道貿然動了我，一定會引起軒然大波，所以才想了那個掩人耳目的辦法。」

譚輝追問：「那你這些年查到了什麼？」

梁炎東瞇著的眼睛慢慢張開，嘴角帶著一點弧度，言語間十分篤定，「至少我可以肯定，錢祿入獄前跟林啟辰背後的製毒販毒組織有關聯。而他的死，應該也跟他們脫不了干係。當初唆使曹萬年犯罪的田永強，不過是被他們當成一把槍來操弄罷了。」

23 風聲鶴唳

譚輝從監獄出來就去了二院，秦文在警方的嚴密監視下，正在二院的重症中心接受治療。到醫院時，秦文早就醒了，出乎意料的是原本被任道遠叫走的任非，竟然也趕了過來。

譚輝過去的時候，任非站在走廊盡頭的窗戶邊緣，嘴裡叼著一根菸，但沒有點燃，磨牙吮血般使勁吸咬著菸絲的味道，直到譚輝走近把菸從他嘴裡抽出來，扔進垃圾桶。

譚輝一看任非一副凶惡表情，就知道這對父子又把「天倫」過成了「天劫」，看著悶不吭聲的小任警官，順嘴八卦了一句：「住院的時候好歹能相安無事，怎麼剛出了院，就又面對面打一架？」

「我覺得我爸這個人沒救了，」任非滿腹怒火無處發洩，掐著腰如困獸般原地轉了兩圈，「我住院時，他不是見過楊璐了嗎？後來楊璐再來看我，他們兩個也相安無事啊！你說老頭有什麼要問的來問我不行啊？今天我前腳才出院，他竟然後腳就找到楊璐店裡，想了解女方家庭情況！隊長，你說這算什麼？」

譚輝不知道該說什麼好，乾巴巴接了一句：「那他剛才來找你是……」

任非停下原地轉圈的腳步，翻了個白眼，「楊璐自己跟他說的，她離過婚。他大概是沒想到吧，剛才就受刺激殺過來了。」

「老人嘛，楊璐離過婚，又大你那麼多，任局一時想不通也是能理解的。」

「他不理解無所謂，反正我又不是跟他過日子。」

譚輝挑挑眉，「你不跟任局過日子，婚禮總歸還得任局幫你辦吧？婚房也得任局買吧？他發表意見也沒什麼不對。」

「他那是發表意見嗎？美其名曰什麼原本是覺得人不錯，打算去了解一下，沒什麼問題之後就定下來。他說他相當意外楊璐是這種情況，我看他很委屈呢！」任非壓著火說到後來簡直氣笑了，「再說，買房子也不需要他，我自己有錢。」

「你的存款夠你付頭期款？」

任非一口氣差點喘不過去，偏偏不敢跟他們隊長沒大沒小，「不是啊，隊長，你要是再這樣說話，我們就講不下去了。」

譚輝安撫地拍拍他肩膀，岔開了話題，「秦文不是已經醒了嗎？有沒有說什麼？」

「我也才剛過來，就一直在這裡冷靜情緒了……」

「走吧，」譚輝跟病房門口的同事打了個招呼，「我們進去看看這位了不起的癮君子。」

任非兩步追上去，進門之前搶著問：「梁炎東那邊是什麼情況？有沒有說什麼？」

「翻案的事情，因為他手裡有證據，任局又在後面推了一把，所以流程走得很快，再審開庭的時間就定在下個月。至於其他的，待會回去的路上我再跟你說。」譚輝說著，推開了病房的門。

病床上的秦文臉色蠟黃，聽見動靜轉頭看過來，眼神有些渙散，等他們兩個走到床邊了，才認出人來。

任非正好一肚子火沒地方發洩，這時算是找到了對象，抱著雙臂站在床頭，陰陽怪氣地嘲諷了一句：「秦先生，你真是讓我們驚喜，還有錢吸毒，私房錢藏了不少吧？」

他本來以為秦文不會配合，沒想到話剛起了個頭，病床上的男人反倒像是已經完全放棄了抵抗，直接一股腦兒全說了：「不是我自己想吸的，是林啟辰他們逼我的。」秦文慢慢轉回頭，看著天花板，緩緩閉上眼睛，語調很慢，打從心裡透著深深的疲憊無力感，「剛結婚沒多久，他們找到我，要利用我控制思琪……我不同意，後來他們就給我打了這種毒品。」

譚輝和任非交換了個眼神，病床上的秦文卻沉浸在自己的回憶裡，頹然地搖了搖頭，「我不知道他們打的這個東西到底是什麼，但最初第一次注射，一個月都沒反應，大概過了一個半月，有一天我突然就不行了。後來我才知道，林啟辰背後有個製毒販毒的網絡，這是他們新研製出來還在試驗階段的新型毒品，潛伏期長，但一次成癮，一旦沾上，終身難戒。」

譚輝問他：「你一直說的『他們』到底是誰？」

「我真的不知道，」秦文說：「我只知道他們跟林啟辰有密切接觸，跟那個毒品網絡也脫不了干係。我不知道他們叫什麼，也沒有任何相關資訊。我說的都是真的。如果你們能把他們挖出來，我可以指認……但我有一個條件。」

站在床頭的兩個刑警同時猜到，秦文這種人肯這麼坦白地交代，一定有目的，「你說。」

「等你們找到製毒窩後，在我還能活著的剩餘時間裡，幫我提供毒品注射。」

譚輝搖搖頭，「我們會送你去勒戒所。」

「林啟辰跟我說這種東西戒不掉。」

「沒有勒戒所戒不了的毒。」

「就算能戒，有什麼意義？」秦文閉著眼睛，自嘲地笑了一聲，「我殺了我太太，早晚要賠命，你們想讓我在剩餘不多的日子裡痛苦地在勒戒所度過？拜託，有點人情味行不行？」

「讓你擁有正常人的尊嚴，意識清醒地為自己犯下的罪孽承擔責任，就是我們能給你的最大的人情了。」

秦文不置可否地哼笑一聲，慢慢翻身背對著他們，無論如何都不肯再說話了。

✦

鑑於這次案情複雜，又牽扯到製毒販毒，市局方面派了人過來支援，但林啟辰嘴硬而警方掌握的線索有限，譚輝他們為了查出背後的製毒販毒組織，費盡心思來來回回大半個月，最終鎖定了五個嫌疑人。五個人中，有一個叫做陸歧的人，是包括林啟辰在內的毒販們都擁護的核心人物。

因為有市局過來的人，譚輝他們被迫改了在自己辦公室拉白板就開會的習慣，難得規矩地去了分局的大會議室，一大幫人圍著長桌坐了一圈，投影機上投放著涉案人物的關係圖。

「這個陸歧，現年五十八歲，年輕的時候在本地企業穆氏集團任職，擔任董事長助理。後來穆老先生過世，他又輔佐當時的年輕老闆穆雪松，接替了穆老先生的位置。幾年前從穆氏辭了職，自己經營一家信貸公司。公司各種手續齊全，從表面上看業務很乾淨，但暗地裡有高利貸暴利討債行為。他的老婆和孩子這些年都在國外沒回來過，他每年會飛過去跟家人團聚。」

任非一邊敘述案情，一邊用雷射筆在投影上示意，「最初覺得他可疑，是因為我們在林啟辰家裡桌機的通話紀錄上，查到一個通話頻繁的手機號碼，用戶名叫崔照熙，三十五歲，知名頂尖院校化學與生物學雙碩士學位。經秦文指認，證實這個人就是當初第一次為他注射毒品的人，而這樣的人竟然在陸歧的信貸公司做顧問。」

任非的筆在複雜的關係圖之外的那個名字上圈了一筆，「陸歧從穆氏辭職前曾輔佐過的穆雪松之子穆彥，也是監獄殺人案的被害人之一，但目前沒有證據表明穆彥的死跟林啟辰或陸歧有任何關聯。

「錢祿死前留下『遺書』，經他外甥女趙慧慧證實，錢祿從小沒上過學，離家以前大字不識幾個，更不懂得使用標點符號。但錢祿留下字條的內容不僅寫了非常複雜的『熟』字，而且標點符號全對。我們一直在追查這件事，近期終於有線索證明，當初教錢祿寫字的人，就是後來被錢祿殺死的女人。兩人曾經關係密切，我們推測幫錢祿戒毒的人應該也是她，但最終是什麼原因致使錢祿對女人痛下殺手，已經無從考證。不過，錢祿的毒品來源很有可能也是林啟辰他們提供的。錢祿入獄後，林啟辰這樣的人竟然會繼續負擔他外甥女的學費，應該是錢祿手中握有林啟辰等人的把柄，而負擔趙慧慧學費是錢祿為他們保守祕密的條件。錢祿被殺後，雖然凶手已經伏法，卻很有可能也是因為他所知道的內情，因此間接被林啟辰等人滅口。」

「此外，」譚輝在任非說完之後沉聲補充：「五名嫌疑人中有三名行蹤已鎖定，但是因為還沒找到毒販們的製毒窟，所以暫時不能打草驚蛇。」

沒有人對此有異議，譚輝起身坐到電腦前，在投影上換了另一個檔案，「那麼來說下一步行動……」

✦

老城區擁擠雜亂的老式建築群中，嵌在紅磚牆上的黑色鐵門毫不起眼。一輛老舊的銀色小車彎彎繞繞地從胡同口開進來，小心翼翼地停在門口。熄火後，戴著墨鏡的男人下了車，謹慎地看了看周圍，大鏡片沒遮住的地方，皺紋在臉上留下了歲月的痕跡。

他熟門熟路地把手伸到大門的門孔裡，打開裡面插著的門閂。外觀不起眼的老宅，小院裡倒是十分精緻地布置著花花草草、假山盆栽。他穿過小院，從擺放著古典檜木家具的小客廳上樓，正巧一個披著長髮、外表沉靜的女子從書房娉娉婷婷地走出來，跟他迎面碰上。男人嘴角向下，抿出了冷淡不屑的弧度，陰陽怪氣地跟女子打招呼：「喲，楊小姐，妳也在。」

女子抿唇微微一笑，嘴唇的形狀非常好看，但唇色極淡，如夏天將開未開的水蓮花。那是一副十分恬靜嫻雅的長相，只是看向男人的目光卻極森冷，彷彿有毫不掩飾的恨意從黑曜石般的眼睛裡迸射出，不強烈，卻很深刻，「陸總快進去吧，先生可是等你半天了。」

雖然相看兩厭，但女子的話顯然提醒了男人此來的目的，他冷冷地盯了她一眼，轉身快步走進書房，反手關上門的同時摘下了墨鏡——竟是那天接到看護小李的電話，下令江同的手下追殺任非、搶奪光碟的男人！

但不同的是，那天他坐在主管椅上，俯視落地窗外樓下的芸芸眾生，此時此刻，卻如同當天站在他身邊的林啟辰一般，對上首的男人點頭鞠躬，一舉一動，無不恭恭敬敬。

「穆總。」

桌子後面的人沒抬頭，正專注地保養一支名貴的古董鋼筆。他對鋼筆有種偏執的喜愛，旁邊有個落地櫃，從上到下擺滿了收藏品。

陸歧彎著的腰始終不敢直起來，無聲地深吸口氣，像是替自己做了一些心理建設，然後壓低了聲音，誠懇而謹慎地說：「穆總，這次的事情，是我考慮不周、辦事不力。但林啟辰已經被抓好一陣子，加上過幾天就是梁炎東那個案子開庭再審的日子，林啟辰鐵定會栽在上面，一旦他沒了生路，怕是會把知道的都吐出來。」

被叫「穆總」的老人慢慢擰上筆管，又用鹿皮輕輕地擦去留在鋼筆上的指紋，然後以鹿皮墊著鋼筆，緩緩放進錦盒裡。他始終不說話，像是完沒看見眼前誠惶誠恐的手下。下首的陸歧似不堪承受壓力，腰有點躬不住了，控制不住地打顫，額頭沁出冷汗，在令人窒息的沉默中，終於再也堅持不住，「撲通」一聲跪了下去！「穆總！穆總，我錯了，我保證這樣的錯誤不會再犯第二次，求求您給我一條生路，想個法子把我送出國吧，穆總！我不能被抓住，請您看在我的大半輩子都為您和老董事長效力的情分上，我不想死，我不想死啊！」

穆總扣好放鋼筆的盒子，才慢慢地抬眼，「老陸，你這是在威脅我？你大半輩子都待在集團，知道集團最核心的祕密，也掌握著我的把柄。我不能讓你落到警察手裡，哪能對你見死不救？」

男人一慌，猛然反應過來情急之下說了不該說的話，急忙連聲地澄清：「不不不，不是穆總，我絕對沒有那個意思！我只是、我太著急太害怕了，我不知道該……」

「這件事，你知道也好，不知道也罷，都已經發生了。」穆總說：「三年前，你讓林啟辰栽贓梁炎東那件事就幹得不俐落。他入獄後我也交代過你，找機會把他跟我們放在監獄裡的其他『垃圾』一起處理掉。你倒好，總是說找不到合適的機會，硬生生拖了三年，如今讓梁炎東找到翻盤的機會，還讓警方釣上了林啟辰這條大魚……老陸，看來人年紀大了，真的不能不服老。」

「穆總……」

穆總抬抬手打斷他，「老陸，你說得對，你跟了我這麼多年，沒功勞也有苦勞，出了這件事，我不能也不會不管你。但是你得跟我坦白，員警現在搜你們的人搜得滿城風雨，僅僅只是因為當年栽贓梁炎東和前不久監獄的事跡敗露而已嗎？」

「穆總！」陸歧猛然抬頭，因為情緒太激動，臉都皺成一團了，「我是什麼樣的人，您是知道的！這麼多年，我對集團、對您，始終都是忠心耿耿，我做了什麼事情，怎麼可能瞞著不讓您知道呢？」

穆總慢慢地從檜木椅子上站起來，形若有質的目光壓在了陸歧身上，聲音沉肅、蒼老卻擲地有聲，「所以，警察找你，只是因為梁炎東和監獄的事，你對我沒有任何的隱瞞？」

「我發誓！」面對穆總再一次逼問，陸歧直起身來，舉著手臂豎起三根手指，字字句句斬釘截鐵地發誓：「警察找我就是因為這個，我……我對您，絕對沒有任何的隱瞞，我發誓我說的都是真的，否則我天打雷劈不得……」

「好了，」穆總打斷他，將保養過的鋼筆放回旁邊的架子擺好，慢慢地踱步過去，伸出手示意陸歧起來。陸歧驚魂未定地輕輕搭著他乾燥的指尖，戰戰兢兢地站起來，看著穆總臉上終於堆起了和氣的笑容，「逗你的。我相信你，畢竟，你是這麼多年來，唯一一個讓我捨不得放棄的人。」

陸歧的心如同被數根鐵絲緊緊勒住，每一次呼吸都能感受到窒息般的痛苦。他知道，這位穆總所說的「放棄」，其實就是死。每一個被他放棄的人，如今都已經是死人了。

虎毒還不食子，但眼前這個年齡甚至比他還小一些的人，表面看上去睿智平和、與世無爭，骨子裡卻是一個比老虎不知狠毒了多少倍的惡魔。

陸歧心裡很清楚對惡魔說謊的代價是什麼，可是如今他已經走投無路，外面警察在四處找他，自己得力的手下大多已經形跡敗露、不能再用，而所知的出國門路也已經不安全，除了到這裡來與虎謀皮，再沒有其他辦法。

被警察抓到就是死，如果能暫時騙過穆總，讓穆總把自己弄去國外，哪怕此後背著穆總製毒販毒的事情被揭開，到時候天高海闊，穆總也沒辦法再把他怎麼樣。

這是一場豪賭，他知道勝算很小，但贏了就是柳暗花明，不得不孤注一擲。

扶陸歧起來的時候，穆總的手指沾上了一點對方的手汗，他順手在陸歧的風衣領子上擦了一下，繼而拍了拍陸歧的肩，「我會想辦法把你弄出國。畢竟，兔死狐悲，我也不希望你哪天落在警方手裡，再把我供出去。」

「穆總……」

穆總沒再理陸歧。他緩步走回桌前，抬手按了桌角的復古銀色傳喚鈴。片刻後，不知躲在小院何處的兩名黑衣男子悄無聲息地進門，站在陸歧左右，對他彎腰行了個禮。

「你們先找個地方，帶老陸過去避避風頭吧，等這陣子風聲稍微過去一點，再把他送出去。」

兩個男人沒有一句廢話，低頭稱是，隨即一左一右「護送」陸歧出了書房。

看見這兩個人進屋時，陸歧便隱隱覺得事情有些不太對，然而這時再說什麼都晚了，為了博取穆總更多信任，他只能感恩戴德地再三謝過穆總，跟著他們從書房出來。看見早已在書房門外等候的女子，他發洩般狠狠地瞪了她一眼。

女子冷笑著目送陸歧下樓，緩步走進書房，拿過一旁的小茶壺，替已經坐回椅子上的穆總倒了一杯茶。她手法熟稔，眼睛溫潤柔和，似一湖秋水，沒有半點方才陸歧站在這裡的戰戰兢兢，「你真的打算救他嗎？」

穆總輕啜了口紅棕色的茶湯，沒了方才咄咄逼人的氣場，對女子的態度倒是和顏悅色中帶了幾分寵溺，「妳啊，到我身邊來也有幾年了，真的是無時無刻不在想著讓他死啊。」

女子嘴角的笑容緩緩收斂，靜靜地看著他，眸光清澈坦蕩，「他殺了我丈夫。」

穆總強調：「那男的死時，你們還沒結婚。」

「那也是我心愛的人。」女子倔強地反駁，「你知道我當年為什麼千方百計地來到你身邊……穆總，你也知道我沒剩多少時間好活了。如果我死了陸歧還活著，我會死不瞑目。」

女子聲音柔柔的，像輕紗飄蕩在空氣裡，哪怕說的話不太好聽，仍然讓人很舒服。她那麼倔強，那麼高傲，又那麼柔軟，那麼脆弱……她站在那裡，身上散發淡淡花香，讓人著迷，也讓人沉溺。

「妳啊，整天死啊活啊愛不愛的，沒一句正經話。」男人拿她沒辦法，嘆了口氣，伸手一摟，讓女子順勢坐在自己腿上，手臂環著她不盈一握的纖腰，另一隻手抬起來戳了戳她飽滿的額頭，「妳也不稍微動點腦子想一想，現在都什麼時候了，我怎麼會這麼輕易就讓陸歧跑出我視線之外呢？他既然來了，對我們來說，由我來掌控他，總比他落在警方手裡安全。再看看吧，如果只是梁炎東那件事，還動不了我的根本，等風聲過了，把他送出去避一避也是可以的，畢竟這麼多年了，我用他實在是用順手了。」

女人任他摟著，咬著嘴唇，「那如果剛才他對你發的誓是騙你的呢？」

「騙我？」穆總嘴角勾起一抹冷笑，卻很寵溺地在女子頭上揉了揉，「他連我也騙，那我只好送他去見妳從前的男朋友，給妳做做人情了。」

「不，」女子看著他的眼睛，伸手環住他的脖子，「我男朋友在天堂，而陸歧，他會下地獄。」

陸歧被自己的主人安排軟禁起來的第三天，譚輝他們收到了一封匿名的檢舉信，信是直接投遞到分局報箱裡，內容十分勁爆：對方檢舉城南的某個由山體防空洞改造的香蕉冷凍庫，就是警方正在全城祕密搜查的製毒窟。

得到訊息的譚輝等人查驗後，於收信第二天聯合市局警力迅速展開行動，東林市安定平和的外表下，警方和毒販的角逐由此正式拉開帷幕。

在警方對製毒窟展開突擊圍剿的同一天，梁炎東的案子，終於在高等法院迎來了開庭重審的日子。

兩件事好巧不巧地撞在了同一天，一直想親眼見見梁炎東在法庭上是什麼樣子的任非，遺憾地坐在隊裡的車上，翻出手機發了一則簡訊給梁炎東的律師，沒說別的，就兩個字：加油。

這位律師是梁炎東欽點的，據說是他以前律師事務所的合夥人，任非幫著找到了人，剩下的再也幫不上忙。

他們隊裡有規定，出這種任務的時候要關機。任非發完簡訊，正準備關機，想了想，覺得今天這項行動危險指數有點高，也不知是哪根多愁善感的筋搭錯了，又發了一則訊息給楊璐，約她明天晚上一起吃飯。

不知道是不是錯覺，任非總覺得自從被他爸爸當面查過戶口後，楊璐對他的態度就有些疏遠。他怕被對方拒絕，也沒等女神回覆，趕緊關了機。

城南高樂山腳下靠公路有幾個戰時留下的防空洞，不知當時有沒有派上用場，總之戰後已廢棄不用。後來，市政部門沿著高樂山修築了公路，相距不遠處規劃了一個水果運輸和批發市場，這幾個防空洞也對外招租，由於地利的關係，分別被兩家公司買下，改成香蕉冷凍庫。

為了避免打草驚蛇，出勤的車隊劃分成好幾條線，分散著朝目標前去，車子沒開警鈴，速度卻風馳電掣。這次行動是譚輝和市局緝毒分隊的分隊長領頭，對外絕對保密，除了必要人員，出勤警察和緝毒特警都是上車前才知道目的地和具體行動方案。

抵達城南的香蕉冷凍庫，十幾輛警車和防爆車嚴嚴實實地圍堵住目標，配槍的便衣和全副武裝的特警按照計畫迅速展開行動，周邊員警剛把隔離帶拉起來沒多久，已有持槍特警押著戴黑頭套的毒販陸續從冷凍庫出來，一路押上了車。

圍剿的過程中，任非他們在製毒工具後方發現了一個暗門，打開後裡面竟是一段從山體內開挖出來、一路盤旋向上的樓梯。任非站在樓梯口小心謹慎地端著槍，抬頭向上查看。就在這時，耳機裡傳來負責核對被捕人員的馬岩向隊裡的彙報，落網嫌犯中並未發現負責研製新型毒品的崔照熙。

任非聞言連一秒都沒猶豫，立刻拉開手槍保險，順著樓梯追了上去。他來到樓梯盡頭，碰上一個布滿鐵鏽的小門，門被人從外面鎖上。任非對著鎖眼開了一槍，門鎖隨即應聲而斷。他推開門，彎腰鑽出去，看著眼前的情況，倏地倒抽了一口冷氣。

在他前方不遠處就是高樂山上的那座古剎寺廟，寺廟歷史十分悠久，據說相當靈驗，哪怕寒冬臘月，依然香火不斷。

這種情況下，毒販藏進人流裡，搜捕難度加大，一旦崔照熙狗急跳牆挾持人質，警方就會變得非常被動。

呼氣成冰的天候裡，任非以舌尖頂著上顎，透過眼前白霧，看著在大殿裡裡外外虔誠叩拜的信眾，聽著從後方追上來的譚輝透過對講機調遣人手、包圍古剎。

好在他們都身著便衣並不引人注目，兩人沿著陡峭的斜坡爬到水泥欄杆旁，在幾個上山信眾震驚的目光下堂而皇之地翻過圍欄，分頭繞穿了彌勒殿，又從大殿後門出去，一左一右上了臺階，往人流最多的大雄寶殿方向而去。

信眾都在鼓樓下排隊，等候上去敲鼓祈福，幾乎不間斷的鼓聲夾雜在裊裊佛音裡，讓冬日淡薄陽光下的寺廟更顯肅穆莊嚴。

任非瞇起眼睛，透著寒意的眸子一一掃過等待敲鼓的隊伍，忽然間頓住目光，隨即從後腰摸出手銬，裝進口袋裡。他垂著眼皮，吊兒郎當地朝隊伍裡一個穿灰色中長款風衣、戴黑框眼鏡的男人走過去。「聽說這裡很靈驗，不過我是一個無神論者，所以從沒來過。但今天我有點後悔了，應該早點來的。」任非語氣輕快，如閒話家常般隨意地說著話，然而狀似親熱地摟在灰衣男人肩頭的手卻扣得很緊。如果忽略掉這個姿勢和頂在男人側腰的槍口，他此刻的反應看起來就如同突然偶遇多年不見的老友一般，「佛陀會保佑每一個心存善念的人，讓他們遠離苦難，也會讓作惡的人無所遁形——古剎果然很靈驗。」

任非維持著之前的姿勢，強行把男人帶離了等候敲鼓的隊伍。出了人群，把灰衣男堵在樓梯圍欄與自己之間，任非放開他的肩膀，一把摘下他用來偽裝的眼鏡。鏡片後面，是一張與嫌犯照片一模一樣的臉。

任非揚手扔了眼鏡，手臂順勢扼住在槍口威脅下不敢輕舉妄動的男人脖子，語氣中的親暱還未褪去，卻又染上了從骨子裡透出來的憎惡，「你說是不是啊，崔照熙先生？」

被槍口頂著的灰衣男人，一瞬間面如死灰。

這一天，警方針對毒販的通緝行動有四名重要嫌疑人落網，主犯陸歧依然在逃。同時，庭審那邊也有了新的消息。梁炎東的律師下午回了簡訊給任非，說他們證據充分，庭審順利，沒有意外的話，改判無罪的判決書應該年底就能下來。

得到消息的任非鬆了口氣，想去監獄看看梁炎東，也想打個電話給律師了解一下庭審的具體情況，然而他並沒有時間做這些事。緝捕行動過後，任非跟他的同事們一起忙出了前所未有的新高度，連楊璐沒有答應第二天約吃飯的提議，也沒空打電話給女神試圖挽回一下。

任非每天晚上回到家，幾乎都重複相同的動作：把自己像條死狗一樣扔在床上一動也不動。但人雖然靜下來，腦袋卻依然因為白天太多的事而超量運轉，嗡嗡嗡地如捅了蜂窩般響成一團，閉上眼睛，頭腦中一幀一幀地快轉著各種有用沒用的畫面……

他們查到那個用來製毒的香蕉冷凍庫，竟然就是穆氏集團下的一家水果貨運公司，貨運公司的老闆和母公司穆氏企業現在的主要負責人已經都被扣下。而說到穆氏，幾乎他們隊裡每個人都立刻想到前幾年從這個集團急流勇退的老主人：穆雪松。

由於穆雪松已經不管集團的事情，跟案件沒有直接關聯，他們沒辦法像控制穆氏現任負責人那樣，直接扣住上了年紀的老人家，只能傳訊他。但連續傳訊三天，卻沒問出半點蛛絲馬跡。

任非睜開眼，一時半刻睡不著，乾脆強打精神翻起了手機。

他嘆了口氣，點開跟楊璐的對話框，最後一個訊息還是上次女神拒絕他吃飯邀請的回覆，此後兩個人再也沒有對話過。

任非看著楊璐的頭像，心中有說不出的懊惱失落，知道楊璐這是真的開始疏遠他了，卻不知道該如何是好。他失落又煩躁地在床上翻了個身，抓著手機想打個電話給楊璐，但看了時間又覺得太晚了不好。他在糾結中眼皮越來越沉，不一會兒，終於意識模糊地睡著了……

✦

老城區外表看上去不起眼、內部卻低調奢華的小院裡，樓上書房檯燈亮著，前些日子坐在這裡輕描淡寫地安排陸歧生死的穆總，此刻正氣到手抖，「想不到啊，陸歧那個老小子真是財迷了心竅，竟敢背著我，用公司名下的冷凍庫繼續幹著製毒販毒的勾當！」男人蒼老的聲音聽上去很壓抑，室內昏暗的燈光將他大半邊臉都隱藏在晦暗不清的陰影裡。

半晌，他從桌子後面站起來，隨手把方才壓斷了筆尖的鋼筆扔進垃圾桶，「陸歧留不得了，等風聲稍過，把他處理掉。」

陸歧找上門那天，陪在老先生身旁的女人今天也在。她穿了一件冬季的墨綠色過膝長旗袍，更顯得整個人纖細柔弱，氣質與這間房子的風格非常相襯。剛才她打開門端著燉盅走進來時，彷彿一名自民初油畫裡走出，優雅婉約、風韻卓絕的妙齡女郎。

她把宵夜一一擺在旁邊的小茶几上，抬頭朝說話的人看了一眼。今天她勾了流暢的細眼線，眼線尾部微微上挑，搭配挽起的長髮，恬淡中多了一些不同往日的嫵媚，「可是警方才剛傳訊過你，這陣子一定會暗中盯著和你有關的人，要動陸歧……你用自己的人，可能不太適合。」

老人嘆了口氣，從燈下陰影裡轉出來，繞到茶几前坐下。他抬頭的時候，那張臉清清楚楚地映在女人平靜如水的眸子裡。

「不適合也沒辦法，這個當口，總不能買凶殺人，不知底細，比用自己的人更危險。」穆雪松端起燉盅，打開蓋子，拿過白瓷的勺子淺淺喝了一口，「這些年我自斷羽翼，不惜一切代價，本想讓穆家從早年那些見不得光的生意裡乾乾淨淨地摘出來，誰知道就差一點，竟然讓陸歧毀了。」

女人在他旁邊坐下來，「人活一輩子，怎麼可能沒有劫數呢？繞過去就好了。」

「也許是劫數，但更有可能，這就是穆家的命數。」穆雪松看著身旁女人秀麗沉靜的容貌，從開始失控的憤怒中冷靜下來，唏噓著喟嘆，「我做的那些事，怕是連祖上的陰德也一起損了，遭報應也是應該的。」

「先生……」

「妳不用勸我，」穆雪松搖搖手，放下燉盅，目光一一掠過茶几上女人細心準備的菜色，半是欣慰半是迷戀地看著她，「這幾年妳跟在我身邊，所求什麼，我是清楚的。等風聲稍微一過，我處理了陸歧之後，妳就走吧。畢竟這些年我們做的事跟妳也沒有什麼關係，妳清清白白一個女孩子，不必蹚這趟渾水。」

「不，」女人聲音像上好的錦緞，柔軟卻帶著十足韌性，「滅口陸歧的事情，我有個想法，不知道先生能不能成全？」

她一說，穆雪松就笑了，有點啼笑皆非的無奈，「怎麼？殺了他還不解恨，想把他折磨致死，才算替妳前男友報仇嗎？」

「先生說笑了。」女人也勾了下嘴角，但笑意轉瞬之間消失，「當年陸歧指使打手活生生打死了我的未婚夫，我是一定要報這個仇的。這些年我孤身一人跟陸歧糾纏，蒙受先生庇護照顧，你的恩情我也一定要還。所以……我想親手去殺陸歧。你的人會被警方看死，但沒人會對我有防備。他死了，你就安全了。而我……反正也活不了多久了，不在乎早死還是晚死。」

穆雪松握住女人放在膝蓋上的手，拇指摩挲著她手背雪白微涼的皮膚，表情顯出了些縱容和寵溺，「妳這小女孩的倔脾氣，這幾年倒是一點都沒改。」

女人笑了笑，沒說話。她知道穆雪松向來行事獨斷，別人勸得越多，反而會讓他生疑。

半晌之後，男人探究打量她的目光慢慢收斂。他鬆開她的手，在她手背上輕輕拍了拍，語氣竟是欣慰的：「阿楊，妳總是這樣出其不意地改變我對妳的看法。好啦，妳去吧。前期的事情我會讓人都替妳安排好，等陸歧的事情一了，我帶妳一起到國外去。」

女人點點頭，眸光無悲無喜，依然笑得恬淡坦然。

24 追凶十二年

梁炎東的案子重審判決結果下來得比預料中快，半個月後，在這個冬天第一個大雪紛飛的日子裡，高等法院對梁炎東姦殺幼女案再次公開宣判，撤銷原審判決，改判被告人梁炎東無罪，當庭釋放。

至此，背負了近四年禽獸罵名的梁炎東，終於為自己平反，掙開了壓在肩上沉重、恥辱的枷鎖，得以從東林監獄這座囚禁了他上千個日夜的圍城中，堂堂正正地走出來。

等待判決的日子裡，任非曾百忙之中抽時間去看過梁炎東一次。當時還沒人跟他透露過失語的梁教授竟然會說話這件事，所以當他突然聽見梁炎東的聲音，震驚得如同做了個荒唐的夢，都不知該如何反應。

等驚駭的力道過去，他便想聽身為當事人的梁炎東自己說說，這番認罪又翻案，從頭到尾究竟是怎麼一回事。

可是梁炎東並沒有解釋。雖然開了口，但男人還是沉默寡言，聽任非嘮嘮叨叨急匆匆地問了一大堆，只淡淡地回了一句：「三言兩語說不清，等出去有機會再告訴你。」

梁炎東沒回答，但也沒拒絕，畫了一個大餅，勾得任警官舔著牙跟他約定：「那你出獄的時候我來接你，反正剛出獄你也沒什麼地方可以去，不如就先住我家，這件案子的始末，你也可以慢慢跟我說。」

梁炎東卻不是太贊同這個提議，「出獄後我可以先住酒店。」

任警官明顯沒考慮那麼多，張口就反問：「你的錢不是當初都當作罰金賠償給被害人家屬了嗎？哪來的錢住酒店？」

「我替自己留了後路。」

「好吧，就算留了後路，那你出獄就能立刻提錢出來嗎？」

被戳中痛點，梁炎東無話可說了。

任警官很興奮地拍板定案，「那就這麼說定了，我來接你出獄！」

然而，信誓旦旦許諾的任警官，在梁炎東離開監獄這一天卻爽約了。

漫天鵝毛大雪，萬物都在風雪中迅速蕭條孤寂，梁炎東穿著當年入獄時的舊夾克，提著癟癟的行李袋，一個人從監獄灰色的大鐵門走出來，站在空空蕩蕩的巷道上。有那麼一瞬間，他罕見地有些茫然，不知道接下來該去哪裡、要做什麼。

跟任非打了這麼久交道，梁炎東早就品透了他的為人，對他沒有戒心也足夠信任。知道任非要來接自己，所以便懶得再去考慮出獄後的第一步應該怎麼安排，前段時間為了打贏自己的案子，殫精竭慮算計太多，等一切終於塵埃落定，近四年來始終被壓抑埋藏在靈魂深處的疲憊，就這麼悄無聲息地席捲而至，在還來不及提防時，已將他完整吞噬。

他太累了，便沒想那麼多，打算隨便任非那個小子怎麼安排都無所謂，先調整好狀態再談其他。所以他也沒想過，任非沒來的現在，應該怎麼辦。

站在監獄門口，他突然想起幾年前被押送到這裡服刑時，一路跟隨的媒體。時隔三年多，當時讓媒體恨不得把他一舉一動、一個眼神都解讀一遍的人，在時間長河中已變得可有可無。

這幾年，被困囹圄舉步維艱時，為了保命擔驚受怕時，牢獄生活艱難頹喪時，他也會想，當初就這麼一身孤勇地闖進來，拚上可能斷送一生前程的結果為代價，只為多年前所求執念付出的作法，到底值不值得？

但有關「值不值得」的問題，其實最沒意義。時間一直向前，自己做過的事，下過的決定，無論經過多久，都必須要有一個明確、符合預期的結果，否則，已經經歷過的這些，都將失去意義。

梁炎東微微仰頭，冰冷的雪花落在臉上。他本能地閉眼，深吸口氣，試圖驅散腦海裡那幾乎不該屬於他的茫然和落寞。

遠處有車聲由遠及近。梁炎東深深吸了口冰涼的空氣，再睜開眼，線條分明的臉上情緒半點不露。循聲轉過頭，黑色轎車緩緩停在身邊，車窗降下來，他看見了十五監區長穆雪剛的臉。

梁炎東微微瞇著眼睛，提著行李袋，沒有動彈。

穆雪剛從裡面替他打開副駕駛座車門，看著他，也沒說話。

兩個男人僵持不過幾秒，梁炎東一彎腰，鑽了進去。

✦

車子開上主要道路，剛剛無罪釋放的男人一瞬也不瞬地盯著前方，隔著玻璃看幾年來城區的變化。半晌後，穆雪剛咳了一聲，開口打破了沉默：「你在監獄裡答應過我的事情，可別忘了。」

梁炎東仍舊看著前方，「不會。」

「什麼時候給我準確答覆？」

梁炎東不帶猶疑地回答：「元旦前。」

這顯然是一個讓穆雪剛滿意的答案，他點了點頭，「要我送你到哪裡？」

這一次，梁炎東明顯比方才考慮得更久，直到開過第二個紅燈，才終於打定主意，說了讓監區長備感意外的地點：「昌榕分局。」

✦

梁炎東前去昌榕分局，而本來打算開車去接他的任非，卻被一輛黑色轎車擋在了分局的大門口。CRV的車頭差點撞在黑車車門上，任非還沒來得及發作，他老爸已經氣勢洶洶地從黑車裡出來，拉開了他駕駛座的門，「給我下來，你要躲我躲到什麼時候？」

任非坐在車上沒動，「我是不想看見你，不是躲著你。你把車子往旁邊挪一挪，開著私人汽車堵在警察局大門口，你這是要以權謀私啊？」

任道遠在警察體系裡幹了大半輩子，還從沒做過什麼以權謀私的事，但今天理智已經被現實沖到了外太空，老先生懶得跟他廢話，竟然直接把他兒子從車裡揪了出來，「我要說的是你跟楊璐的事。要說的內容都不太好聽，你要是想在你辦公室前鬧得人盡皆知，那我站就在這裡跟你說！」

任非咬牙瞪眼，跟他父親對視半晌，最終用力撥開揪著他的手，把車開回了院裡的停車場，回來坐進了任道遠的車裡。

讓任非沒想到的是，任道遠再張口，先說出來的竟然是一句道歉：「在跟你說接下來的事情之前，我要先跟你道歉。我去查了那個楊璐，翻了她的底細。」

任非原本一臉冷漠地扭頭看著窗外的大雪，聽見這句話猛然轉過頭來，如看陌生人似地看著他爸爸，「你瘋了！你這是……你這是濫用職權，你知道嗎？」

「你可以去檢舉我。」任道遠看著兒子，表情嚴肅得如同坐鎮大案指揮現場，「但前提是，你能夠保證，你那個女神是乾乾淨淨沒問題的。」

任非皮笑肉不笑地「哼」了一聲，「爸，你這樣說話有失身分了吧。」

「我有失身分？失什麼身分？臉面？職位？那都是屁！」任道遠恨鐵不成鋼地怒喝：「那個楊璐的底細你知道多少？知不知道她那家花店背後的老闆是誰？知不知道她以前那個男朋友是怎麼死的？知不知道她已經沒幾天好活了？」

任非這些年雖然跟他爸爸整天不對盤，但即使針鋒相對吵起來，言語上還是克制的。然而此時此刻，他突然之間有種無法控制、被人冒犯了的惱怒，一下子沖到了腦袋，讓他幾乎口無遮攔地吼回去：「你胡說八道什麼?!楊璐是離過婚，哪來的男朋友死了？」

「胡說八道……胡說八道！」任道遠把中控臺上一個牛皮紙袋一把摔進任非懷裡，「你醒醒吧！這是五年前一起刑事案件的庭審紀錄。你那個女神楊璐，她根本沒結過婚！她以前有一個男朋友叫陳敘！」

得知一切事情時的震驚，擔憂兒子不知不覺掉進犯罪集團算計的後怕，對楊璐隱瞞欺騙任非的憤怒，所有一切都化為了此刻的疾言厲色，任道遠語速極快，根本不留給任非任何可能插嘴、質疑的機會，「陳敘當年從陸歧的借貸公司借了一大筆錢，後來被陸歧的打手打死了！陳敘的死，陸歧是幕後黑手，當年找不到更多證據證明陸歧跟陳敘的死有關，再加上他們公司裡有人認罪，這件事就這麼過去了。但是身為陳敘拿命換回來的人，楊璐不可能不知道她未婚夫究竟死在誰手上！你知不知道楊璐花店的幕後老闆是誰？也是陸歧！陸歧跟楊璐之間有單向高額轉帳紀錄，從三年前開始，金額累計達到兩百五十六萬！

「楊璐為什麼要把殺夫凶手當作幕後金主？陸歧明知楊璐是什麼身分，為什麼還要給她錢？楊璐在整個販毒製毒案裡，有沒有扮演什麼角色？明明沒結婚為什麼跟所有人說她已離異？接近你有沒有其他不可告人的祕密？我濫用職權？任非，動動腦子想一想，楊璐這個人，到底是不是你想的那麼簡單！」

眼看著任非變了臉色，任道遠才從疾言厲色中勉強緩了口氣，「楊璐的就醫檔案、陳敘案子的卷宗、陸歧的銀行轉帳紀錄，所有東西都在你拿的那個袋子裡，自己看看吧。」

任非機械而麻木地看完資料，才魂不守舍地從車裡出來。他對身後父親的呼喊充耳不聞，腳下踩著厚重的積雪，如同踏在雲端，步伐踉蹌又小心，彷彿一個不經意，這具被擊垮的肉體就要墜入萬劫不復的深淵。

任非被他爸爸從車裡拉下來時沒穿外套，此刻只穿著一件單薄的毛衣迎接漫天肆虐的風雪。然而他並不覺得冷。他什麼感覺也沒有，沒有憤怒，沒有疑惑，沒有怨懟，甚至沒有心痛。他滿腦子只剩下一個念頭，那就是要去找楊璐，要拿著這些東西，當面向她問清楚。

不管楊璐是承認還是否認，只有在見過她之後，任非覺得自己才能面對現在所發生的一切。在此之前，他不想說話，不想思考，也不想停下腳步。

直到他的腳步被路口花店拉下的捲門所阻止——幾乎全年無休的花店，今天竟然關店了。

任非站在店門前，一陣難以言喻的心慌突然衝破了麻木的軀殼，瞬間沿著血液燒遍神經。他幾乎站不住，踉蹌著往後退了一步，手裡一時沒拿穩，那個裝滿了各種「證據」的檔案袋重重地掉在地上。袋子落進雪中，任非愣了愣，彎腰去撿，剛撿起來，手機就響了。

他僵硬地把手機掏出來，不太想接，不想跟任何人說話，也不想做任何事，只想一個人找一個地方躲起來，消化突如其來的一切。然而多年來的習慣卻讓他的手指下意識地在手機上滑了一下，破鑼似的大嗓門從聽筒裡傳出來：「任非？你人呢？快快快，趕快回來準備出勤，陸歧藏身地點有了眉目！」

陸歧這個名字像鋼針一樣，刺得任非已經停擺的腦子一陣發痛，又彷彿硬生生拉回飄蕩在半空中沒著沒落的靈魂。下一秒，他已拔腿往回跑。

任非整個人都不太清醒，跑的時候連電話也沒掛斷，然而步伐邁得太大，腳下一滑，差點在雪地裡劈腿。他狼狽地爬起來，一頭衝回了局裡。

✦

城南一個廢棄多年的重工業區，成排的灰色水泥廠房在大雪中顯出斑駁的顏色。廠房的窗戶盡碎，當年員工宿舍樓裡沒拆掉的窗簾，也襤襤褸褸地吊在窗上隨風飄蕩，整座舊工業區簡直像一座被恐怖片劇組新搭建起來的「造鬼工廠」。

某個廠房附近，一輛白色廂型車悄無聲息地停了下來。車門打開，穿著灰色貂絨大衣，幾乎整張臉都遮在厚厚白色針織圍巾和同色帽子下的女人，從駕駛座走下來。即使層層包裹，她的身形仍顯得清瘦，腳上一雙過膝的粗跟長靴，這麼大的雪天卻踩著六、七公分的高跟走在雪地裡，步伐又快又穩，未有絲毫動搖。

她快步走進一棟頂棚很高的廠房，穿過各種廢棄的設備和磚瓦路障，踏著鋪滿厚重灰塵的臺階上了二樓，拐了幾個彎，然後拉開走廊盡頭的一道鐵門。這是一個很大的空間，最右邊是鐵板搭設的逃生梯，這是當時應對緊急情況的區域，相對於一路上的彎彎繞繞，此處寬敞又空曠。

其實也並非全然的空曠。這個廢棄了十幾年的地方，此刻站了三個大活人。

女人並不意外，只在門口微微停頓了一秒鐘，隨後就朝他們走去，高跟鞋在空曠的水泥地上踩出令人心悸的聲響。

當她站定，其中一個黑衣男人跟她打招呼：「楊小姐。」

女人點點頭，並不廢話，「該怎麼做，穆先生都吩咐過你們了吧？」

男人看著她，眼裡有一點說不清是窺探還是恐懼，聞言賠了個笑臉，「是的，都知道了。」

「那麻煩你們了，幫我把來時的痕跡處理乾淨。要小心仔細一點，外面下著雪，可能會給你們帶來一定麻煩，辛苦你們。我這邊處理完，就去跟你們會合。」

女人的聲音溫潤沉和，跟她接下來要做的事實在天差地別，以至於男人猶豫再三，也沒能直白地問出那句話。

他斟酌了一瞬，換了一個方式小心地問她：「妳搞得定嗎？穆先生說妳沒受過專業訓練，怎麼消音、保險、瞄準、射擊，這些要點，妳都掌握了嗎？」

「穆先生幫我裝好消音器了。」女人似乎笑了，在厚圍巾和大帽子遮掩下，秋水般細長漂亮的眸子彎出了很柔順的弧度，「我會開槍，一槍打不死也沒關係，多開幾槍，他早晚會死在我手上。」

被牢牢綁在凳子上堵著嘴的人瞬間張大眼睛，瞠目欲裂地瞪視著女人，喉嚨裡發出嗚咽的聲音，拚命掙扎，身下的凳子因此而搖晃不已，被站在他兩側的黑衣保鏢共同伸手按住。

凳子上的男人就是陸歧——一個在忠心追隨穆雪松若干年後，終於因為自己的貪念惹了禍，而被穆雪松放棄的人。

女人跟陸歧有殺夫之仇，在組織內並不是祕密，但不肯借他人之手，一定要親自替未婚夫索命報仇的女人，卻讓他們感到無比震驚。

明明是那樣柔弱，彷彿雪花一般，碰到一點溫度就會融化的生命，竟然處心積慮地攀到穆先生身旁，在毫不掩飾自身意圖的情況下，成了跟虎狼最親密的人物。

她得到了穆雪松的庇護，這些年來，連明知她對自己存有殺心的陸歧，也沒辦法動她一根寒毛。脆弱的生命，透過寄生的方式，竟成了危機四伏的黑暗森林中一人之下的存在。

兩個男人點點頭出去，剩下女人與被迫等死的陸歧。冷風在空蕩的大樓裡颳出哨音，如同當年冤死亡魂淒厲的呼嘯。

「你知道我一直都想讓你給他償命，當年你說我妄想，現在你看，我還是做到了。」女人從大衣口袋裡拿出手槍，動作有些生澀地拉開保險，慢條斯理地對滿面驚恐憎恨卻說不出話的陸歧說：「我知道，你也一直都想除掉我。如果不是穆先生，早在幾年前我想方設法替我未婚夫申冤的時候，就被你殺害了。上次那輛要撞我的車，就是你最後的掙扎了吧？OQ八一三，我認得這個車牌，是你的一個手下的。那次你幾乎就要得手了，只可惜，最後我被跟我在一起的人救了。

「所以，我們兩個之間這場你死我活的較量，最後還是我贏了。」女人溫柔得彷彿能化開冰雪的聲音，不知何時開始已變得隨同漫天的狂風大雪一樣森冷，那雙總是含情脈脈的眸子裡，此刻流露出仇恨和快慰糅雜在一起的寒光，「正義到達不了的地方，還有黑暗能夠覆蓋。」

話音剛落，裝了消音器的手槍發出一連串輕微的聲響，打偏到地面、牆柱和釘進血肉裡的子彈所發出的動靜混成一片。她柔弱的身軀被子彈的後座力帶得微震，槍口隱隱冒出的火光，映在她蒼白的膚色與倒映著血色的瞳仁上，直到子彈打空，直到面前椅子上已渾身是血的人停止掙扎。

女人幾乎是下意識地從另一個口袋裡掏出了另一把槍。直到又一次把槍口對準面前那具渾身上下鮮血斑駁的屍體，她才從失控的情緒中緩過神來，意識到被綁在凳子上的這個人已經死透了。

她急促地喘息著，肩膀漸漸聳動起來。當終於可以隨著陸歧的死放下仇恨時，她無力地跪倒在地，單手捂著臉，六年來第一次無所顧忌地放聲痛哭。

女人的哭聲迴蕩在空無一人的廢棄廠房內，回音一圈一圈地漾開，像是從地獄唱響的哀歌，淒淒切切，連綿不絕……

✦

聽見「陸歧」這兩個字，有如打了強心針般衝回局裡的任非，此時正無精打采地靠在車窗上，強迫自己清醒地聽完隊長的戰術安排，然後在一片「沒問題」的回答中，無力地點點頭。

他這副模樣，就連瞎子也能感受到那般頹喪，讓譚輝在下車的時候攔住了他，「你這種狀態不是抓人是添麻煩，待在車上等調度吧。」

任非直愣愣地看看譚輝，搖了搖頭，但在譚輝絲毫沒得商量的堅持中，又不得不退回了車裡。

關上車門，他覺得自己像一隻縮了頭躲在殼裡的烏龜，直到難以形容的心悸和顫慄在電光石火之間猶如一道電鞭狠狠抽在他的神經上，強烈的刺激讓任非一下子從失控狀態中驚醒，猛然拉開車門跳下了車！

有人死了，就在剛剛，幾秒鐘之前。

他感受到了。他確信，自己從未如此靠近過命案發生第一現場，從未在生命逝去的第一時間，如此強烈又如此篤定地感應到命案的發生。

可是這種鬼天氣，工廠區除了他的隊友和他們的目標之外，不可能再有其他人來，那麼剛才一瞬間讓他感受到死亡降臨的人，是誰？

是他正在廠區對毒販匪徒進行搜捕的同事，還是雙方交火中被他們擊斃的人？

任非不敢往下想。他瘋了一樣衝下車，前一刻的自怨自艾盡數被甩在腦後。在窒息般的緊張恐懼中，他第一次嘗試著憑藉潛意識中的強烈指引，朝著死亡氣息最濃烈的方向飛奔而去，一路上腦袋是空的，身體卻彷彿被熱血填滿。

他脫離隊伍，走出他們預先劃定的搜索範圍，踩著塵土拾級而上，推開二樓走廊盡頭那扇防火的大鐵門——女人的嗚咽因鐵門的聲響戛然而止。

任非雙手持槍，食指勾住扳機，穩穩地對準跪倒在地的女人，一步步地靠近，開口命令：「不許動。把手舉起來。」

他的聲音讓女人不易察覺地微微震了一下，她維持著背對任非、跪坐在地的姿勢，慢慢舉起雙手。在她身後，任非因為椅子上渾身是血、徹底死亡的人，以及女人身旁地上的手槍而抽了口氣。

他認出了凳子上綁著的人是陸歧，也看得出是眼前這個女人殺了他，手段極其殘忍。

他因此提高了十二分的小心，戒備地靠過去。本來準備先銬了女人再說，然而當他走近，俯視著跪坐在地、舉著雙手的女人時，一陣突如其來的熟悉感幾乎在毫無防備的情況下襲擊了他。

他認得這個背影，而且絕對不會認錯。哪怕在人頭攢動的鬧區街頭，他也能一眼把她找出來……可是他不敢相信。

他狠狠吞了口口水，盡力滋潤乾涸得快要裂開的喉嚨，「站起來，轉過身。」

他太緊張太害怕了，以至於女人站起身的時候放下了手，也絲毫沒有察覺出不對勁。

而她就在他瞠目欲裂的逼視中，緩緩地轉過身來。她大半張臉都藏在圍巾和帽子下，只有那雙眼睛，沒有任何遮攔地與他四目相交。

任非看見那雙眼睛，腦子裡「嗡」的一聲，感到一陣暈眩來襲，差點連槍也拿不穩。他想張嘴說話，卻聽不見自己發出的聲音，只知道說的是：「拿掉圍巾。」

女人沒有摘掉圍巾，而是用另一把滿膛的手槍虛虛地懸在半空，對準他的胸口。

他看著女人那雙彷彿會說話的眼睛，覺得她像是要對他說「抱歉」。可是他想要的不是抱歉，他只想問她一句：到底為什麼？

但是女人沒有給他機會。

消音手槍和子彈入肉的悶響，外界幾乎聽不到，但他卻感覺到這兩種聲音一起在耳裡爆炸，疼痛席捲全身，鮮血迅速染紅了他單薄的駝色毛衣，抽乾了全部力氣。

他像個被人剪斷了提線的木偶，「砰」的一聲仰面栽倒在地。飛灰四起中，他絕望地目視女人放下槍，也撿起遺落在地上的那一把，迎著風雪，走向了逃生通道。

她最後遠遠看了他一眼，然後頭也不回地消失在這場漫天大雪裡。

任非張張嘴，疼痛和失血已讓他喊不出聲。他掙扎著試圖從地上爬起，然而身體和精神被絕望占滿，再也無法挖掘出任何一點力氣，只能像破布偶一樣狼狽倒在地上。他朝空無一人的逃生通道無聲地嘶吼：「回來！楊璐……回來！回來……」

沒有人回來。只有無盡的寒氣從門戶大開的逃生通道倒灌進來，凍僵了陸歧屍體的同時，也冰封住任非對愛情最旖旎溫存的幻想。

✦

求援，彙報，被抬上擔架送進急救車，雖然大量失血造成眩暈和虛弱，但任非的意識始終清醒。

他清醒地跟隊友描述自己所在的位置，清醒地跟譚輝報告當時的情況，清醒地看著急救醫生幫他包紮戴氧氣罩做緊急處理，然後清醒地……隱瞞了殺死陸歧的凶手。

對譚輝搖頭說沒有看清凶手體貌特徵時，使任非的良心受到了巨大的譴責，讓他直到被推進手術室打麻醉的前一秒，都直勾勾地瞪著眼睛看天花板，像是在內心拷問那個為了一己私欲而欺騙所有人的自己。

所有嫌犯都指認陸歧，所有證據都證明陸歧背後還有老闆，然而陸歧卻在警方趕到的前一刻被殺死了。線索斷了，局裡上上下下這麼多個日日夜夜的忙碌，全都付諸東流。

他明知誰是凶手，就是開不了口。從手術室出來時麻醉的效力其實已過了，但任非閉著眼睛假裝昏睡，在一波波來探望的各種目光下熬過了二十四小時，最終卻在梁炎東微帶沙啞的聲音中，不得不睜開了眼睛，「你知道殺死陸歧的凶手是誰。」

彼時任道遠要去跟上級長官彙報案情，梁炎東等他走後，關上了單人病房的門，才坐在病床前發話。那雙細長深邃的眸子像一張沉重的密網，當頭罩住了任非。

任非偽裝不下去，只能睜開眼。

也許是準頭不好，也許是有心放水，楊璐瞄準任非胸口的那一槍最後只傷了他的肩膀。右邊大半個肩膀都纏著繃帶，他掙扎著想坐起來卻使不上力，梁炎東默不作聲地架了他一下，扶著他坐起來，又調高了床板的高度，墊了枕頭讓他靠著。

任非忍著痛吸著氣緩了好一會，才對梁炎東短促、僵硬地笑了一下，「沒想到你會來看我。」

「出獄沒見到你，怕你有什麼事，就到昌榕分局找你。後來見到楊局，他正好接到陸歧被殺、你被歹徒擊傷的消息，我就跟他一起來了。」梁炎東難得願意浪費口水把一件事的前因後果都敘述一遍。他坐在床邊看著任非，眼底有一點任非看不懂的微光在流動，「我也沒想到，你是任局的兒子。」

任非寥落地勾了勾嘴角，語氣很僵硬，「任局是任局，我是我。任何時候，你可以因為任何理由改變對我的態度，但唯獨不要是因為我爸。我跟他不是共同體，我也不是『局長』的附庸。」

梁炎東隨便從桌上拿了一顆蘋果，銳利的刀鋒在素白的指尖下遊刃有餘地旋轉。他不看任非，只是等任非情緒冷靜下來後，又在對方心裡搓了把火，「你這麼牴觸你爸，是因為直到現在，他都沒找到殺害你母親和舅舅、表妹的凶手嗎？」

任非猛地轉頭，布滿紅血絲的眸子牢牢盯在梁炎東臉上，想問為何家裡的陳年舊事他會知道得這麼清楚？但轉念一想，當初案件轟動全城，梁炎東在沒入獄之前跟市局警方關係密切，會知道這件事也很正常。任非張張嘴，什麼也沒說出來。

「十多年前，我的博士班指導教授，也就是季思琪的父親蕭紹華先生，曾經在市局做過幾年特別顧問。那年『六．一八』連環殺人案發生，任局家裡出事，全城追凶卻毫無所獲，老師曾帶我到任局家了解案件的具體情況。當時任夫人剛出殯下葬，我在任局家裡見過你。」

梁炎東說的內容跟任非以往聽過的任何一個版本都不同，以至於那一刻除了難以置信地看著梁炎東，竟不知該怎麼接話。

任非努力回想十二年前母親出殯之後的事，竭力從時光深處挖掘出記憶裡零碎的畫面，拼湊聚合，直到勉勉強強地組成一幅不夠完整的斑駁畫面：那時候他剛十二歲，還沒有面對生死的勇氣，所以把對自己當時懦弱逃避的悔恨和自責，通通轉變為對父親的埋怨，埋怨他堂堂一個東林警察局副局長，為什麼連殺害自己妻子的凶手都找不到。

從埋怨到憤恨再到厭惡，他從那時起就疏遠任道遠。因為知道那天據說會有非常了不起的專家來家裡了解情況、分析案情，所以他沒離開家，專程坐在大門前面的臺階上等候。

他看著專家來了又走，臉上是拚命強撐著的冷漠，眼裡卻又急切又躊躇，可是直到他們開車離開，他也沒說出一句話，更沒有得到希望的答案。

「我到現在都記得你當時的眼神，就像是絕境中看見了一根不足以救命的茅草，卻爆發出摧枯拉朽的求生欲……我被你感染了，所以上車離開時就下定決心，無論經過多久，無論過程有多艱難，一定要幫門外那個孩子找到殺害他母親、舅舅和表妹的凶手，我不想辜負他的那份期待。」

梁炎東回想著當時，目光因為回憶而越發深邃悠遠，一邊說著，一邊搖了搖頭，「但是我沒想到，時隔這麼多年，竟然會在『六・一八』的案件之外跟你再見面，並且……」他攤攤手，想起第一次在監獄見面時，一股衝勁朝他撞過來的小毛頭，有點好笑地勾了勾嘴角，「是以那種身分和方式。」

任非因為梁炎東這番話而心中大震。這麼多年了，因為不相信爸爸，他想盡辦法試圖找到與當年案情有關的蛛絲馬跡，始終將替媽媽報仇當成支撐自己一路向前的執念。然而這條路前途茫茫，他自始至終都是踽踽獨行，未曾跟任何人述說其中的悲慟和煎熬。但是現在，突然間有一個人說，因為當初自己的眼神，所以下定決心會追查這個案子到底。

這個訊息實在是太不可思議也太刺激，以至於當任非從慌亂震驚中回過神來時，說話都結巴了，「那你……你現在……」

任非結結巴巴地說不出下文，梁炎東把手裡削好的蘋果遞到他手裡，逕自說：「即使沒遇到你，我也會繼續調查這件事。」

任非的手因為梁炎東最後的這句話抖了一下，似乎想說什麼，但轉念間已經咬住蘋果，把想說又不能說的話全都嚥了回去。片刻後，他猶豫著，十分沒自信地說：「那個……梁教授，殺陸歧的凶手，你能當作不知道嗎？」

任非不想讓梁炎東插手這件事。只要梁炎東不插手，任非就有把握能隱瞞楊璐的身分。

他知道這樣做很不對，也在心裡無比譴責、唾棄自己，但思考已經掙脫理智的束縛，完全不受控制地向深淵墜落。任非心想，也許這就是愛情的力量。

他真的深深地深深地愛過那個給了他一顆子彈，將他們的關係猝然畫上句號的女人。

看著任非說出那句話後，臉上一連串痛苦又糾結的神色，梁炎東手指輕輕地敲著手背，在沉寂的病房中突然輕聲開口：「殺死陸歧的是一個女人。」

就像身上插著的各種檢測儀器突然漏了電，任非大大一震，倏然抬頭。梁炎東說著又看了任非一眼，目光有些不可思議，「她是……你女朋友，或者你心裡暗戀至深的人。」

「梁炎東！」任非佯裝的冷靜在眼前這個人的隻言片語中土崩瓦解，就像一頭暴露在獵人槍口下的凶獸，面對致命的威脅，渾身的毛髮都豎起來想試圖反撲，但利牙卻被人率先打掉。

一聲斷喝之後，他什麼也說不出來，激烈、失控的情緒讓他劇烈喘息，身上剛縫合的傷口因此撕裂般疼痛起來。

他慌亂地將手裡的蘋果扔在桌上，痛苦地把手插進頭髮裡，臉埋進掌心，聲音在手掌的遮擋下聽起來發悶，「別說了……求求你了，你別再說了。」

梁炎東看著他，臉上透著冷淡無情的意味，「你知道你在幹什麼嗎？你一個刑警，包庇凶手，知道要為此付出什麼代價嗎？」

任非一手捂著臉，頹然地向後仰倒回枕頭上，「……我都知道。可是，我不能眼睜睜地看著她……」

「那你知道，」梁炎東打斷他，「我跟殺陸歧的凶手，是什麼關係嗎？

「整件事情，從目前的情況來看，都是因為我要翻案引起的——秦文受人指使殺了我的恩師留下的唯一血脈，而我相信經過這麼長時間的調查，你們一定也已經有數，目前曝光的陸歧並非真正的主謀，但陸歧卻是找到背後那個人的唯一線索。現在，陸歧死了，那麼殺他的人，就成了唯一可以追查下去的關鍵。她或許知道那個始終隱藏在黑暗中，卻操縱了一切凶案的幕後主謀是誰。再不濟，也會知道其他至關重要的資訊和線索。」梁炎東說著搖搖頭，「所以我一定要找出她。」

任非突然想起什麼，倏然轉頭看向梁炎東，眼底帶了點連自己都不知道的戒備和敵意，但更多的卻是堅持和期盼，「梁炎東。我當初為了拿光碟幫你翻案，差一點就把命留在江同。我想問問你，你欠我的這個人情，還打算還嗎？」

梁炎東靜靜地看著任非，削薄的唇峰抿得很緊，眸光晦暗又銳利。任非咬著牙，眼睛一眨不眨地跟梁炎東對視，有一瞬間甚至覺得他比法庭上判決的法官更加強大理性，也更加冷酷無情。良久之後，就在任非以為梁炎東根本不屑於回答這個幼稚問題時，男人竟然發問：「如果我對你說，我懷疑指使陸歧的幕後主謀，跟當年『六・一八』大案有關係的話，你還會繼續這樣固執地包庇她、阻止我嗎？」

任非張了張嘴，茫然地看著梁炎東，「……你說什麼？」

✦

任非第二次從醫院逃走了。趁著他爸爸沒回來，梁炎東前腳剛走，他後腳就打電話給楊璐。打了十幾通都無人接聽後，他便拖著受傷的身體，匆匆裹上外套，步履不穩地上了計程車，直奔楊璐的小花店。

他知道，事發前父親已經為了他去調查過楊璐的過往經歷，如今就算他不說、就算他能阻擋梁炎東調查，楊璐的曝光也只是時間早晚問題。而他所能做的，只有在自己能夠控制的範圍內，為楊璐爭取更多時間。她離開也好，想辦法自救也罷，哪怕只是獲得相對多的休息時間，以便對抗未來無法逃避的高強度審訊……什麼都好，他只是不想親口去指證心愛的女人，只是想給楊璐再多一些時間。

但是他沒想到，大雪過後，那家轉角的花店竟然開著門。

路邊小花店在大雪天鮮少有人會來，店門口只留下寥寥幾個腳印。鬆軟的積雪被北風吹起來，旋轉著颳到近前，晶晶亮亮的顏色一下子蒙住了任非的眼睛，帶來一瞬的清涼和黑暗。他睜開眼睛時，鼓起勇氣從蒙著些霧氣的櫥窗向內望，心臟在一瞬的停頓之後倏然狂跳——讓他心心念念的那個人，正在花叢中的小木桌上枕著手臂，淺淺地睡著。

一如他第一次誤打誤撞地推開花店的門，在清悅風鈴聲中第一眼看見楊璐的樣子。她在熟睡中抬頭，臉上帶著初醒的懵懂迷離，眼神柔和地問他：「想買什麼花？還是隨便看看？」

那是很久以前的事情了。他們曾經並肩前行，但沿途跋涉得太久，來路已然消逝在過往之中，再也望不見。

當他站在空寂的街頭對抗心頭難以名狀的痛楚時，楊璐不知何時醒了，正隔著玻璃，維持著從淺眠中初醒的姿勢，坐在椅子上靜靜地望著他。

他推門進去，依舊有風鈴輕響，楊璐坐在桌邊淺顰輕笑，手邊還是那本怎麼也讀不完的《聖經》。「你來啦。」她看著他，一顰一笑一如往昔，像是他們之間從來不曾有過那場漫天大雪的阻隔。

任非張張嘴，喉嚨發緊，嗓子裡像被塞了一團棉花，讓他每一個字都說得滯澀艱難，「……妳知道我會來？」

楊璐的目光從他的臉上慢慢落到右肩下方。任非受傷動作不便，羽絨外套裡什麼也沒穿，隔著沒拉到頂的拉鍊就能看見肩膀和胸膛纏著的繃帶。女人臉上清淺的笑再也維持不下去，她站起來，走到任非跟前，垂在身側的手指猶豫著想拉開外套，看看他的傷，但最終什麼也沒做，只是微微仰起臉，「傷得不要緊吧？」

任非腦子裡亂成一團，最終那些在心裡三天三夜也說不完的話，都變成了簡短而頹然的三個字：「……為什麼？」

「為了替我的未婚夫報仇。我沒結過婚，之所以對所有人這麼說，是因為離異的藉口可以幫我擋掉一些不必要的麻煩。

「六年前，我跟我的未婚夫正在籌備婚禮時，我被醫院確診，得了慢性骨髓性白血病。治療花掉了我們兩個家庭全部的積蓄，後來，陳敘就去找了信貸公司，拿我們的婚房做抵押借了錢。這件事他當時跟我說了，他說只要人在，錢就可以再賺。那時我正在做第一階段的化療，出乎意料效果非常好，最初來勢洶洶的病情得到了控制，並且一直很穩定，我和陳敘都把這當成了大難不死的吉兆。但我們不知道的是，陳敘借錢的那家借貸公司『九出十三歸』的規矩到底有多可怕。

「半年後，我還剩最後兩個化療療程，一切都成功在望。就在這個時候，那家公司突然寄了帳單給他，催促他還錢，還不出錢就要他交出房子。而那個時候，我們利滾利的債務已經達到了兩百八十幾萬。後來，陳敘找他們數次理論，被追債的人堵在家裡打死……我都不知道中間到底出了什麼事。我家人和陳敘的父母想盡辦法用各種理由騙我陳敘不再來看我的原因，直到兩個月後我最後一次化療結束，直到陳家和打死陳敘的公司打官司的一審判決結果下來，我才知道了這一切。

「陳敘死在了我們的新房裡。那是他用生命保護、想要幫我留下的房子。可是當我再推開大門時，卻找不到半點陳敘曾經存在的氣息。我甚至沒見到未婚夫的最後一面，最後等著我的，只有墓園裡冰冷的墓碑。

「那家公司就是陸歧用來為販毒、洗錢的信貸公司。我知道當初被判刑入獄的代罪羔羊不是害死陳敘的唯一凶手，但他們每一個人我都不想放過，而陸歧是讓一切罪惡發生的罪魁禍首。

「陳敘死了，也把我的一切希望和信念都帶走了，死亡也不再讓我感到恐懼……從那時起我就放棄了治療。化療的副作用過去後，我想盡了一切辦法，要找到陸歧的罪證，但我終究不過是一個手無縛雞之力的女人，沒過多久我就被陸歧抓住，在他手裡染上了毒癮。

「誰知後來誤打誤撞，竟然因此撞進了這個犯罪集團的大本營，認識了穆雪松……然後我才知道，原來陸歧也不過只是穆雪松的一枚棋子，穆雪松才是最大的幕後黑手……

「他的出現分擔了我對陸歧一半的仇恨，我用了很長時間接近穆雪松，從來都沒有對他隱瞞過我和陸歧之間的殺夫之仇。我接近他就是為了有一天借他的手替陳敘報仇，也告訴他我得了白血病，已拒絕治療，沒幾年好活。也許是覺得有欲望有目標的靈魂才好掌控，也許是因為我這樣一個數著日子等死的女人不具威脅性，總之穆雪松雖然一直不信任我，卻很喜歡我。

「當時正好穆雪松要從毒品生意裡抽身，連帶著也幫我戒了毒，然後把我留在了身邊。但其實自負如穆雪松並不知道，他的心腹陸歧將他放棄的毒品生意暗地接到了自己手裡，背著他把販毒網發展得更大，賺到的錢都進了自己的荷包。

「關係穩定之後，穆雪松幫我在這個地方頂了店面、開了花店，從頂下店面到後來我的生活開銷，所有款項都從陸歧的帳上支出。他像是在逗弄小貓小狗那樣，我和陸歧每次見面都劍拔弩張，他卻看得很開心。

「就這樣過了很久，直到我後來認識了你……穆雪松知道我跟你的事，但他從不阻攔。他想做一個冷眼旁觀的觀眾，看著一切悲劇上演卻不插手。我在他身邊這麼多年，卻沒拿到什麼能坐實他犯罪的證據。但我知道他有一個帳本，鎖在他房間暗格的保險箱裡，帳本記錄著這些年他所有的黑市交易，只不過我始終沒有機會接觸保險箱，也不知道密碼。

「這一次，陸歧販毒東窗事發，警方順藤摸瓜傳訊穆雪松，把他打了個措手不及。他手底下所有能動的資源都被你們看死了，正在為如何不露痕跡地殺陸歧滅口頭痛，而跟陸歧有血海深仇的我，剛好能自告奮勇。

「現在風聲太緊了，他連殺陸歧都要假我之手，更不敢再隨便對誰下殺手，那樣可能會為他的逃亡帶來更多麻煩……所以他只能帶著我，哪怕是把我帶出境後再下手殺了我。

「而我呢，也只有這麼做了。被他帶著一起走，才能告訴你們他準備逃亡的時間和路線。逃亡路上充滿變數，以我對穆雪松的了解，與其帶著帳本離開，不如放在安全的地方。這麼多年我們相互試探，我多少是知道他的。他那個帳本上記錄的不止資金往來，更多的是權錢交易的灰色紀錄和聽命於他的人的致命把柄。那是他控制手下獵犬的保命護身符，他絕不會毀了那東西。我想來想去，覺得他也不會轉移帳本，畢竟放帳本的暗格是他覺得最安全的地方。只要你們找機會拿到那個鎖著帳本的保險箱，就算沒有陸歧這個人證，也足夠將他繩之以法。」

楊璐說得輕描淡寫，從頭到尾語速和音調都沒改變過，任非卻因為她所說的每一句話膽顫心驚。

在爸爸給他看資料之前，他不知道楊璐是一個白血病患者；在楊璐自己跟他坦白之前，他不知道這樣一個宛如自山水畫中走出來的女人曾染過毒癮，也無法想像這樣看似柔弱文靜的女人，竟隻身一人深入虎穴，在殺夫仇人身邊殫精竭慮，獨自密謀這麼多年。

就像他至今也無法說服自己接受楊璐曾開槍殺人、並將他打傷的事實一樣。她太出乎他的意料之外了。她所做的一切都跟她外表給人的感覺截然相反，當掀開面具後，任非看著那張魂牽夢縈過的臉孔，恍然驚覺，原來認識這麼長時間以來，自己從未真正走進過她的內心。

但不管楊璐這個人如何，他對楊璐的感情卻是真切的。而任非也能感覺得到，楊璐對他，並非無情。只可惜他們之間已是無法改變的死局。

震驚過後卻是怎麼也忍不住的心疼，他深吸口氣，想過去抱抱楊璐，可是剛一有動作，楊璐卻拒絕地往後退了一步。任非的手僵在半空，片刻之後，搖搖頭，覺得有些事情，依然不能理解，「就算妳不做這一切，不殺陸歧，我們一樣能……」

「不一樣。」楊璐罕見地在他說話的時候打斷他，聲音還是那樣溫柔，只是每一句都斬釘截鐵，「我一定要親手去殺陸歧，我也要用自己的辦法把穆雪松帶到你們面前——這是我對陳敘的交代，是對我這幾年來熬過所有恥辱和痛苦的交代，是對我以放棄自己生命為代價、選擇復仇的交代。所以……任非，對不起。那天我沒想過要殺你，可是我也不後悔對你開槍……我一定要從那裡逃出來，否則的話，我這些年所做的一切，全都白費了。」

「所以……穆雪松果然就是在背後操控陸歧犯罪的那個人？如果陸歧販毒的事他並不知情的話，那當年陷害梁炎東的事情呢？還有前不久，錢祿和他自己親生兒子穆彥的死，甚至田永強的死呢？跟他有沒有關係？」

楊璐轉過身，從桌上那本《聖經》裡取出一張素淨的白色書籤，聞言對他搖了搖頭，「我不知道。」

「最後一個問題。」任非看著她走過來，一陣熟悉的局促和沒來由的緊張，讓他猛地深吸口氣。他想問她有沒有愛過他，但話到嘴邊，卻不由自主地變成了那個心中更深的疑問，「我們……妳……妳有沒有利用過我？」

楊璐笑了起來，還是搖頭。說話的同時，她把手裡的書籤遞給任非，目光坦蕩地看著他說：「沒有。」

如同一塊懸在頭頂的大石頭落了下來，他接過楊璐給的書籤，低頭看了一眼，這才發現，原來這張書籤上面竟然還寫了字。字體娟秀，筆鋒內斂，他認得出來，是楊璐親手書寫。

「這是穆雪松準備逃往境外的時間、地點和路線。」楊璐兩手交疊放在身前，看著任非的目光充滿了信任，「明天下午三點，後面的一切，就拜託你了。」

任非手裡握著有如千斤重的書籤。書籤的正面，是以淡淡水彩暈染開來，兩朵搖曳在風中的虞美人。他曾在楊璐的一大堆花卉書籍中偶然翻到過這種花的介紹，記得虞美人的花語是……生離死別。

那一瞬間，他手上一鬆，書籤飄然落地。任非猛一抬眼，驚魂未定又急於尋找答案，連忙去看楊璐，卻看見女人誠摯微笑著，對他說了一聲：「保重。」

25

緝拿歸案

那天，任非一個人從花店走出來。明明不怎麼長的一條街，他卻走了很久，期間無數次想回頭，腳步躊躇，那些心中的情愫從死灰復燃到再度歸於沉寂。他終究坐上了回醫院的計程車，踏上了與楊璐分道揚鑣的路。

他帶不走楊璐，女神的拒絕十分堅決。她就是要這樣，可以為陳敘做出任何犧牲，卻不會為了任非有絲毫改變。

十一月十九日下午，東林昌榕分局刑偵大隊根據線人檢舉，傾巢而出、兵分兩路，一隊前往臨近城南廢棄重工業區不遠處的一個老漁人碼頭，通緝涉嫌販毒製毒、監獄凶殺等多起案件的犯罪嫌疑人：穆氏集團前任掌舵人穆雪松。另一隊前往穆家位於老城區的舊宅，搜索線人提到的「帳本」以及其他犯罪證據。

那天晚上，任非帶著楊璐給的資訊回了局裡，對譚輝全盤托出。坐在他們隊長對面說這些話時，連任非自己都覺得自己十分可笑。幾個小時前，他還想盡一切辦法，試圖隱瞞楊璐的犯罪事實，轉眼間卻已經坐在這裡，親口將那些本欲掩蓋的罪行，一一告訴了譚輝。

其實任非心裡比誰都清楚，楊璐是在用這種辦法，強行把他從職務犯罪的懸崖邊緣拉回。她已想好他的完美退路，自己卻義無反顧地走向懸崖。

譚輝拒絕了任非一起參與通緝穆雪松行動的請求，當晚派人送他回醫院、交給任局。然而第二天下午，任非在梁炎東的幫助下再次「越獄」，由梁炎東駕車，兩人尾隨在警隊後方，一前一後去了老碼頭。

老碼頭是一個分外寒酸的小地方，周圍海域有漁民從事近海養殖，水下又是竿又是網的，水域情況非常複雜，稍大一點的船隻都不會靠在這邊。碼頭停著的也都是一些自家漁船，天氣暖和的時候，漁民們就把船靠著，拴在碼頭周圍的水泥石基上，就在船上販賣水產，冬天冷了不出海，船也拴在這裡。

如果不是線人提供的線索，真的沒人會想到穆雪松竟選在這樣的天氣裡，從這裡出海。

風險很大，但不得不承認，從這裡逃脫的機率也很高。

穆雪松出逃的快艇早就安排好了，按照原本的計畫，只要乘快艇出了這個港，遠洋會有另外安排的人馬接應換船。

為了避人耳目，穆雪松沒帶多少人。除了他和楊璐之外，只帶了四個保鏢，快艇也只有一艘。譚輝他們趕到的時候，正好把準備上快艇的穆雪松一行堵個正著。

警方和護送穆雪松離開的保鏢真刀真槍對上，走投無路之際，犯罪份子們竟然狗急跳牆，不知道是誰開了第一槍，槍聲有如引燃了導火線，雙方爆發了短暫的激烈交火，而過程中，穆雪松手裡的一把匕首放到了楊璐的脖子上。

任非趕到的時候，看見的就是這一幕。

即使已經做過了無數次心理準備，看見這一幕時，任非還是覺得腦子「嗡」的一聲，甚至來不及思考什麼，就本能地喊出口：

「住手！」

「都住手！」

任非驚懼交加的吼聲跟穆雪松中氣十足的喊聲疊在一起，如平地一聲炸雷，讓正跟犯罪份子對峙的譚隊都沒忍住，立即回頭往任非的方向看了一眼。

梁炎東死命按著暴露在保鏢槍口下的任非，不讓他衝上前，而穆雪松在看見他時，竟不合時宜地笑了一下。

男人低下頭，與楊璐差不多呈交頸姿勢，即便在劍拔弩張的此刻，他和楊璐說話的時候，聲音還是溫潤而和暖，「阿楊，是妳告的密？妳可真是領情，這些年我這樣對妳，到頭來，竟然是妳出賣我。」

楊璐早已看透生死，脖子上這把匕首帶來的殺意，並不能讓她動搖。寒風中，女人那張似乎永遠恬靜溫柔、秀麗婉約的眉目透出了凜然的冷意，「這些年，我在你身邊所做的一切，無一不是讓你相信我跟陸歧有不共戴天之仇。但是穆先生，從我們最初相遇的那天，從我知道陸歧背後還有你開始，我要報復的人，就不止陸歧一個了。是你的縱容才有了陸歧的肆意，陳敘的鮮血，也染過你的手。」

穆雪松了然地點點頭，但並不憤怒。他眼看著受傷倒地的那個手下被警方拖走、控制，剩下的最後一個保鏢雖把他護在身後，卻也抵擋不住警方十幾把手槍的瞄準。即便是這樣的處境，他竟還有心情與被他挾持的女人八卦任非的身分，「……他就是妳喜歡的那個『小朋友』？我聽說，他是任道遠的兒子。」

自己性命不保之際連眉毛都未動過一下的楊璐，臉色猛然驟變。

她下意識地想回頭，但穆雪松立即用更強硬的力道箝制住楊璐。他的目光落在任非身上，朗聲命令：「那邊的小朋友，你過來替換她。不然，我立刻讓她死在我前面。」

穆雪松一句話，讓任非成為了全場目光的焦點。隊友阻止任非不要亂來的聲音，即使鑽進他耳裡也落不進他心裡，任非瞇著眼睛，漆黑的眸子裡透著寒光，「你逃不掉的。」

穆雪松說：「能不能逃是我的事，她是死是活，就是你的事了。」

「好。」任非勾起一邊的嘴角，痞痞地笑著，竟然就這麼應了下來。話音落了，就轉頭朝他們隊長揚了揚下巴，「老大，待會該打就打，不必顧及我。死了算我殉職，我爸那個人公事比私事分明，不會找你們麻煩的。」

他說這話時，拉著肩膀，歪著腦袋，整個人站在那裡，就像個天不怕地不怕的紈絝子弟，身上張揚跋扈無所顧忌的氣場，全然沒有一個刑警該有的樣子。但是知道任非和楊璐之間事情的同事們都明白，他這是豁出去了。自從得知楊璐所有故事之後，任非拚命壓抑的悲憤和絕望，在穆雪松逼他拿楊璐做交換的那一刻，全部爆發出來。

他不能眼睜睜地看著楊璐被殺，但穆雪松不伏法，他也誓不甘休。為了這個他和楊璐共同的目標，就算是要用他自己這條命做為代價，也絕不給穆雪松哪怕一丁點的機會。

譚輝看著一步步上前的任非，頓時只覺當初剛進隊的那個做事不顧後果的紈絝少爺又回來了。他氣得腦袋發痛，知道再說什麼都沒用，只得跟兄弟們一邊縮小包圍圈，持槍跟犯罪份子對峙，一邊試圖拉回任非。

人群之外，梁炎東看著步步靠近的任非，聽著楊璐失聲的哭號，默不作聲垂下眼眸。攤開的手心裡，赫然是一個掌心大小的軟牛皮刀鞘，而那出鞘的刀，此刻正藏在任非的袖口裡。

任非知道自己要什麼、求什麼，再不會用把自己撞得頭破血流為代價，硬碰硬地去為目的付出。

他知道打定主意要換楊璐時，隊友們會跟上來，也知道穆雪松既然要逃，勢必會差遣最後剩下的那名手下先去開快艇過來。

只要楊璐離開穆雪松的控制，身上這把梁炎東不知從哪裡弄來的匕首，就一定可以替已經包圍過來的隊友們爭取時間——不用多，哪怕只是幾秒鐘，也足夠譚輝他們掌控局勢。

除了梁炎東，沒人知道他身上藏有一把鋒利的匕首。

但任非怎麼也沒想到沒算到這個當口，楊璐竟會為了他而慨然赴死……

楊璐大喊「不要管我，不要過來」的聲音，他只當聽不見。然而楊璐眼看著任非朝穆雪松一步步靠近，竟仰著脖子毅然撞上了穆雪松的刀鋒！

那個瞬間，任非如同被滿目殷紅燙啞了嗓子，一點聲音都發不出來，眼睜睜看著楊璐的動作，瞠目欲裂地攥緊拳頭，手心裡藏著的匕首差點劃斷掌心，卻渾然未覺。

計畫裡本該由自己給穆雪松製造的一瞬間慌亂，最終竟是由楊璐完成。隊友們按照他的預想抓住機會衝了過來，穆雪松被譚輝帶人壓倒，楊璐就像一片被吹落的樹葉般飄然倒下。任非踉蹌著跪到她身邊，把她抱進懷裡，拚命想按住她脖子上那個不斷往外湧血的刀口，但那殷紅的顏色就如汩汩流水般，怎麼也堵不住。

「別……別哭……」她的聲音再也不好聽了，每個字說出口都帶著漏風似的氣聲，喑啞而勉強。

她吃力地抬起冰涼的手，輕輕抹掉任非的眼淚，一碰到男人臉上滾燙的淚水，立刻被任非按住，把她的手心按上自己同樣冰涼的臉頰。

任非的手剛才受了傷，極深的一道傷口也冒著血，血液順著掌心與指縫滴下，眨眼間半邊臉都染上了與楊璐脖子一樣怵目驚心的紅。

「……妳怎麼這麼傻，為什麼要——挺住，楊璐，楊璐！救護車馬上就來了，妳會沒事的，妳會——」

「我會死的，我要死了。」楊璐蓄了好幾口氣，終於打斷他。她艱難地笑著，臉色透著雪般的白。

任非渾身發著抖，將楊璐牢牢地抱在懷裡。從認識至今，這是他第一次這樣緊抱她，卻是在如此生離死別的時刻。

「妳怎麼能這樣……妳怎麼能這樣……」任非不知所措地不斷呢喃著。男人痛苦哽咽的聲音讓女人久未有過波瀾的心擰了起來，她輕輕捏了任非的手指，努力撐著越發沉重的眼皮，「任非……對不起。我應該站出來指認穆雪松所犯的罪……但他對我始終防備，我能提供給你們的，也就只有這條路線和那個被鎖住的帳本。我殺了人，自己也已經病入膏肓，卻不想站在被告席上讓我的家庭蒙羞，這樣的結局很好。「任非，請原諒我的任性，你是我見過最純粹可愛的大男孩。我對你動過感情，可是我卻承受不起你的愛……抱歉，請好好地活著，幸福地活著。」

這些話對此刻的她而言實在是太多太長，她說得斷斷續續，用盡了生命的最後一絲力氣，拚命睜著的眼睛隨著越發孱弱的聲音逐漸闔起。話音剛落，她動動嘴角，似乎想再對任非笑一笑，但是捏著任非手指的手勁一鬆，忽然無力地垂了下去……

任非昨天拿到那張書籤時就想過，如果楊璐離開了，他會怎樣悲痛欲絕，歇斯底里。然而真到了這一刻，卻並沒有想像中的場景。無聲的慟哭已在他靈魂深處，擊穿胸膛，搗碎心臟。

通緝穆雪松的那天，昌榕分局的另一隊人馬按照楊璐給的資訊，果然在穆家老宅的暗格裡找到了保險箱。

穆雪松被帶進昌榕分局，但拒絕開鎖，對自己的一切罪行更是三緘其口。他因為保鏢持槍襲警、本人挾持人質、拒捕後致人質死亡而被拘留，案件偵查工作仍繼續進行。

穆雪松那個上了鎖的保險箱裡連接了一個微型高爆炸彈，密碼輸入錯誤則會自動引爆，市局那邊派來支援的技術人員研究了兩天也不敢下手。後來任道遠坐不住了，親自打電話去借人，幾個技術專家又找了一個編制外人員，連帶著甫出獄又跟警察、檢察、法院系統關係都十分微妙尷尬的梁炎東，和另外兩個心理學教授一起，幾個人把跟穆雪松有關的所有資料都整理出來琢磨了一遍，在屋裡分析了兩個白天加一個晚上，最終確定了幾個數字。

前面五個數字確定得很順利，唯獨最後一位數字在「六」和「九」之間產生了分歧。

「六」和「九」之間，肯定有一個是能安全打開保險箱、取出帳本的正確數字。

錯誤率是百分之五十，但任務的容錯率卻是零。

僵持中，梁炎東放下手頭無解的工作，用自己在警方「技術小組成員」的新身分跟上級長官打了報告，得到特批，讓譚輝幫他提審了暫時羈押在昌榕分局的穆雪松，又跟譚隊借人，帶著任非去了審訊室。

「沒想到，我們明爭暗鬥這麼多年，你和我的第一次見面，會是在這裡。」

穆雪松坐在固定於地面的椅子上，閉著眼睛連眼皮都沒動一下，「我不知道你在說什麼。」

「你不必知道，」梁炎東在審訊桌後面坐下，嘴角掠過一絲譏誚，「你只要聽我說就夠了。」

穆雪松向下輕抿嘴唇，對此仍然不置一詞。

任非前兩天拖著還沒拆線的肩膀，剛以朋友的身分參加完楊璐的葬禮。本來以他跟楊璐的關係，譚輝必須禁止任非直接參與對穆雪松的審訊，但礙於梁炎東的請求，才同意任非像今天這樣跟穆雪松面對面「交流」。

雖然不知道梁炎東葫蘆裡賣什麼藥，但此時任非已經氣紅了眼，見嫌犯始終置之不理，一拍桌子就要發作，被梁炎東拉著手臂狠狠按了回去，「你也是，聽著就好。」

「穆先生，你和你的手下一直認為我盯上你們，是從早年我經手的那個吸毒過量致死的案子開始的，但事實並非如此。」梁炎東說話的聲音透著不加掩飾的淡淡嘲諷，「我調查你們，要比那個時間早得多。

「其實最初，我只是在追查十二年前的『六．一八』重大連環殺人案——凶手前前後後一共殺了八個人，沒有作案動機，像是在隨機挑選獵物。當時全城人人自危，但凶手就像人間蒸發，至今仍不知生死，下落不明。」

梁炎東說到這裡時，任非猛地震了一下，下意識地轉頭去看，然而梁炎東遞給他一個眼神，無聲地將他差點脫口而出的追問壓了下去。

「整起案件中，除了其中三人是親屬關係外，其餘被害人看似並無共同點。但後來我在得到的幾份資料中發現，除了那一家三口外，還有四名死者，分別是幫小公司處理帳務的會計、已退休的國企倉管小主管、負責公司行政工作的小女生，以及賦閒在家多年的市場客戶經理。最有趣的是最後一名被害者，資料上寫的是無業，卻有多次往來於大陸和澳門、緬甸的出境紀錄。

「最後一名被害者是一位三十二歲的女性。十幾年前，澳門也好，緬甸也罷，交通都沒有現在這麼方便，那麼，這兩個地方有什麼東西吸引著她，讓她一個年輕女性敢冒風險數次前往？又是什麼原因，讓她在幾年後突然結束了這種頻繁的出入境，決定安分待在東林了？

「我去找了死者生前的同居男友，跟警方調查的結果一樣，他說了她當初那些出境紀錄的理由，合理合法，找不出破綻。只是，我不相信。

「那個時候，死者的男友參加了一個社會公益組織發起的捐精活動。在整個捐精過程的半年時間裡，捐精人是不可以有性生活的，他想用這種方式悼念女友。

「為了跟這個人拉近關係，後來我也參加了這個活動。也是因為當年的這個行為，才為你們後來盜取樣本、栽贓嫁禍我姦殺犯罪，提供了鐵證。」

穆雪松終於緩緩睜開眼睛，幽深的眸光慢慢地落到梁炎東身上。

「那時候我跟死者的男友年紀差不多。大概過了半年吧，跟他就已經混得很熟了，後來有一次故意提起話題，他終於告訴我，那個大他六歲的女朋友，曾經出入澳門和緬甸，是為了——賭博。

「在他嘴裡，他女朋友有神乎其神的賭技和老千術，但是在緬甸賭場玩得有些過頭，不敢再出去，才回了東林。沒多久，就被這邊的一個老闆收歸麾下。

「他不知道女人究竟在哪裡上班。他是靠女人的錢過活，怕丟了金主，所以什麼事情女人不說，他也不會多問。我從那個男人身上得到的線索到此為止。不過把這個女人的工作跟其他四人連在一起思考，就又得到了有趣的結論。

「會計是管錢做帳，行政是做後勤保障，倉管主管能夠勝任進貨和倉儲等事宜，所謂的市場客戶經理則跑市場拓展業務，而幕後老闆招安一個逢賭必贏的賭徒，必定是用來鎮場。五個人畫成一個圈，可以得出結論：他們的死，跟某個地下賭場有關。可是在朝夕之間『處死』這五個人，賭場的老闆如果不是一個疑心病太重的蠢貨，就是不想再經營這個賭場，而這五人知道得太多，留不得。

「五名死者分管了地下賭場的五種職責，但除了他們之外，對於這種見不得人的勾當來說最重要的，負責保全工作的保鏢、打手之類的人，卻未出現在死亡名單上。那麼，有沒有一種可能，是負責賭場保全的某個人，下手殺了他們五個呢？」

穆雪松終於開口，哼笑一聲，透著疲態的臉上，表情竟還是施施然，「所以呢，你有結論了？」

「沒有。」梁炎東大大方方地說：「我想起那個男人跟我透露他女朋友出國賭博之前的三個月左右，城郊發生了一起因瓦斯爆炸引發的火災，把一個上世紀留存下來的建築燒成了灰。後來搜索清理現場，警方才從燒成破爛的賭博機器發現，那裡竟然是一個賭場。賭場的負責人已經葬身火海，當我查到這裡的時候，案子早就已經結案。所以我的猜想和線索到這裡又斷了。

「再後來，我為了過目當時警方拍攝的燒焦屍體和現場情況的照片，不得不對我的老師蕭紹華坦白一切，然後和老師一起分析手上掌握的全部資料，開始嘗試對凶手進行側寫。當時我們能得到的線索有限，我和老師探究了幾個月也沒有進展。後來恰逢我的博士班快畢業要寫論文，畢了業又被老師扣在學校做了三年講師，好不容易終於等到老師退休。他前腳一退休，我後腳就從學校辭職，跟人合夥開了律師事務所。」

梁炎東這番話說到後面，已經不是說給穆雪松聽，分明是在對坐在一旁的「被害人家屬」解釋。

從梁炎東在醫院跟任非說十二年前他們見過面開始，直到現在，任非從未主動詢問梁炎東查到了什麼，有沒有什麼當年無人知曉的線索。

任非克制著從來不問，同時也深信如果梁炎東想讓他知道，早晚會說。但他沒想到，這個男人竟然選在這個時候、在這樣的環境中，把十二年來的種種情況，都跟他解釋了一遍。

任非瞪著眼睛，一時之間竟不知該說什麼才好，而梁炎東挑著眉回看他，居然比了一個「閉嘴」的手勢。任警官被迫噤聲，就聽梁炎東又說：「開設律師事務所大概兩年後，我接到了那起三人吸食新型毒品過量致死的案子，非常巧合，在這個案子中，我的當事人曾在錢祿姦殺婦女案中指認過錢祿是凶手。不出我所料，案件最後的結果，證明錢祿跟這三個人的死亡沒有關係，但我根據當事人提供線索對錢祿進行調查的時候，卻意外地摸到了一條藏匿至深的製毒販毒利益鏈。

「後來的事情，」梁炎東的手指輕輕扣了扣桌面，「穆先生，想必你也很了解了。」

穆雪松做出一副洗耳恭聽的樣子，「願聞其詳。」

「在這條利益鏈裡，我首先找到了錢祿的上家，也就是林啟辰。但當我準備找錢祿跟他攤牌、再順藤摸瓜的時候，錢祿就出了事。他突然失心瘋般暴力姦殺了一名女子，經各方確認，錢祿作案前跟死者並無任何關聯。但已經跟了錢祿快一年的我十分清楚，死在他手裡的那個女人，是他不為人知的熱戀女友。那時我無從得知是什麼原因，致使錢祿跟那個女人只敢偷偷摸摸背地裡來往，直到前不久錢祿死在監獄裡，驗屍化驗報告寫明他生前曾大量吸食毒品，我才連上這一切。當然了，這是後話。

「我相信任何事情的發生，都不會是百分之百的巧合。當時錢祿被判刑進了東林監獄十五監區，巧合的是，這讓我想起了在學校當講師那陣子曾看過的兩則新聞：東林監獄十五監區先後有兩名犯人自殺，那兩個人生前的罪名，一個是賭博，一個是洗錢。

「再後來……我請人幫我拿到東林監獄最近十年裡受刑人非正常死亡紀錄。」

梁炎東勾著嘴角，看著穆雪松，微微瞇起了眼睛，「真是驚喜啊，紀錄在案的七起死亡案例當中，十五監區的比例是最高的。那麼大的監獄，裡頭十幾個監區，十五監區非正常死亡的人竟然就占了四個。

「就在我看到這些紀錄之後不久，我一方面透過林啟辰，隱約摸到了他背後那張盤根錯節的關係網，同時你們也對此有所察覺，開始軟硬兼施，企圖威脅我罷手……其中種種你知我知，不必再提。另一方面，老師因為身體的原因辭去警方特別顧問的工作，同時把我引薦給市局，我從而開始接替老師，為警方做嫌犯的犯罪心理分析。也就是在這段時間，我拿到了更多關於當年『六・一八』案件的相關內部資料。

「後來我整理好所有資料，拿去跟老師一起分析研究，對當年的逃犯做細緻的面部特徵畫像。為了畫出這個人，我和老師整整用了大半個月的時間，當人像出來後，又用了更長的時間，確認每一個面部細節是否準確。」

穆雪松就像是在聽一個事不關己的故事，竟饒有興趣地應了一聲，「哦？那後來你畫對人了嗎？」

「不確定，」梁炎東繼續說：「畢竟我和老師畫出來的那個人，不是你。」

「當然不可能是我。」穆雪松笑了一下，「雖說牆倒眾人推，但你也別為了討好旁邊那位局長家的公子哥，就想惡意栽贓我。我猜得到那年當街被殺的『一家三口』，就是任警官他們家的人吧？但這個罪名，我可不認。」

「你認不認也不必告訴我，我不是警官也不是檢察官，不負責審理你。今天只是為了講故事來的，我說我所知的，至於你承不承認，跟我沒關係。

「那次畫像花費了我和老師太長的時間，最後的畫像出來，我們師徒二人確認誤差不會高於百分之十五，老師就告誡我，『六．一八』案子背後的水太深，要我別去攪這趟渾水，我當時也嚇到了，所以曾經有段時間猶豫不決，為此收回了所有伸出去的觸角，只可惜你們的人並不知道。」梁炎東看著穆雪松攤攤手，「但不知道是你哪個沒腦子的手下安排的，竟然在那時候派了輛車試圖撞死我。結果，非但沒成功，反而激怒了我——無非就是魚死網破嘛，你們要玩，我就奉陪到底。

「後來就是你們陷害我，讓林啟辰到精子庫盜取我的樣本去布置現場，再後來，被引過去的警方和家長卻在那裡抓到了鄭志成。他的家人誤打誤撞地找來，求我幫他做辯護，而我也因此救了自己一命。

「當我意識到你們的謀劃之後，先是找醫院熟識的醫生幫忙拿到了林啟辰偷盜精子的錄影，請老師幫我保管，又安排了鄭志成之後的去處，做好這一切後，我才當庭認了罪。在被收押期間，讓我意外的是，老師找到了任局，勸他來見我一面。」他說著看了任非一眼，「當年在任局最欣賞器重我時，我鬧了這麼一齣，相當於狠狠打了他一巴掌。我不知道老師都跟任局說了什麼，但最終的結果是讓任局開始懷疑，這些年來隱藏在背地裡，把東林搞得烏煙瘴氣的那些色情、賭博、毒品之類的汙泥洪流，很有可能都是受同一個龐大的犯罪組織操縱，並且，東林監獄十五監區早已成了一個藏汙納垢的地方。

「我有把握不被判處死刑，但是老師不放心。他想盡辦法說服了任局，同意讓我以警方臥底線人的身分進入監區內部戴罪立功，做為交換條件，任局要保我不被立即判處死刑。但其實我是心知肚明的，那不過都是當時的猜測，我們手中沒有證據，唯一能拿出手的就只有那幾個十五監區的死亡案例，然而那些資料無足輕重……老師曾說他這輩子沒做過虧心事，沒做過任何沒有理論依據的結論，卻為了幫我這個徒弟的命多上一層保險，做了這樣的事……再後來，就是我在監獄裝聾作啞的那幾年。」

穆雪松竟啼笑皆非地搖搖頭，幾乎是無奈地嘆道：「你在監獄服刑，另一個身分竟然是任道遠的線人……倒真是沒想到。」

梁炎東對此不置可否，環抱著手臂站了起來，走到審訊桌前面，靠在桌邊，兩條長腿交疊在一起，一副氣定神閒，「如果不是任非誤打誤撞跑到監獄來找我幫忙破案，讓你們重新意識到我這個廢物竟然還有鋒芒能傷人的話……你們應該會蟄伏得更久。那麼事到如今，或許贏的是你們也不一定。」

穆雪松很無奈地聳了聳肩。

「穆先生，你很喜歡別人被你掌控的感覺吧？無論是下屬、合作方，還是……骨肉至親。你討厭他們任何一個人脫離你替他們寫好的劇本恣意生長，在你的世界裡，任何的『違規』，都是不容許的。你討厭那種失控感，那會讓你感到焦躁，感覺手上的權力正在看不見的地方悄然流失，這種感覺會讓你如鯁在喉、夜不能寐，對吧？

「錢祿入獄前曾幫你經營毒品生意。他是被你看上並一手提拔起來的人，為了讓他受控於你，你迫使他染上了毒癮，又在之後一步步扶持他做了你毒品生意的負責人。但你還是不信任他，你要另外再找個人去監視他，而這個人就是你的情婦。但你萬萬沒想到，你的情婦後來竟然愛上了他，還想盡一切辦法偷偷幫他戒毒、教他寫字，兩個人謀劃著怎麼遠走高飛！

「突然發現這一切，你忍無可忍，恰逢當時警方展開突擊掃毒行動，你決定放棄錢祿這張牌，並且報復背叛你的女人。你答應錢祿也保證在他背叛了愛情、入獄服刑之後，只要閉緊嘴巴，趙慧慧從小到大上學的一切費用，都會有你的人安排妥當。至於為什麼不直接殺了他們兩個，是因為你怕了。在全城掃毒的風暴中，若是錢祿非正常死亡，他的吸毒史就會被發現，警方會循線找到更多線索，在你還來不及把罪證清理乾淨時，就會揪出你的販毒集團！然而錢祿入了獄，那就不一樣了，等風聲過了，所有人都忘記他這個人的存在，在那樣封閉的場域裡，你照樣可以買通裡面的犯人，神不知鬼不覺地讓錢祿永遠閉上嘴。我猜，其他死在十五監區的人，也是因為類似的原因吧？

「至於你的親生兒子穆彥——他曾經營的那個模特兒公司，其實是一個空殼吧？裡頭有多少小女生曾經是你幫那些『高端客戶』準備的玩具？穆彥愛上的那個女孩，也是這些女子之中的一個吧？你不在意兒子幹了什麼風流事，但無法忍受兒子竟然愛上了她！穆彥真的有性虐待癖好嗎？他失控錯手殺了女孩的那天晚上，事發前是怎麼突然失控變成那樣的，穆先生，你是不是應該比當事人更清楚？

「錢祿的死和監獄裡三番兩次試圖置我於死地的人，我敢肯定都是受你指使，但是穆彥呢？你竟然狠毒到連兒子都不放過！」

梁炎東語速極快，句句鏗鏘，幾乎不給穆雪松任何喘息和思考的時間，然而在他猛然收音的一瞬，被困在座椅間的花甲老人如同受到了極大的冒犯一樣，忍無可忍地一掌拍在了面前的小桌上，「胡說八道！」他聲如洪鐘，尾音竟然在審訊室裡產生了回音。

任非也被他此舉一驚，梁炎東卻站了起來，走到穆雪松身邊，突然抬手拔掉了穆雪松的幾根頭髮，嘴上卻不痛不癢地回答著：「是不是胡說八道，等打開保險箱，自然就真相大白。」

穆雪松被揪得一痛，反應過來後勃然大怒，「你幹什麼？」

「啊，」梁炎東舉著幾根花白的頭髮，仔細檢查確認了上面的確有帶毛囊，「有人委託我想辦法確定跟你的血緣兄弟關係是否屬實——就是穆雪剛。當年陸歧在你父親病床前，拿著ＤＮＡ鑑定結果，說他不是你們穆家的種的那個穆雪剛。哦，對了，說到這個，既然陸歧效忠於你，那當年他拿著那份鑑定書，挑你父親臥病在床時離間，是有心還是無意，也很難說呢。

「弒父殺子、陷害弟弟，致使母親背負通姦罪名，穆先生，就算拋開你那些見不得人的產業，單單這幾項，也夠你下幾次地獄了。」

穆雪松這下子徹底失控了。他試圖站起來，但動作被座椅和手銬限制，掙扎之下扯得身上金屬桎梏叮噹作響，「你給我站住！把頭髮還給我！你憑什麼？你已經沒有律師從業資格了，憑什麼接案，有什麼權利對這種事情進行鑑定？」

「真是不好意思，」梁炎東把幾根帶有毛囊的頭髮放進證物袋，從口袋裡掏出了一本證件，朝穆雪松晃了晃，「我已經去司法局申請恢復執業，證件早已核發下來了。所以我今天是為了委託人來找你，從法律的角度來說，也是名正言順。」

梁炎東說完就轉了個身，對僵坐在一旁、拚命消化超量訊息的任警官招了招手，帶著他從審訊室出去了。

任非走出去的時候臉色有點發白，看人的眼神都發愣。梁炎東帶著他一路出了分局的辦公大樓，前往技術小組的臨時辦公室。被大樓外面的冷風一吹，任非緩過神般倒抽了口氣，梁炎東腳步不停地問他：「六和九，你覺得，保險箱最後一位數字應該是多少？」

任警官異常震驚，「這種事情，你敢相信直覺？」

梁炎東沒吭聲，目光輕飄飄地看了他一眼。

任非認輸，靜下心來仔細想了想，片刻後跟梁炎東說：「我的直覺是九。」

「正巧，我的直覺也是九。」

「不會吧！你真的準備憑直覺開鎖？」

「我說過了，沒有百分之百的巧合。我說的九，一半是憑直覺，一半是憑經驗判斷。」

「什麼經驗？怎麼判斷？」

「有一個詞叫『九九歸一』。穆雪松那種人以自我為中心，誰也不信，一邊恨不得把所有權力都集中在自己手上，一邊又不想自己手上染血，控制欲太強了，不接受任何他所要求的規則被改變……這種人，我猜他所信奉的幸運數字一定是九。」

「……那你怎麼敢這麼肯定密碼尾數一定是九？」

「因為經驗和判斷。」

「這叫什麼經驗和判斷？」

梁炎東在任非腦袋上拍了一下，「那你的『死亡第六感』有理可依，有據可憑嗎？」

任非被堵得啞口無言，再不出聲了。

✦

那天晚上，在重重防爆措施防護中，他們輸入了連日來梁炎東費盡心力預測的最後一位數字「九」。

命運大概的確眷顧正義的一方。保險箱有驚無險彈開，而跟炸彈一起暴露在警方眼前的，還有至關緊要的帳本。

但最終拿到的帳本跟楊璐的線報之間存在了極大的誤差——不是「一冊帳本」，而是滿滿一箱。從老式鋼筆手寫到印表機的列印紙，箱子裡的「罪證」幾乎跨越了一甲子之久。

警方整理帳本、梳理案情，從而對案件進行進一步偵破，一連串的事足足進行了二十三天。之後，駭人聽聞的重大犯罪集團「穆氏企業」浮出水面，案情震驚全國。

穆家是從穆雪松父親那一輩開始涉黑，穆家祖上在戰亂年代積攢下來的家底，在穆雪松父親手裡走了歪路，緊接著，又在穆雪松的繼承下「發揚光大」。

穆氏集團明面裡做著遵規守法的實業生意，暗地裡色情、賭博、毒品經過幾十年的經營積累，逐漸形成了一條完整的產業鏈。穆雪松接手的前幾年裡，原本還無往不利平穩運作，後來適逢國家一次次嚴查，他意識到再這樣下去，整個家族近百年的基業遲早要被人挖出來玩完。彼時明面上的產業已經風生水起，穆家的財富已不需要再靠暗地裡的勾當來支持。

也就是這個時候，穆雪松準備棄卒保車。

想要安全抽身，必定不能留下任何痕跡，為了不讓人察覺，穆雪松拔掉自己黑色羽翼的過程極慢。戰線前前後後足足拖了近十年，那些知道內情的人，隨著他的計畫接連被他悄無聲息地親手埋葬，而東林監獄的十五監區，亦成了他買通受刑人幫他處決在外無法下手之人的行刑地。在十五監區的非正常死亡名單中，除了死在「監獄連環殺人案」裡的錢祿、穆彥、代樂山和田永強外，其餘四名死者中，有三個人是死於穆雪松的刻意安排。

錢祿的事情，全跟那天梁炎東對穆雪松說的差不多，但讓梁炎東感到意外的是，穆彥的死竟然不是穆雪松下令。

穆彥的死亡是一個意外。穆雪松自以為控制了田永強，卻低估了田永強對強姦犯的痛恨。田永強私自跟曹萬年裡應外合，對穆彥下手，然而他到死也不知道，那個隱藏在幕後的雇主到底是誰。更不知道，他夥同曹萬年殺掉的穆彥，就是他雇主的兒子。

而當初穆雪松聯合陸歧設計陷害穆雪剛，說穆雪剛不是穆老先生親生子的謊言，被穆雪剛來見他時帶來的一紙鑑定拍得粉碎。穆雪剛得以認祖歸宗，把穆夫人的骨灰遷回祖墳與穆老先生合葬，而穆雪松，從此被牢牢釘在了恥辱之柱上。

天理循環，果真報應不爽。穆氏背地裡的涉黃產業隨著當初穆彥入獄倒閉，而後穆雪松本人假裝引咎辭職，從管理層退下。至於曾經的毒品生意負責人錢祿，穆雪松原本給陸歧的命令是在錢祿入獄後就「處理」掉他。陸歧跟隨穆雪松三十幾年，是穆雪松唯一信任的心腹，但沒想到陸歧財迷心竅，竟然背著主人暗地裡轉移了製毒設備，接續穆家原來的網路偷偷經營了下去。

至於地下賭場，倒真的是當年瓦斯爆炸又燃起大火的那處山莊。負責賭場經營的五名主管皆已被「清理」，對他們下殺手的人，就是兼任保全職責的賭場負責人，而這個負責人，最終葬身在那場大火裡。

至此，已經可以確定，那年葬身火海的穆家賭場負責人，就是十二年前「六・一八」重大連環殺人案的凶手。

唯一存疑的一點是，凶手受穆雪松對其他五人痛下殺手理由尚算充分，但卻找不到殺害任非母親、舅舅和表妹的一丁點動機。

任非對這個結果非常不能接受。他找上梁炎東，把什麼原則全都丟到了外太空，剛一見面就追問，當年掌握詳細資訊後，畫出來的凶手畫像到底是誰。

梁炎東直視著任非，罕見地猶豫了很久。最後，梁炎東從自己的手提包裡，拿出了一張折得方方正正的素描紙。

因為年代久遠，紙張已經隱隱泛黃，任非接過來打開，是一張五官描畫得非常細緻的素描。

打開的一瞬間，任非只覺得那張紙上畫的人看上去有些眼熟。等他仔細一端詳，終於清楚意識到這個人像誰時，頓時如墜冰窖，僵在原地。

梁炎東給他的那張畫像，有著跟他父親十幾年前……一模一樣的臉。

任非指尖一鬆，泛黃的畫像飄然墜地。梁炎東將之撿起，任非茫然地搖頭倒退，「……不，這不可能。這不可能。」

梁炎東一把攔住他，「當年畫出這張臉的時候，我和老師也嚇壞了。我們以為任局監守自盜，做賊喊捉賊，甚至將勢力滲透進了市監獄……後來即便老師為了確保我不被判處死刑而說服任局讓我以線人的身分入獄，我們也無法完全信任他。我和老師一直猜測，他之所以會同意老師的提議，是因為他也有不可告人的打算，正好順勢而為……我當時偽裝成啞巴，其實是把任局當成了最大的潛在威脅，做給他看的。不過現在看來，任局如今對我的成見這麼深，只是因為我進監獄就變成了啞巴，從未向他傳遞過任何線報，所以覺得自己是被我和老師聯手擺了一道，成為我逃脫應有罪責的幫凶的緣故吧。」

「你是什麼意思？」任非連嘴唇都是顫抖的，卻從打顫的牙縫裡擠出幾個字，「我爸……」

「其實在穆雪剛證實身分、得以認祖歸宗之前，這麼多年過去了，我始終都認為那個幕後黑手是任局，直到最近……」

梁炎東翻開案情整理紀錄，找到其中一頁，指著上面的一個名字，示意任非去看，「你仔細看看。這個人，你對他，對這個名字，就沒有過任何一點懷疑嗎？」

梁炎東指的是當年葬身火海的穆家賭場負責人，叫做任重。

任非猛地抬頭看梁炎東，目光彷彿在急切地求證什麼。

梁炎東不由嘆了口氣，看著任非的目光竟有些憐憫，「雖然任這個姓氏的人口也不少，但是比起百家姓裡那些在前面的，也不算多吧？」

「任重，」任非把快被自己抓破了的案情紀錄抽出來，狠了狠心，最終還是把那剜心窩的兩個字說了出來：「……道遠。」

「你母親他們三人的死因，還是回去問問你父親吧。」說完，梁炎東甚至不忍再面對任非，轉頭便走。開了門，他卻迎面撞見不知在門外站了多久，又聽到多少的任道遠。

梁炎東與任道遠一個出一個進。當任道遠站在兒子面前時，素來行事雷厲風行的老局長，彷彿一下子蒼老了十幾歲。

會議室除了他們兩個再沒有別人，父子相對無言，一時間都不知該從何說起。

「我和任重是同卵雙胞胎，他是哥哥。你奶奶生我們的時候，家裡環境不好，吃飯都有問題，生下來之後，取好了名字，就讓人把我哥哥抱走了。後來條件好了點，你爺爺奶奶想把孩子認回來，卻已經找不到當時領養任重的那戶人家。」

停頓半晌後，任道遠又艱難地開了口，身體有些搖晃，但還是固執地站挺，直視兒子，眼中的愧悔和負疚都被任非看得一清二楚，「從有記憶開始，我們未曾見過面。當年的連環殺人案爆發，在你母親和舅舅他們之後，有一次他對我下殺手——那是我們第一次真正見面。看見那張臉，我就知道，他就是我那個當年被抱走的大哥。

「……他當時已經瘋了。他說他要取代我。我們長了一模一樣的臉，只要我死了，他就可以使用我的身分、擁有我的一切。他說這些年我經常出現在公眾視線裡，他一直都在模仿我，模仿得很像，除了朝夕相處的妻兒，別人都看不出破綻……所以他伺機對你母親下了殺手。當時他沒看見你，但你舅舅追了上去，他也乾脆一不做二不休……

「我悲憤交加，徹底被激起了血性，拚死反抗搏命之間，他竟然不敵我。他見事情不好，找到機會轉頭就跑，我一直追到當年那個地下賭場，和他對峙了很久。為了擺脫我，他甚至炸了山莊內的瓦斯管道，爆炸又意外引起了大火……可是，他就算走投無路，也不肯跟我回去投案，竟然從樓上跳進了樓下大廳的大火中，跳下去之前還跟我說，我不讓他如願，這輩子也別想活得痛快……」

任道遠苦笑一聲，自嘲地點點頭，頹然道：「他說得對，這輩子，我是怎麼都活得不痛快了。」

任非一語不發地聽完，幾乎支撐不住地踉蹌一步，撞上了身後的凳子，就像轟然間被人在膝蓋敲了一棍，兩腿一軟，一下子歪坐到凳子上，抓住桌邊才勉強穩住，沒有栽倒。還沒等坐穩，他口中的質問已響徹整間會議室：「……你早就知道凶手是誰！你早就知道，為什麼不說？你為什麼這些年一直瞞著不說？啊？」

「我不能說。」任道遠的眼裡泛出紅血絲，強撐著冷硬的姿態站在兒子面前，被壓抑到極點的情緒撐得脖子和額頭青筋暴起，聲音聽上去依然那麼理智冷靜，「當時那個情況，你媽媽、舅舅、表妹再加上外公！轉眼之間一家折損了四個人，你舅媽進了精神病院，你還在上小學六年級，我公布真相後，如果丟了飯碗，你該怎麼辦，你舅媽該怎麼辦？你們兩個人的生活費要從哪裡來？而且當時已經是那種結果了，難道我還要告訴你，殺了他們的人是你的大伯，再替你火上澆油嗎？」

「他不是我大伯！」任非悲憤交加地用力捶桌子，粗暴怒吼打斷任道遠，嘶吼得都破了音，「那個禽獸！畜生！別把他跟我掛在一起，他讓我噁心！他不配！」

「這麼多年來，我阻止你進警校，其實就是害怕有這一天。但是這一天真的來了，卻沒有我想像的那麼難熬……起碼你現在長大了，有能力養活自己。而我，也終於可以卸下壓在心裡多年的石頭，承認我曾經包庇罪犯的行為。」

任道遠在任非對面坐下來，試圖抓住任非的手，卻被任非一把甩開。沉默中，老人也不再嘗試。他把另一隻手上的牛皮紙袋放在桌面，推到了任非眼前，「裡面是我的辭職信和自我檢舉的彙報資料，我將為自己所做的一切負責，接受審判。

「我一直都擔心……你這個性子進了警察系統當了刑警，萬一有一天沒有我在背後當後盾，你要怎麼辦？但從你入職到現在的表現來看，即使沒有了你老爸，你也會是一名出色的好刑警。」任道遠說著，苦澀還未褪去的嘴角浮起了一絲欣慰的笑意，多少年流血不流淚的老人，此刻憋紅的眼睛裡再也壓不住淚水，嘴唇打著顫，抬手拍了拍兒子的肩膀，語氣竟是任非這麼多年都沒聽過的自豪，「小夥子，好好幹！爸爸為你感到驕傲！」

任非幾乎再也無法忍受，猛然站起來，連從不離身的手機也沒拿，轉頭就快步往外走，剛出了門，便開始逃也似地奔跑起來。他將一切呼喊全甩在身後，拋下所有殘酷的真相，散落在他經過的每一處。

直到體力透支，再也無法前進，他才逐漸慢下。急促的喘息中，冰涼的寒風順著他的喉管鑽進胸腹，攪得五臟六腑都如針扎般銳利疼痛。

臉上有絲絲涼意不斷融化，他茫然抬頭看去，發現天空竟不知何時又飄起了小雪。一顆一顆小冰晶從天而降，在地上鋪滿了一層精緻的銀色碎屑。那些讓人恨不得一頭埋進冰冷山澗擺脫的煩亂和痛苦，似乎也被這星星點點的涼意輕輕安撫。

不知何時，不知過了多久，他終於逐漸平靜下來。

任非踉蹌地站直身體，遲鈍的神經這才反應過來旁邊有人，不知道已經陪他站了多久。他還沒找到勇氣回頭看，一根菸便已遞到了面前。

他接過菸，微微側頭，正好看見譚輝吊兒郎當地斜靠在籃球架上，朝天空吐著菸圈。

譚輝看了他一眼，又把手裡的打火機點著，任非猶豫一瞬，叼著菸湊過去，就著他們隊長的手，把菸點上了。

誰都沒開口。直到譚輝抽完一根菸，把菸蒂扔在地上抬腳踩滅，抬手沒輕沒重地在任非剛長好的傷口上捶了一拳，「小任同仁在這次異常複雜的案件中表現突出，晚點老哥幫你申請績優！」他說著擠眉弄眼地故意往任非受傷的地方瞄了瞄，「放心吧，就憑你英勇負傷這兩次，我們隊裡的弟兄也不能虧待你！」

譚輝的意思很明確——入隊以來，任非的拚命、成長和進步，連慣常瞧不起他的老喬也得毫不猶豫地點頭認可。隊裡所有人都是憑任非自己的表現接納他，之前沒有人因為他背後的局長老爸讓著他，之後也不會有人因為他有個等著被調查的老爸而排斥他。

任非鼻子一酸，有些哽咽，「老大……」

道謝的話剛開了個頭，就被他們隊長堵了回去，「哎，什麼謝謝、對不起之類的，就不用說了啊，沒用。你沒有對不起誰，我也沒做什麼值得你感謝的事。」譚輝一本正經地說到一半，忽然又咧嘴一笑，「再說了，我們隊裡也不流行這個。真的要表達心意的話，等之後發了薪水，叫上弟兄湊一桌請客就好！」他這麼一說，倒是把任非逗得彎了彎嘴角。

譚輝這段時間忙得不可開交，出來抽一根菸的時間過了，就急得回去坐鎮，說完跟來時一樣連個招呼也沒打，拍拍屁股就走了。

不遠處的辦公大樓二樓，梁炎東站在某扇能看見小操場的窗戶前，隔著紛飛的雪片，看著任非從那個差點垮下的頹靡模樣，到重新慢慢站直的挺拔身姿。他深邃眼眸中尚未完全浮起的一絲擔憂轉瞬褪去，抬頭看看逐漸放晴的天空，緩緩挑起嘴角，勾出了一個平淡而滿足的弧度。

風雪過後，新年，馬上就要來了。

（全書完）

國家圖書館出版品預行編目資料

逆局 / 千羽之城作 . -- 初版 . -- 臺北市：奇幻基地出版，城邦文化事業股份有限公司出版：英屬蓋曼群島商家庭傳媒股份有限公司城邦分公司發行，民 110.08
面： 公分 . –（境外之城：121）
ISBN 978-986-06686-2-9（下冊：平裝）

857.7 110009725

ISBN 978-986-06686-2-9
Printed in Taiwan.

境外之城 121

逆局・下冊

作　　者 / 千羽之城
企畫選書人 / 張世國
責 任 編 輯 / 王雪莉
發 行 人 / 何飛鵬
總 編 輯 / 王雪莉
行銷業務經理 / 李振東
行 銷 企 劃 / 陳姿億
資深版權專員 / 許儀盈
版權行政暨數位業務專員 / 陳玉鈴
法 律 顧 問 / 元禾法律事務所　王子文律師
出版 / 奇幻基地出版
城邦文化事業股份有限公司
台北市 104 民生東路二段 141 號 8 樓
電話：(02)25007008　傳眞：(02)25027676
網址：www.ffoundation.com.tw
e-mail：ffoundation@cite.com.tw
發行 / 英屬蓋曼群島商家庭傳媒股份有限公司城邦分公司
台北市 104 民生東路二段 141 號 11 樓
書虫客服服務專線：(02)25007718・(02)25007719
24 小時傳眞服務：(02)25170999・(02)25001991
服務時間：週一至週五 09:30-12:00・13:30-17:00
郵撥帳號：19863813　戶名：書虫股份有限公司
讀者服務信箱 E-mail：service@readingclub.com.tw
歡迎光臨城邦讀書花園 網址：www.cite.com.tw
香港發行所 / 城邦（香港）出版集團有限公司
香港灣仔駱克道 193 號東超商業中心 1 樓
電話：(852) 2508-6231 傳眞：(852) 2578-9337
馬新發行所 / 城邦（馬新）出版集團
【Cite(M)Sdn. Bhd.(458372U)】
11, Jalan 30D/146, Desa Tasik,
Sungai Besi, 57000 Kuala Lumpur, Malaysia.
電話：(603) 90578822　傳眞：(603) 90576622

封面設計 / 蔡佩紋
文字編輯 / 謝佳容
排　　版 / 極翔企業有限公司
印　　刷 / 高典印刷有限公司
■ 2021 年（民 110）8 月 26 日初版一刷

售價 / 380 元

廣　告　回　函
北區郵政管理登記證
台北廣字第000791號
郵資已付，免貼郵票

104台北市民生東路二段141號11樓

英屬蓋曼群島商家庭傳媒股份有限公司城邦分公司 收

請沿虛線對摺，謝謝

奇幻基地

每個人都有一本奇幻文學的啓蒙書

奇幻基地粉絲團：http://www.facebook.com/ffoundation

書號：**1HO121**　　書名：逆局・下冊

奇幻基地 20 週年 ・ 幻魂不滅，淬鍊傳奇

集點好禮瘋狂送，開書即有獎！購書禮金、6 個月免費新書大放送！

活動期間，購買奇幻基地作品，剪下回函卡右下角點數，
集滿兩點以上，寄回本公司即可兌換獎品&參加抽獎！
參加辦法與集點兌換說明：
活動時間：2021 年 3 月起至 2021 年 12 月 1 日（以郵戳為憑）
抽獎日：2021 年 5 月 31 日、2021 年 12 月 31 日，共抽兩次
奇幻基地 2021 年 3 月至 2021 年 12 月出版之新書，每本書回函卡右下角都有一點活動點數，剪下新書點數集滿兩點，黏貼並寄回活動回函，即可參加抽獎！單張回函集滿五點，還可以另外免費兌換「奇幻龍」書檔乙個！

【集點處】（點數與回函卡皆影印無效）

1	2	3	4	5
6	7	8	9	10

活動獎項說明：

★ **「基地締造者獎 ・ 給未來的讀者」抽獎禮**：中獎後 6 個月每月提供免費當月新書一本。（共 6 個名額，兩次抽獎日各抽 3 名）

★ **「無垠書城・戰隊嚴選」抽獎禮**：中獎後獲得戰隊嚴選覆面書一本，隨書附贈編輯手寫信一份。（共 10 個名額，兩次抽獎日各抽 5 名）

★ **「燦軍之魂 ・ 資深山迷獎」抽獎禮**：布蘭登・山德森「無垠祕典限量精裝布紋燙金筆記本」。
抽獎資格：集滿兩點，並挑戰「山迷究極問答」活動，全對者即有抽獎資格（共 10 個名額，兩次抽獎日各抽 5 名），若有公開或抄襲答案者視同放棄抽獎資格，活動詳情請見奇幻基地 FB 及 IG 公告！

特別說明：

1. 請以正楷書寫回函卡資料，若字跡潦草無法辨識，視同棄權。
2. 活動贈品限寄台澎金馬。

個人資料：

姓名：____________________ 性別：□男 □女

地址：______________________________ Email：____________________

想對奇幻基地說的話或是建議：______________________________

____

奇幻基地 20 週年慶・城邦讀書花園 2021/12/31 前樂享獨家獻禮！
立即掃描 QRCODE 可享 50 元購書金、250 元折價券、6 折購書優惠！
注意事項與活動詳情請見：https://www.cite.com.tw/z/L2U48/

FB 粉絲團　戰隊 IG 日常　讀書花園

請剪下右側點數，貼於集點處，集滿兩點即可參加抽獎

1p 2021